KB023003

기억이 잠든 계절

기억이 잠든계절

제1판 1쇄 2023년 1월 30일

지은이 진설라
펴낸이 이경재

펴낸곳 도서출판 델피노
등록 2016년 8월 11일 제2020-000082호
주소 서울시 양천구 신정중앙로 86, 덕산빌딩 5층
전화 070-8095-2425
팩스 0505-947-5494
이메일 delpinobooks@naver.com
ISBN 979-11-91459-49-4 (03810)

책값은 뒤표지에 있습니다.
파본은 구입하신 서점에서 교환해드립니다.

기억이 잠든 계절

진설라 장편소설

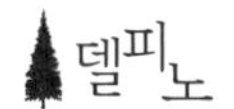

목차

너를 봤어.

거기 있던 너는 조각난 달을 붙여 만든 것처럼 눈부시게 새하얗고 몽환적이었어. 온통 무채색인 추운 겨울 너 혼자 봄이었고 꽃이었어. 짓궂은 겨울바람이 너의 풍성한 머리카락을 흩날리던 그때 너의 향기가 인정사정없이 내게로 돌진했어. 심장이 굴러떨어지고 열아홉 뜨겁던 열정이 막무가내로 네게로 달려갔어. 백열된 심장은 고장이 나버렸고 불치병에 걸린 것처럼 시름시름 앓던 나는 널 내 우주로 받아들이기로 결심했어. 그렇게 넌 나의 우주가, 다신 없을 첫사랑이 되었어.

천지가 뒤집혀도, 억겁의 시간이 흘러도 변하지 않을 너는 나의 처음이었어.

1.
어느 산길 풍경처럼 발걸음을 멈추고 싶은 얼굴

아무것도 하지 않으면 아무 일도 일어나지 않는다는 누군가의 말처럼 나는 아무 일이라도 일어나길 바라는 심정으로 바다 앞에 섰다. 파도가 나를 집어삼키거나 바람이 나를 밀거나 혹은 샌들이 미끄러지는 요행으로 바다에 빠지거나 하는 그런 아무 일. 아무쪼록 오늘이 생이 허락한 마지막 날이면 좋으련만.

툭. 내 목숨줄 대신 애꿎은 가방이 갯바위 사이로 떨어졌다. 생각 없이 팔을 아래로 내린 것이 원인이다. 찰싹찰싹. 갯바위 틈새로 푸른 파도가 위협하듯 가방을 때릴수록 가방을 건져내고 싶은 아이러니한 욕망이 일었다. 허리를 굽히고 가방을 향해 최대한 팔을 뻗다가 죽겠다고 선 이 와중에 가방을 건지는 내 모습에 순간 자괴감이 들어 몸을 떨었다. 덕분에 무게중심을 잃은 몸이 시계추처럼 방정맞게 흔들린다.

"어어. 어."

이번에는 제법 큼직한 파도가 갯바위를 덮친다. 눈앞이 아찔한데 정체 모를 누군가가 내 팔을 강하게 붙든다. 고개를 돌렸다. 당연히 처음 보는 사내가 내 팔을 꽉 붙잡고 있었다.

"상어 밥 되고 싶어요?"

"여, 여기 상어가 있나요!"

화들짝 놀란 나는 사내가 서 있는 바위 쪽으로 성큼 올라섰다. 사내가 날 끌어올리다시피 잡아당겼다. 어릴 적 가슴 졸이며 봤던 추억의 영화 탓인지 상어를 향한 공포는 체면도 삼킬 만큼 거대했다. 창피함에 잡힌 손을 빼고 한걸음 뒤로 물러섰다.

"바닷속을 낸들 압니까. 한 길 사람 속도 모르는데. 말이 그렇다는 거지."

무례한 것 같으면서도 아닌, 사내의 말투가 꽤 인상적이다. 숨길 수 없는 근사한 목소리 때문인가.

"고, 고맙습니다."

"조심해요. 그런 샌들을 신고 미끄러운 갯바위에 올라가는 건 자살행위니까."

백번 맞는 소리에 괜스레 찔렸다.

"그게 가방이 빠져서…."

바위 아래를 휙 훑던 사내는 반대편 갯바위로 성큼 내려갔다. 기다란 팔을 쭉 뻗어 가방을 단번에 낚아채 올라왔다.

"이거 맞죠?"

성글게 짜인 라탄 가방에서 바닷물이 주르륵 흘러내렸다. 나는 물이 줄줄 새는 가방을 어정쩡하게 건네받았다.

"네. 맞아요. 정말 고맙습니다."

불편한 관계를 정리하려 서둘러 돌아섰다. 발 빠르게 멀어지려는데 근사한 목소리가 뒷덜미를 잡아챘다.

"지금 나가려면 물 위를 걸어야 할 거요."

이해할수록 홀리한 소리라 걸음을 멈추고 뒤를 돌았다.

"네?"

"밀물시간도 확인 안 했어요?"

정확히 바보같이, 라는 단어를 생략한 얼굴로 날 쳐다보았다. 조카 지율이 절반이나 남은 음료수 뚜껑을 놀이터 모래 속으로 던져버렸을 때, 신발 한 짝을 어딘가에서 잃어버리고 왔을 때 그의 모친인 내 동생이 짓는 표정과 흡사했다. 왜 저런 표정을 짓는지 의아함을 품기도 전에 머릿속에 전구 하나가 번뜩였다.

"아! 밀물."

나는 등대와 육지가 연결된 입구 쪽으로 부리나케 달렸다. 멀리서 얼핏 봐도 들어왔던 길이 감쪽같이 사라지고 없었다. 다급히 주위를 살폈다. 관광하던 몇몇 사람들도 모두 빠져나가고 덩치 작은 섬은 바다 위에 외로이 홀로 떠 있었다. 정신을 놓고 있느라 바보같이 밀물시간을 놓쳐버린 것이다.

혹시 몰라 밀물시간에 맞춰둔 타이머가 생각나서 폰을 꺼내 확인했다. 소금물을 배부르게 먹은 폰은 전원 버튼을 수십 번 눌러도 까만 액정만 고집하며 쿨쿨 잠을 자고 있었다. 멍하니 사라진 바닷길을 보다가 밀물시간 다되도록 여기 남아있는 사내에게 의아함이 들었다. 덜컥 겁이 났다. 미어캣처럼 목 빼고 사방을 둘러봐도 몸을 숨길 곳이라곤 어디에도 없다는 것이 가장 큰 난제였다.

전화도 먹통. 길도 먹통. 내 세상은 순식간에 먹통이 되어버렸다. 바닷길이 열리기만을 바라는 모세처럼 넘실거리는 바닷물만 하염없이 바라보는데 뒤에서 인기척이 들렸다. 마른침을 삼키며 조심스레 뒤를 돌았다.

두 걸음 떨어진 거리에서 사내는 잔뜩 찌푸린 하늘을 올려다보고 있었다. 그가 입은 푸른색 반팔셔츠가 유난히 더 파랗게 보였다. 홀로 맑은 하늘처럼.

"비가 올 것 같은데."

"저기…. 죄송하지만, 전화 좀 빌려 쓸 수 있을까요? 제건 물에 빠져 버려서…."

상대를 이해시키려 아직도 물이 떨어지는 가방을 들어 보이지만 어째 시큰둥한 표정이다.

"폰 없어요."

말도 안 돼.

"그럴 리가요…."

"이상하게 볼 거 없어요. 난 여기 일부러 갇혔어요. 혼자 있고 싶어서."

"왜, 왜요?"

"무인도에 갈 여건은 안 되고 무인도에 갇히고는 싶고. 애초부터 무인도에 갇히고 싶은 놈이 스마트한 그놈을 들고 왔겠어요? 차에 두고 왔지."

우르르 쾅쾅.

내 마음처럼 흐린 하늘이 울 준비를 끝냈나. 불길한 하늘을 올려다보며 불안함을 감추려고 손을 꽉 움켜쥐었다.

"그럼 언제까지 기다려야 해요? 여기 물길이 열리는 시간 아세요?"

알이 큰 파란 손목시계를 들여다보며 그가 말했다.

"한 3시간 뒤쯤?"

"3시간요!"

후드득.

맙소사. 본격적으로 하늘이 울기 시작했다. 두두둑. 선 굵은 빗방울이 앞다퉈 내리쳤다. 빗물의 스케일로 보아 얄팍한 옷이 젖는 건 시간문제였다. 재빨리 등대 처마 아래로 피신한 사내는 요란한 소낙비를 뚫고 소리쳤다.

"그러고 서 있을 거요! 사람 불편하게."

"금방 그칠 거예요."

헛소리라는 걸 나도 알고 사내도 알고 하늘도 알았지만 어쩔 도리 없이 나는 쏟아지는 빗물을 온몸으로 받아야 했다. 아무도 없는 좁은 공간에 낯선 사내와 나란히 서 있어야 한다는 건 내겐 오뉴월 독감보다 두려운 일이었다. 더더욱 저렇게 체격이 건장한 사내는 온몸이 무기가 될 수 있음을 누구보다 잘 아는 내가 아니던가.

"이리 와요! 그러고 있다가 자칫 잘못하면 급성폐렴으로 병원 신세를 져야 할거요."

"괜찮아요. 전 여기가 편해요."

안 괜찮았다. 아무리 여름이라지만 바닷바람은 서늘하고 게다가 아이보리 블라우스가 민망하게 달라붙었다.

우르르 쾅쾅!

"엄마야!"

선명하고 우렁찬 천둥소리에 화들짝 놀라 처마 아래로 달려 들어 갔다. 머리 바로 위에서 번쩍이는 번개는 상상을 초월할 만큼 위협적이고 무시무시했다. 어쩔 수 없이 사내의 곁에 섰다. 조금이라도 무안함을 감추려 온몸에 흐르는 빗물을 털어내면서 사내의 동태를 살폈다. 날 흘깃 쳐다보는 사내의 미간이 미세하게 찌푸려지더니 크게 심호흡했다. 그러면서도 눈빛은 전보다 훨씬 더 부드러웠다. 허공을 떠돌던 그와 나의 눈은 자연스레 정면으로 향했다. 눈 앞에 펼쳐진 자연의 아름다운 자태에 나는 그만 넋을 놓고 말았다.

"아름답죠?"

귓가에 번지는 사내의 목소리는 빗소리처럼 고즈넉했다.

"네."

한걸음 물러나 바라보는 비 내리는 바다는 간담이 서늘할 정도로 아름다웠다. 잿빛으로 흐린 하늘 아래 짙은 청록빛으로 넘실대는 해면 위를 낙하하는 빗줄기들의 무차별적인 공격. 마치 하늘과 바다를 연결하는 수만 개의 케이블처럼 바쁘게 소통하는 단 하나의 소리가 심장으로 메아리쳤다. 청명한 그 소리 외에는 아무 소리도 들리지 않았다. 아무것도 듣고 싶지 않았다. 아무것도. 생은 그렇게 뜻하지 않은 평온을 건네왔다. 처음 느껴보는 고요의 시간.

두렵고 무서운 감정도 빗물에 점차 씻겨 내렸다. 한참을 그렇게 있었다. 수면 위를 때리는 빗소리를 들으며 차갑고 묵직한 공기에 몸을 맡겼다. 지칠 대로 지친 걸까. 코끝이 시큰거리며 뜨거운 설움이 가슴속에 울컥 덩어리졌다. 뿌연 눈물이 시야를 가린다. 울려던 건 아닌데 눈물은 퍼붓는 비처럼 펑펑 쏟아졌다. 고맙게도 사내는 아무 말 하지 않았다. 어차피 다시 볼 사이도 아니라 생각하니 이런 꼴 보이는 것도 괜찮았다.

"그래도 그쪽은 울 용기라도 있네요. 난 언젠가부터 우는 법을 잊었어요. 참고… 참다 보니. 눈물이 나오지 않아."

눈을 감은 채 담담히 말하는 낯선 사내의 모습이 어쩐지 외롭고 서늘해 보였다. 마침 등대 처마에 고인 빗물이 하나둘 떨어졌다. 감추고 있는 사내의 묵은 눈물처럼 뚝뚝. 힘들게 사는 사람처럼 보이진 않았지만 누구에게나 아픔은 있게 마련이니까.

"왜 참아요? 그냥 울면 되지. 나처럼 누가 못 울게 하는 것도 아닐 텐데…."

코맹맹이 내 목소리에 지레 놀라서 입을 닫았다. 하필 그때 눈을 뜬 사내와 정면으로 눈이 마주쳤다. 흑요석처럼 새까만 눈동자를 보호하는 짙고 풍성한 사내의 속눈썹에 미처 떨어지지 못한 빗방울이 맺혀있었다. 오뚝한 콧날 아래 또렷한 인중과 연결된 분홍빛 입술 위로 빗방울이 또르르 떨어져 흘렀다. 어제저녁 면도를 했을 푸르스름한 턱 아래로 불거진 목울대가 힘차게 꿀렁거렸다. 가까이서 들여다본 사내의 얼굴은 제법 근사했다. 사진에 담고 싶은 그 어느 산길 풍경처럼 발걸음을 멈추고 싶은 얼굴이었다.

"우리가, 혹시 만난 적 있습니까?"

"아뇨…."

너무 오래 눈을 맞춘 것 같아 나는 회피하듯 고개를 돌렸다.

"키스하고 싶어요."

"……."

빗소리에 못 들은 척 시침을 떼고 눈만 끔뻑끔뻑.

"들었잖아요."

남자는 의미 없이 고개를 젓는 내 얼굴을, 정확히 황망해 흔들리는 내 눈을 내려다본다. 방향을 잃은 그의 숨소리가 나지막이 들려온다. 부드러운 바람처럼 나를 간질인다.

"못 들었어요. 아무것도."

"당신 숨결이 궁금해요."

"저기, 나는…."

기다란 그의 손가락이 나의 목 언저리에 닿는 게 느껴졌다. 따스한 낯선 손길은 뜻하지 않게 신중하고도 부드러웠다. 심장을 스치는 총알처럼 충격적이라 움직일 수가 없었다. 숨도 맘대로 쉬어지지 않았다.

도망갈 틈도 없이 상기된 내 뺨을 그가 부드럽게 어루만지며 다가왔다. 파르르 떨리는 나의 입술을 그의 목울대에 파묻을 수 있는 아주 근접한 거리였다. 찰나였다. 그의 입술이 경직된 내 입술 위로 내려앉은 건. 밀어내고 싶은 맘과는 달리 몸이 말을 듣지 않은 것도. 말도 안 되는 그 찰나였다.

한여름의 열기처럼 뜨거운 숨결이 밀물처럼 밀려들었다. 청결한 비누 향이 정신없이 날아들고 암전된 내 세상에 희미한 불빛들이 어지러이 흩날렸다. 그의 손은 얼어버린 나의 어깨를 꽉 움켜쥐다 어루만지며 낯섦과 열정의 경계에서 헤매었다. 주저 없이 나의 숨결을 빼앗았다.

'아무 일'이 일어났다. 두근두근. 죽은 줄 알았던 심장이 뛴다. 소란한 빗소리가 멈추고 그의 숨소리가 더 크게 들린다. 나는 눈을 감아버렸다.

❄❄❄

깡충깡충. 언니는 자유롭게 뛰어다닌다.

특유의 무표정한 얼굴을 간간이 보이면서 깡충깡충. 찰랑이는 흑갈색 머리칼만 하염없이 출렁인다. 그러다 짙은 안개가 깔리고 언니가 사라진다. 겁에 질린 나는 언니를 찾아 길 잃은 짐승처럼 날뛰지만, 언니는 어디에도 없다. 애타게 부르지만 목소리도 나오지 않는다. 식은땀이 흐르고 성글게 떨어진 눈물이 뺨을 적실 때쯤 자욱한 안개 사이로 사라졌던 언니가 나타난다. 반가워하는 날 향해 언니가 묻는다.

"혜선아. 아직도 모르겠어?"

나는 잠에서 깬다. 꿈이다.

잊을 만하면 찾아오는 언니를 익숙하게 물리고 일어나 냉장고에서 냉수를 꺼내 마셨다. 차가운 물이 들어가자 잠도 달아났다. 사건 현장처럼 난잡한 거실을 둘러본다. 배가 갈린 소파 쿠션의 솜이 창자처럼 튀어나와 있고, 미라가 보내준 해피트리의 가지들이 난도질당한 채 애처롭게 나뒹굴고 있었다. 남편 짓이다. 누구 때문에 연락을 끊었는데 나무까지 잘라버렸나 싶어 속이 상했다. 멀쩡한 남편의 관상용 선인장이 유독 미워 보였다.

남편은 내게 공포심을 주기 위해 이런 짓을 벌이곤 한다. 이래 놓고선 새벽같이 또 라운딩 갔겠지. 팔자려니 생각하며 어질러진 거실을 치운다. 걸레질하는데 어제 맞은 데가 욱신욱신 쑤셨다. 아스피린을 삼키고 소파에 누웠다. 그 남자가 생각났다. 이름을 물었어야 했을까?

그날 불현듯 떠오른 남편의 모습에 나는 급히 입술을 뗀 다음 그를 밀쳐내고 말았다. 돌발적인 내 행동에 당황한 그의 눈동자가 출렁이는 해면처럼 흔들렸다. 어떤 변명도 입 밖으로 꺼낼 용기가 없었던 나는 황급히 등대 밖으로 뛰쳐나왔고 그가 내 팔을 낚아채듯 붙들었다. 내 눈을 마주 보며 내가 무슨 말이라도 하길 잠자코 기다렸다.

차라리 먼저 말을 해주면 뭐라 대꾸라도 할 텐데 그는 끝끝내 침묵하며 내 눈만 바라봤다. 어느새 비가 그친 수평선 너머에 붉은 노을이 조명처럼 그를 비추고 산들 한 바람은 그의 머리칼을 흔들어댔다. 키스할 때 은은하게 풍기던 청결한 비누 향이 다시금 심장을 간질였다.

"미안해요. 저, 결혼했어요. 그러면 안 되는 건데. 아까는… 실수였어요."

변명 아닌 변명을 들은 내 팔을 꽉 붙은 그의 손의 힘이 느슨해졌다. 뿌리친다면 당연히 그럴 수 있음에도 불구하고 나는 여전히 말 없는 그 사내 앞에 서 있었다. 그의 청명한 눈동자는 블랙홀처럼 깊었고 그의 입술은 여전히 따스해 보였다.

“정말 미안해요….”

습관처럼 사과를 하는데 이상하게도 가슴이 미어졌다. 처음 만난 낯선 사내일 뿐인데 나는 오랜 열애를 끝내는 비련의 여주인공처럼 슬펐다. 좀처럼 발이 떨어지지 않았다. 좀처럼 흔들리는 검은 눈동자에서 눈을 뗄 수가 없었다. 여름 한가운데에서 첫눈을 만난 것처럼 기적 같던 키스의 순간이, 찰나가 기적이 되던 그 순간이 영원처럼 내 가슴에 아로새겨지리란 걸 알았기 때문일까. 그런 키스를 받아본 적이 없었다. 따스하고 다정한 그런 눈빛도. 애타는 손길도 처음이었다.

부질없는 상념을 떨치라는 듯 때마침 초인종이 울렸다. 잠에서 깬 옆집 여자의 코코가 낮게 갸르릉거렸다. 옆 동 사는 여동생 혜진이다.

“전화도 없이 어쩐 일이야?”

“시댁에서 한우를 좀 보냈는데 형부 구워주라고 들고 왔어. 언니도 먹고.”

남편은 나에게만 악마처럼 굴었다. 엄마와 동생에겐 그 무서운 얼굴을 숨기고 있다. 전형적인 소시오패스처럼.

“니 형부는 밖에서 좋은 거 많이 먹어. 가서 지율이 지효 먹여.”

“항상 고맙다고 지율 아빠가 갖다주래. 어머, 웬 고양이야?”

혜진에게 알은체를 하는 것처럼 코코는 우아하게 어슬렁거렸다. 혜진이 몸을 낮추자 구름 위를 걷듯 사뿐사뿐 다가왔다.

“어, 옆집 고양인데 며칠 봐주기로 했어. 급하게 출장 갈 일이 생겼나 봐.”

“얘가 페르시안 고양이지? 눈 색깔 봐. 이쁘긴 하네.”

처음에 내가 그랬던 것처럼 혜진은 코코의 푸른 눈을 신기한 듯 쳐다본다.

“코코라고 애처럼 키워.”

코코의 머리를 두어 번 쓰다듬던 혜진은 코코가 무릎 위에 앉으려 하자 질색하며 일어섰다.

“난 개는 좋은데 고양이는 싫더라. 꼭 상전 같잖아.”

갸르릉거리는 코코를 뒤로한 채 혜진은 김치냉장고에 직접 한우를 넣었다.

“이거 투플이야. 때깔 죽이지? 형부 구워주면서 꼭 내가 줬다고 말해. 하나뿐인 처제가 줬다고.”

“알았어. 걱정 마.”

혜진의 저런 마음을 내가 잘 알아 말을 만다.

동생네가 이 아파트로 입주할 때 남편이 돈을 빌려줬다. 대출이자보다 훨씬 낮은 이자로 빌려주고 남편은 생색을 냈다. 무엇보다 입주 때 보다 2배 가까이 오른 집값 때문에 동생 내외는 남편을 무슨 은인 대하듯 한다. 부동산 일을 하는 남편이 던져 준 매물이었다.

"그래. 꼭 하나뿐인 처제가 줬다고 전할게. 밥 안 먹었지? 같이 밥이나 먹자."

"당근 공복이지. 유치원 차량 시간은 왜 그렇게 내 애간장을 태우냐. 오늘도 겨우 태워 보냈잖아."

기지개를 늘어지게 켜던 혜진은 터져 나오는 하품을 하며 거실로 걸음을 옮겼다.

나는 레인지에 국을 데우고 김치냉장고에서 새로 담은 섞박지를 꺼냈다. 혜진은 몸통 절반이 날아간 해피트리 앞에서 고개를 갸우뚱했다.

"얜 왜 이렇게 됐대?"

"어…. 응애가 생겨서."

거짓말이 절로 나왔다. 불행한 결혼생활을 가족들에게 숨기기 위한 최선의 방법은 그것뿐이었다. 무엇 때문인지 남편은 절대 날 놓아주지 않았다. 수틀리면 가족을 몰살한다는 협박을 일삼으며 지독히도 나를 옭아맸다.

"하긴 나도 벌레 생기는 거 무서워서 화분은 못 키우겠더라. 이 선인장은 죽지도 않네. 윽 가시 봐. 찔리면 완전 아프겠다. 언니 집은 언제나 깔끔하네. 짐이 없어서 그런가."

혜진은 산책하듯 집안을 어슬렁거리다가 굳게 잠긴 서재 앞에 멈춰 섰다.

"근데 언니 이 방은 뭐야?"

혜진은 굳게 닫힌 남편의 서재 손잡이를 돌린다. 함부로 열면 안 되는 금단의 문을.

"서재잖아. 왜?"

"아니 문고리가 울 집하고 달라서. 안방 문하고 똑같네. 이건 따로 설치한 거야?"

"어. 그랬지."

당연히 남편이 설치했다.

"이거 비싸던데. 엊그제 지율이가 지효랑 숨바꼭질하다가 안방에 둘이 갇혀서 난리도 아니었잖아. 열쇠도 안 먹혀서 결국 열쇠 아저씨 불렀는데 고장이 났다고 키박스 다 뜯어내고 다시 설치했잖아. 돈 십만 원 줬어. 뭔 보물이 있길래. 이걸 따로 설치했대?"

기억난다. 그날 방문한 설치 기사가 당부했었다. 안방 문처럼 손잡이 아래 특수열쇠 구멍이 따로 있는 구조라서 열쇠를 잃어버리지 말라고. 물론 그 특수열쇠는 남편의 손아귀를 벗어난 적이 없기에 구경 한번 못 해 봤다. 도대체 저 안에 뭐가 있길래?

"어, 혹시 도둑 들까 봐. 따로 설치했어. 거기 사업상 중요한 게 많나 봐. 자기 물건 만지는 것도 싫어해서 나도 안 들어가고."

안 들어가는 게 아니라 못 들어가는 곳이 남편의 서재다. 남편은 서재를 철저히 잠그고 다녔고 그 말은 들어가면 죽는다는 말과 같았다. 오랜 시간 맞다 보면 때린 놈은 맞는 놈의 신이 되어 일방적으로 길들어지게 된다. 하지 말라면 안 해야 한 대라도 덜 맞는다는 걸 온몸으로 깨달아서 스스로 몸을 사린다. 궁금증도 당연히 사라진다.

"하긴 지율 아빠도 자기 물건 만지는 거 죽도록 싫어해. 애들이 좀 만지기라도 하면 헐크로 변한다니까. 내건 굴러다녀도 발로 툭툭 건들면서. 왜 갈수록 밉상 짓만 하는지 몰라."

"남자들 다 그렇지 뭐. 앉아. 밥 먹게."

내가 밥을 푸는 사이 혜진은 반찬 뚜껑을 열었다. 죄다 엄마가 만들어 준 밑반찬이다. 반찬집 경력만 십수 년이라 종류도 다양하고 맛은 덤이다.

"언니는 좋겠다. 형부가 능력 있어서."

"능력은 무슨."

"그만하면 능력자지. 언니 있잖아. 그래서 말인데…. 형부한테 오천 갖고 투자할 때 없는지 슬쩍 물어봐 주라."

남편 얘기에 가슴이 뜨끔했다. 나는 수저를 들다가 멈추고 혜진을 뚫어지게 쳐다봤다.

"오천? 니가 오천이 어디서 나서?"

"있지. 시댁에서 줄 것 같애. 대출 많으니까 좀 갚으라고 그러시대. 적금 타셨나 봐. 생각만 해도 좋아서 잠이 안 온다니까."

"그럼 그 돈으로 형부 돈 일부라도 갚아."

밥을 뜨다 만 혜진은 질끈 묶어 넘길 것도 없는 머리를 귀 뒤로 연거푸 넘긴다. 곤란할 때면 혜진이 하는 버릇이다.

"아니. 내 말은 그 오천으로 돈을 굴려서 한방에 갚으려는 거지. 형부가 입지 좋은데 많이 아니까."

"됐어. 그러다 돈 날리면 어쩌려고. 얘가 간도 커."

"섭하네 진짜. 아니 우리 사이에 그것도 못 해줘. 형부가 설마 우리 돈 날리게 하겠어."

"어, 니 형부 너무 믿지 마."

남편은 도무지 속을 알 수 없는 인간이다. 사람을 대할 때 그에 맞는 가면을 쓰고 쓸모없어질 때까지 촉수를 꽂아 빨아먹고 버린다. 그 인간에게 사람이란 자신의 목적 달성을 위한 수단 그 이상도 이하도 아니다. 그런 인간을 믿는다는 건 내가 아직도 세기말의 순진한 소녀에 머물러 있다는 소리다.

"와, 대박. 그럼 누굴 믿냐?"

"밥이나 먹어."

"말 돌리는 거 봐. 제발 형부한테 잘 좀 해. 애도 없는데 형부 딴생각하면 어쩌려고 그래? 미정이 친구 수진이 알지?"

미정이도 겨우 아는데 내가 그녀의 친구까지 어떻게 알까. 동생의 대화법은 열일곱 때나 서른일곱인 지금도 여전히 적응하기 힘들다. 이럴 땐 물 흐르듯 대화의 흐름을 타는 것이 최선인 법.

"그래, 걔가 왜?"

갑자기 혜진은 주위를 살폈다. 사방이 콘크리트로 덮여있고 이중창이라 바람 소리도 안 들리는 이 집에서 누가 듣는다고 내게 얼굴을 바짝 가깝게 붙이고 심지어 말 못 하는 짐승인 코코까지 힐끔 보다 말문을 열었다.

"있지. 헬스클럽서 웬 남자랑 눈이 맞아서 그 집 지금 풍비박산 났잖아. 수진이가 그 남자한테 미쳐서 사니 못 사니 한다잖아."

별로 삼킨 것도 없는데 사레가 걸린 것처럼 목이 막혔다. 사니 못 사니 단계까지는 아니지만 어쨌든 나는 지금 다른 사내를 마음에 품었기 때문에 동생과 눈을 맞출 수가 없었다. 눈을 내리깐 채 젓가락으로 고사리나물을 깨작거렸다. 입맛이 뚝 떨어졌다.

"사랑한대. 그 남자랑 키스했는데 온몸에 전율이 왔대. 말이 되냐? 키스에 전율이라니! 키스는 어떻게 하는 건지 기억도 안 난다."

불난 집에 기름을 부은 것처럼 본격적으로 얼굴이 훨훨 타올랐다. 나는 컵에 가득 든 생수를 벌컥벌컥 마셨다.

"더워? 얼굴이 왜 그렇게 빨개?"

"어, 그게. 청양고추를 먹었나 봐."

"에? 청양고추? 울 엄마 치맨 거 아냐! 고사리나물에 청양고추를 넣다니!"

격하게 놀란 혜진은 내가 방금 전까지 깨작댄 고사리나물에서 청양고추의 행방을 찾아 열렬히 뒤적였다. 동생의 열띤 태도에 속이 바짝 타들어 갔다. 잘못했다간 멀쩡한 엄마를 치매안심센터로 모시고 가게 생겼다.

"혜진아, 청양고추 아닌가 봐."

"뭐? 왜 이랬다 저랬다야. 놀랐잖아. 김춘희 씨 치매 온 줄 알고. 언니 오늘 참 이상한 거 알아? 수상해."

젓가락을 탁 내려놓던 혜진은 팔짱을 끼고 의미심장한 눈으로 나를 쳐다본다. 의심 들면 무조건 찔러보는 동생의 오랜 습관이다. 그래야 삶이 쫀득쫀득하니 스릴이 넘친다나. 뚱딴지같은 그 습관의 가장 큰 피해자는 제부와 나다. 그리고 혜진의 일곱 살 난 아들 지율이.

"왜? 혹시, 언니 친구도 바람났어?"

"아냐. 내가 친구가 어딨어."

적절히 말을 돌리고.

"근데 진아, 있잖아. 살다 보면 말도 안 되는 그런 일이 일어날 수 있잖아, 수진이처럼. 그런 일이 있음 넌 어쩔 건데?"

"암만 살아 봐라. 그런 이상한 날이 오나. 알콩달콩한 로맨스는 7년 전에 지율이 낳으면서 쫑났어. 하루하루 사는 게 전쟁인데. 로맨스는 무슨 얼어 죽을. 난 지율 아빠 연봉이 막 따따블로 뛰어서 심장이 미친 듯이 뛰면 좋아죽겠다. 그게 진정한 판타지지."

혜진은 돌덩이만 한 섞박지를 아삭아삭 씹어 삼켰다. 나의 판타지를 잘근잘근 씹어 부수는 동생의 모습에서 고개가 절로 꺾였다. 헛헛한 마음이 티가 났던지 혜진은 내 팔을 탁 건드리고.

"언니 남자 있어?"

툭 찔러본다.

"누, 누가 그래?"

"발연기 같은 이 어색한 반응은 뭐지?"

"아, 아냐. 갑자기 밥 먹다가 이상한 소릴 하니까 그렇지. 그냥 먹던 밥이나 먹죠. 동생님."

"하긴 민혜선 씨가 그럴 리가 없지. 목숨 구해 준 첫사랑인 형부를 놔두고 딴생각하면 벼락 맞지. 엄마는 그날만 생각하면 아직도 자다가도 벌떡 일어난다더라. 형부 같은 사람이 어딨냐. 요즘 사이코 같은 놈들이 얼마나 많은데. 큰 언니 봐…."

언제나 씩씩한 혜진이 유일하게 슬퍼지는 순간이다. 오래전 살해당한 언니를 회상하던 혜진은 해묵은 슬픔을 먹어 치우려는 듯 꾸역꾸역 입 속으로 밥을 밀어 넣었다. 먼 데서 찾긴. 니 형부가 바로 사이콘데.

"체할라 천천히 먹어."

소시오패스 남편을 나는 꽃다운 열아홉 끝자락에 만났다. 정확히 말하면 얼굴을 접한 건 그때가 처음이었다. 그날은 손꼽아 기다리던 그 겨울 첫눈이 내렸다. 수능을 치러서 더는 독서실에 갈 일이 없었지만, 펑펑 쏟아지는 눈을 보며 부리나케 독서실로 달려갔다.

"선아, 꿈에 신이가 나왔더라. 아무래도 찜찜하다. 오늘은 그냥 집에 있어."

죽은 언니를 꿈에서 봤다며 엄마는 집을 나서는 내 코트 자락을 붙들며 만류했지만 나는 무조건 가야 했다.

"그럼 언니가 나 지켜주겠네. 갔다 올게."

엄마의 목소리를 웃음으로 뭉갠 채 서둘러 길을 나섰다. 첫눈이 내리는 날 그 사람과 약속했다.

K.D.H.

이니셜 밖에 몰랐던 비밀의 그 사람은 지난 1년 동안 독서실 내 자리에다 과목별로 잘 정리된 핵심 노트와 삼각 커피 우유를 몰래 가져다 놓던 나만의 '스마일맨'이었다. 요약정리가 얼마나 잘 된 노트였는지 미라와 나는 그 노트를 보며 숨은 스마일맨이 수능 만점자일지도 모른다는 꿈에 부푼 추리를 하곤 했다.

스마일맨은 내가 붙여준 애칭이었다. 노트 모서리마다 스마일 얼굴을 한 캐릭터가 그려져 있었는데 노트를 휘리릭 넘기면 마치 움직이는 것처럼 보였다. 짤막한 한 편의 만화처럼 센스 넘치고 재미나서 자꾸만 눈이 갔고 기다려졌다.

항상 도둑처럼 갖다 놓는 바람에 그 사람의 뒷모습도 보지 못했지만 분명 멋진 사람이 틀림없으리라 생각했다. 반듯하고 정갈한 필체는 물론 센스 넘치는 만화를 그릴 정도의 유쾌함도 가졌으리라 기대했다.

코끝이 빨개지도록 달려가 그 사람을 기다렸다. 도서관 밖은 하얀 첫눈이 푹푹 내리고 나는 나타샤가 된 기분이었다. 나의 백석을 만날 생각에 설레고 설레어서 다른 생각은 나지 않았다. 삼십 번도 더 빗은 머리카락을 단정히 귀 뒤로 넘겼다. 두근대는 심장을 진정시키며 그 사람을 기다렸다.

그런데 갑자기 성난 불길이 치솟았다. 그 사람을 기다리던 설렘은 뜨거운 불길의 공포가 집어삼켜 버렸다. 여기서 나가야 한다는 생각밖에 들지 않았다. 매캐한 연기 때문에 앞이 잘 보이지 않았다. 코와 입을 틀어막고 출입구를 찾다가 정신을 잃었다. 그때 나를 구해준 사람이 바로 지금의 남편이었다.

결정적으로 K.D.H. 고두홍.

남편은 노트의 주인이었다. 그 누구라도 운명이라 믿었을 것이다. 아무것도 몰랐던 그때의 나는 우리의 운명이 우주를 바꿀 만한 사랑이라 믿었다. 하마터면 까만 재가 될 뻔한 날 구해준 사람에 대한 도리라고도 생각했다. 그러던 남편의 생일날 소원이라며 조르는 남편과의 첫 잠자리에서 덜컥 임신을 해버렸다.

배가 불러오기 전에 쫓기듯 식을 올렸고 몰아닥친 입덧과 빈혈 때문에 학업도 포기해야 했다.

안정기인 6개월에 들어서던 때였다. 맘 편히 정기검진으로 찾은 병원에서 아이가 숨을 쉬지 않는다는 거짓말 같은 소릴 들었다. 이틀 꼬박 죽은 아일 밀어내야 했다.

허무하게 아이를 보내고 병실에 누워있는데 젖이 돌아 흘러내렸다. 젖 한번 물리지 못하고 차갑게 보낸 아이가 생각나서 심장에 커다란 구멍이 뚫린 것 같았다. 엄마를 잘못 만나 세상 구경 한 번 못해보고 떠나버린 불쌍한 내 아가….

그 여린 생명 하나도 지키지 못한 죄책감에 나는 비명처럼 통곡했고 젖으로 젖은 상의를 본 남편은 온갖 역정을 내며 가버렸다. 그 아이가 처음이자 마지막이었다. 그때 내 나이 스물하나였다. 우주를 바꾸리라 믿었던 남자의 손에 꽃봉오리 같은 내 삶은 제대로 피지도 못하고 참혹히 짓밟혀버렸다. 결혼 전 나를 설레게 했던 사람이라고는 도무지 믿기지 않는 남편의 폭언과 폭력은 빛바랜 추억을 걷어찰 만큼 아팠다.

“조심하란 말이야. 형부도 형부지만 언닌 아직도 나가면 아가씨 소리 듣잖아. 나보다 세 살이나 많은데도 나가면 내가 언닌 줄 알잖아. 다린이 엄마도 만날 때마다 그 소리 해. 내가 언닌 줄 알았다고. 그 여자 은근히 사람 엿 먹인다니까. 지는 기린 닮은 주제에. 암튼 이상한 놈 꼬이지 않게 조심해.”

"괜한 걱정은."

"괜한 소리 아냐. 사람 보는 눈은 다 똑같거든. 언닌 아직 여자로 보여. 후줄그레한 이 아줌씨랑은 슬프지만 다르다고. 그래서 형부가 애가 없어도 언니만 보면서 사는 거야. 언니가 항상 그림 같으니까."

"그림은 무슨. 아냐."

"맞거든. 그러니 형부가 끔뻑 죽지."

그래서 끔뻑 죽을 만큼 때리나. 쓰라린 진실을 삼키며 난 또다시 냉수를 벌컥 마셨다.

"아, 맞다. 언니한테 줄 거 있는데. 이놈의 정신에 깜빡이를 달았나. 맨날 깜빡해."

혜진은 요란하게 주머니를 뒤적이다 작은 귀걸이 한 쌍을 꺼내놓았다. 부업으로 만들다 미세한 불량이 난 귀걸이를 혜진은 내게 가져다준다.

"이번 건 진주네. 예쁘다. 미정이는 장사 잘된대?"

"온라인 몰 오픈했는데 주문이 꽤 들어오나 봐. 확실히 대박나려면 오프라인보다는 온라인이 빨라. 그래야 나도 일거리가 많아지지. 미정이가 물어봐 달래. 혹시 모델 할 생각 없는지."

"내가?"

"언니 얼굴 이쁘잖아. 우아하기도 하고. 카피지만 그래도 명품이잖아. 홈피 컨셉에 딱이지."

"내가 무슨. 안 해. 미정이한테는 고맙다고 전해줘."

성난 남편이 내 귀를 도려내는 상상을 하며 손안에 귀걸이를 만지작거렸다. 순간 잃어버린 귀걸이를 떠올린다. 혜진이 준 귀걸이 한쪽을 그날 잃어버렸다. 그 남자를 만났던 그날. 섬에 들어가기 전까지 있었으니 분명 그 섬 어딘가에 있을 것이다. 실은 그 섬에 귀걸이 한쪽보다 더 큰 걸 두고 왔다. 잊고 살았던 진실. 여전히 설렐 수 있고 가슴도 뛰는. 나도 여자라는 슬픈 사실을 말이다.

"당신 숨결이 궁금해요."

빗소리처럼 고즈넉한 그 목소리가 또다시 이명처럼 들려온다. 부드러운 바람 같은 그 숨결도 첫눈처럼 목덜미에 내려앉는다. 한여름 밤의 꿈처럼 아름다웠던 그 순간이 파도처럼 와락 밀려든다. 오래도록 외로웠던 등대를 따뜻하게 품고 품는다.

2.

부드러운 바람이 심장을 스치면

스트레스의 시작은 옆집 고양이 코코였다. 아침에 일어났는데 코코가 보이지 않았다. 이름을 부르면 늘 곁에 오는 녀석인데 아무래도 이상했다. 숨을 만한 곳을 샅샅이 뒤지다가 세탁실 안을 보고 소리를 지르고 말았다. 세탁실 바닥에 피투성이의 코코가 힘없이 늘어져 있었다.

상처로 보아 칼에 찔린 것 같았다. 심장이 거세게 쿵쾅거리고 눈물이 핑 돌았다. 이런 극악무도한 짓을 할 인간은 남편뿐이다. 남편에겐 전력이 있다. 아이를 잃고 상실감에 빠진 내 품에 엄마는 말티즈 새끼 한 마리를 안겨주었다.

떠나보낸 아이의 빈자리를 신기하게도 그 애가 채워주었다. 방울이란 이름도 지어주고 산책도 날마다 시키며 지극정성으로 보살폈다. 자식 같은 그런 방울이를 남편은 난도질해 죽여 잠든 내 품에 안겨두었다. 아무것도 모르고 자다 일어난 나는 처참한 그 꼴을 보고 잠시 혼절했었다. 남편은 그런 인간이다. 놀랍지도 않다.

아직 몸이 따뜻한 코코를 수건에 감싼 채로 가까운 동물병원으로 정신없이 달려갔다. 응급수술에서 깨어난 코코는 상태가 안 좋았다. 운 좋게 간신히 살았지만, 경과를 지켜봐야 한다며 수의사는 낙담한 얼굴을 했다. 우리 애기 잘 부탁한다던 옆집 여자의 상냥한 얼굴이 축 늘어진 코코의 모습 위로 일렁였다.

코코의 엄마. 옆집 여자의 분노와 슬픔은 내 예상을 우습게 뛰어넘을 만큼 광적이었다. 비통한 그 얼굴을 보며 차마 남편이 그랬다고 말하지 못했다. 순전히 내 실수로 코코가 다쳤다고 둘러대 버렸다. 다행히 코코는 회복해갔지만 식을 줄 모르는 여자의 슬픔과 분노를 온몸으로 받아낸 나는 결국 엄청난 스트레스로 쓰러졌다. 119를 타고 온 히스토리를 들었을 땐 스트레스성 급성충수염으로 복강경 수술을 받은 직후였다.

"선아. 선아."

엄마의 목소리를 따라 천천히 눈을 떴다. 초췌한 얼굴의 엄마와 혜진 그리고 이 병원에서 근무하는 제부의 모습이 보였다. 당연히 남편의 얼굴만 없었다.

"이제 깼네. 마취가 안 깨서 얼마나 걱정했는데. 니 아부지 때가 생각나서."

간암 투병 중이던 아빠는 몇 해 전 그토록 원하던 언니 곁으로 홀가분하게 떠났다. 언니를 유독 아꼈던 아빠는 참혹한 언니의 마지막 모습을 본 그날부터 술을 물처럼 마셨다.

엄마의 말에 따르면 이미 숨통이 끊어진 언니의 심장에다 팔목이 다 나가도록 심폐소생술을 하고 범인의 흔적을 찾아 움직였다고. 덕분에 현장은 온통 아빠의 DNA로 가득했고 현장을 훼손시킨 아빠는 용의선상에 올랐다. 멀쩡한 사람도 미치게 만드는 경찰이었다. 족적도 지문도 남기지 않을 만큼 치밀한 범인은 끝끝내 잡히지 않았다.

"민혜선 씨, 수술 잘됐고요. 마취도 거의 풀렸네요. 병실로 옮기겠습니다."

"네에."

목소리가 잠겨 잘 나오지 않았다. 낮은 기침을 해보려 해도 배가 너무 당겨서 엄두가 나질 않았다. 덜컹거리는 철제 침대에 누워 흔들리는 천장 형광등만 바라봤다. 길고 긴 복도를 돌고 엘리베이터에 올라 병실로 옮겨졌다. 정신이 점점 또렷해지자 가래 섞인 기침이 자꾸 나왔다.

"기침을 많이 하세요. 숨도 크게 쉬고. 아프더라도 복도 왔다 갔다 하면서 운동하시고요. 그래야 회복이 빨라요."

"네."

마지막으로 링거를 확인한 베테랑 간호사는 병실을 나갔다. 그제야 엄마는 내 손을 꼭 붙들고 앉았다.

"고생했어, 딸. 고 서방은?"

엄마는 흐트러진 머리칼을 정리해주고 손을 주물러 주었다. 거칠거칠한 엄마의 손길에 콧잔등이 시큰했다.

"어, 출장 갔어. 바쁘잖아, 그 사람."

그 인간이 어딨는지도 모르면서 나는 또 엄마의 건강을 위해 선의의 거짓말을 한다.

"요즘도 잘해주지?"

좋은 남편 코스프레 중인 남편의 이중적인 얼굴이 떠올라 소름이 돋았다.

"늘 똑같지 뭐."

"그깟 고양이가 뭐라고. 사람이 먼저지. 얼마나 스트레스를 받았길래?"

"참 엄마는. 요즘은 고양이든 개든 다 자식처럼 키우잖아. 남의 고양이 봐주다 그렇게 됐는데 그럴 수 있지. 어디 가서 그런 소리 하지 마. 욕먹어."

혜진의 목소리가 퉁명하자 제부가 그런 아내의 어깨를 슬쩍 붙들었다.

"다른 일 때문에 그런 건 아니지?"

"아냐, 별일 없어."

나는 엄마를 안심시키고 어정쩡하게 서 있는 제부에게 시선을 돌렸다.

"뭐 하러 왔어요. 바쁠 텐데."

"이제 슬슬 내려가 봐야죠."

원무과 스트레스 때문에 흰머리가 늘었다더니 혜진의 말이 틀린 게 아니다. 숱 검댕이 같던 제부의 머리가 흰 눈을 맞은 듯 희끗희끗했다.

"그래 김 서방은 어서 내려가 보게. 병실 잡는다고 고생했네."

"고생은요, 아닙니다. 장모님. 그럼 내려가 보겠습니다. 처형 쉬세요."

"제부 고마워요."

상반신을 일으켜 앉으려 하자 복부 통증이 몰려왔다. 힘겹게 앉는 나를 본 제부가 기겁하며 손사래를 쳤다.

"에고. 그냥 누워 계세요."

"그래 언냐, 걍 누워있어. 꿰맨 데 다시 터지겠다. 엄마 난 내려가서 칫솔이랑 슬리퍼 좀 사 올게. 언니 또 뭐 필요한 건 없어?"

"뭐 하러. 곧 퇴원할 텐데. 짐만 늘어."

혜진과 제부를 내려보내고 다시 누웠다. 엄마는 여전히 근심 가득한 얼굴이다. 엄마의 얼굴에 질기게 달라붙은 저 근심은 언제쯤 사라질까.

"진짜 별일 없는 거지?"

"어, 없어."

"밤에 잠도 잘 자고?"

"어, 잘 자."

"그래, 너만 잘살면 된다, 엄마는. 고 서방한테 잘해라. 요즘 그런 사람 없다."

나는 대답 대신 질끈 눈을 감았다. 엄마는 내가 아는 여자 중 최고로 불행한 사람이다. 셋 중 가장 아끼는 딸을 그렇게 보내고, 그 딸로 인해 알코올 중독에 반 미친 남편의 병간호까지 하다 엄마의 고단한 인생은 어느덧 지고 있었다.

자식들의 행복이 우선인 엄마를 위해 내가 할 수 있는 건 불행을 숨기고 행복한 척 평화를 유지하는 것. 불쌍한 엄마의 목에 칼을 들이댈 수 있는 사악한 인간으로부터 그렇게 가족을 지키는 것 외에는 달리 방법이 없었다.

칫솔을 사다 주고 집에 가는 혜진을 따라 엄마도 함께 보내고 모처럼 맘 편히 누웠다. 남편의 손아귀를 벗어난 곳이라 그런지 내 집 침대보다 차가운 이 철제 침대가 더 편했다.

"친정엄마?"

맞은편 병상 아주머니가 물었다. 엄마 또래처럼 보였지만 풍기는 캐릭터가 '센 언니'다. 노랗고 까만 봉지를 씌운 수액을 주렁주렁 달고 있는 걸 보니 나처럼 가벼운 질병은 아닌 것 같았다. 얼굴에 약간의 황달기도 있었다.

"네."

"친정엄마 닮아서 생긴 게 곱네. 남자깨나 울리겠어."

"제가요? 아녜요."

나는 화장기라고는 없는 푸석한 얼굴을 손으로 가렸다.

"아니긴. 눈이 반짝반짝하고 입술도 붉고 새침하잖아. 남자들이 미치는 상이야."

그래서 미치게 맞고 사나 싶어 그저 웃음만 나왔다. 나는 당기는 배를 잡고 낄낄거렸다.

"말씀도 참 재밌게 하시네요."

"어마, 이래 봬도 예전에 나 방석 깔았던 여자야. 지금은 담도암인지 뭔지 썩을 것에 걸렸지만 나 신촌에서 꽤 유명했어. 두고 봐. 곧 진짜가 와. 지금 사는 놈 말고 더 큰 놈."

'센 언니'의 말이 끝나기도 전에 내 옆 베드에서 아이보리색 비닐을 쓴 환자가 벌떡 일어나 앉았다. 얼굴과 목에 주름이 자글자글했다.

"또 뭐라 시부리쌋노. 결혼해가 잘사는 사람한테. 저 여편네 말 듣지 마라, 고마 팔십 넘은 내보고도 사랑받을 상이라 카드라. 이날 팽생을 살믄서 영감한테 받은 거는 구박하고 빗밖에 없다. 그기 사랑이가. 니 함 말해봐라. 며칠 전에는 자궁도 없는 아주매한테 쌍둥이 본다 카드라. 이용서니 니 그래가 밥이나 묵고 살았나."

"저 형님은 내가 무슨 말만 하면 꼭 저러더라. 사람 모냥 빠지게. 그리고 몇 번을 말해. 용선이 아니라니까 영선이로 부르라니까. 김말순 씨."

"백날 그래봤자 니는 이영서니가 아이라 이용서니다."

새침한 센 언니의 얼굴을 보니 이영선으로 불리고 싶은 이용선이 이름인 것 같았다. 인간적인 그들의 소란에 피식 웃음이 나왔다.

"하이구. 자매님들. 그만 잠 좀 잡시다. 다들 기운도 좋아."

자는 줄 알았던 고상한 얼굴의 환자도 덩달아 일어나 앉았다. 미운 환자복 위에 핑크색 카디건도 걸치고 제법 멋을 부렸다.

"어머, 죄송해요."

미안해하는 나를 향해 핑크 카디건은 새침한 인상과는 달리 나긋나긋하게 웃었다.

"아, 괜찮아요. 우리끼린 늘 이래요. 아까 보니까 맹장이던데. 편히 쉬다 가요. 삼시세끼 밥 나오겠다. 귀찮게 구는 혹도 없겠다. 천국이 따로 없지. 에휴. 나도 맹장이면 얼마나 좋아."

"고마 시끄릅다. 배 집사 니는 내 죽으믄 천국 가게 해달라꼬 기도나 해라."

"그래. 미선 언니 기도 열심히 해. 나는 언니 발 잡고 천국 갈라니까."

병상 옆 서랍장 위에 닳고 닳은 검정 성경이 보였다.

"무신 무당년이 저리 줏대가 없노. 참말로 양심도 읎따."

"어마 무당이라니. 형님, 나 역술가야. 이거 왜 이래."

"그게 그기지."

"형님!"

"마 시끄럽다 테레비나 틀어봐라."

끝도 없이 늘어지는 그들의 대화를 들으며 침대에 누웠다.

긴장이 풀리기도 전에 의사의 회진이 있었다. 막내 인턴으로 보이는 의사가 먼저 달려들어 와 티브이를 껐다. 드라마 재방송을 보고 있던 말순 할머니가 실눈을 부라리며 발끈한다.

"이 썩을 놈 좀 보소."

"과장님 회진이요. 좀 있다 보세요."

욕을 해대는 할머니를 향해 실룩 웃던 의사는 우아하게 병실문을 열었다.

"고놈의 회진은 맨날 뭐하로 하노."

"어머어머. 김 과장님 오셨어."

센 언니, 이용선이 갑자기 거울을 봤고, 배 집사도 떡진 머리를 숨기느라 체크무늬 머리띠를 꼈다. 내가 아는 회진의 풍경과는 판이하게 다르고 어딘지 모르게 익숙한 이 광경은 학창 시절 숨넘어갈 듯 멋진 교생선생님의 출현을 앞둔 여고 반의 핑크빛 풍경이었다. 대체 누가 오길래?

미스터리한 의아함을 품은 채 당기는 배를 움켜쥐고 침대 등받이에 기대앉았다. 시원하고 깨끗한 바람이 흰 가운 군단과 함께 밀려 들어왔다. 이상하게 심장이 두근거렸다.

"민혜선 씨. 좀 어떠세요?"

심장이 덜커덩 내려앉았다. 이 목소리는…. 고개를 들었다. 이럴 수가. 새하얀 가운을 입고서 내 앞에 선 의사는 그 남자였다. 숨결이 부드러운 바람 같던.

"괜, 괜찮아요."

넋 놓고 그를 바라보며 내가 얼버무렸다.

다시 봐도 분명 그 남자가 맞았다. 저런 얼굴과 목소리는 결코 닮거나 비슷할 수 없으니까. 심지어 왼쪽 손목의 파아란 시계도 같았다. 성능 좋은 시스템에어컨의 노동이 무색하게도 등허리에 식은땀이 흘렀다. 왜 하필 외과 병동에서 이런 허접한 꼴로 다시 만나야 했을까. 누가 입다 벗었는지 모를 해진 병원복에 기름진 정수리와 푸석한 얼굴. 꼭 헐벗고 앉아있는 것처럼 부끄러웠다.

"우리 과장님 오늘 기분 좋은 일이라도 있으신가 봐. 얼굴이 확 폈네, 폈어. 그치 형님."

이용선이 과도한 카페인을 섭취한 것처럼 들뜬 목소리로 말했다. 그는 그의 환자를 향해 백만 불짜리 미소를 투척했다.

"오늘 신나는 일이 있을 것 같아서요."

"무신 좋은 꿈이라도 꿨는가베."

말순 할머니의 혼잣말에도 그는 미소로 답했다. 그리고 내 얼굴을 빤히 보고는 날 향해 상체를 수그렸다. 마치 내가 '신나는 일, 좋은 꿈'에 해당하는 착각을 일으킬 눈빛으로 날 보면서.

"한번 봅시다."

청결한 비누 냄새가 환자복을 입은 날 눈치도 없이 자극했다. 스마트한 손길로 그는 내 아랫배. 맹장이 있던 자리를 손으로 꾹꾹 누른다. 그때 하필. 난데없이 바람 빠진 풍선처럼 가스가 피융하고 나오는 바람에 불닭 수천 마리를 삼킨 것처럼 오장육부가 다 화끈거렸다. 숨고 싶은 심정으로 병든 닭마냥 고개를 푹 숙였다.

"저 봐라. 선생님 손이 약손인 기라. 저래 가스도 한 방에 나온다."

말순 할머니의 목소리를 듣던 그는 배시시 웃었다. 졸지에 방귀를 틀 심오한 사이가 될 줄이야.

"자리는 확실히 잘 잡았네요."

수술 부위까지 확인한 그는 잠시 머뭇거렸다.

"드레싱 좀 할까?"

뿔테를 향해 고개를 돌린 그가 말했다.

"네? 네. 교수님."

잠깐 혼란스러워하던 뿔테는 일사불란하게 의자와 드레싱 도구를 가져왔다. 의자에 바짝 당겨 앉은 그는 차분히 드레싱을 시작했다. 갈색 알코올 솜을 집게로 집어 수술 부위를 꼼꼼히 닦았다. 내 시선은 유려한 그의 손을 따라 움직인다.

이상했던 그날이 무성영화처럼 기억에서 끊임없이 흘러나왔다. 저 입술의 촉감과 저 손의 온기를 아는 나의 몸이 반사적으로 반응했다. 쓸데없이 심장이 두근거렸다. 지금 이 남자는 무슨 생각을 하고 있을까. 날 알아보긴 했을까. 커튼처럼 깔린 그의 긴 속눈썹만 바라보며 나는 작게 호흡했다.

"수술은 잘 됐습니다. 잘 꿰매서 얼마 후면 흉도 없겠어요. 틈틈이 운동하세요. 그래야 회복이 빠릅니다."

드레싱을 마친 그는 가볍게 목례한 후 옆 베드 말순 할머니 앞으로 떠났다.

뾸테가 로봇처럼 차트를 읊고, 찬찬히 듣는 그의 모습은 키스했던 그날보다 천배는 더 멋져 보였다. 흰 가운 안에 입은 제트블랙셔츠가 그를 더 돋보이게 했다. 남자도 섹시할 수 있다는 걸 처음으로 느꼈다.

"소화는 어떠세요? 또 몰래 오징어, 쥐포 같은 거 드시는 거 아니죠?"

"그기. 입이 하도 심심해가 씹다가 내 슨생님한테 시꺼물까봐 뱉았다 아인교."

"잘하셨네요. 드시면 안 됩니다. 얼른 쾌차하셔야 김치 담가주실 거 아닙니까. 지난번에 주신 거 다 먹어 가는데."

"내사마 우리 슨생님 김치 때문이라도 얼른 나사가 집에 가야겠다. 호호."

말순 할머니의 거친 입담도 그의 앞에서는 한결 부드러웠다. 병실 식구들이 아까 왜 그토록 부산을 떨었는지 그 이유를 단번에 알았다. 통증이 일상이 된 그들에게 그는 인간적인 따뜻함으로 병을 고쳐주고 있었다. 말 그대로 그는 '좋은 의사' 이 병원의 슈퍼스타였다.

슈퍼스타가 떠난 병실에선 그 여파의 흔적으로 크고 작은 여진들이 각 베드에서 발생했다. 수다가 끊이질 않았다. 환자들을 대하는 모습에서 그의 진면목을 본 나 또한 '김 과장 앓이'에 동참 중이었다.

토네이도가 한바탕 휩쓸고 간 복잡다단한 마음을 다잡으며 허공을 응시했다. 살뜰히 드레싱을 해주던 그의 얼굴이 천장 조명처럼 병실을 환히 밝히고 있었다.

"무슨 과장이 드레싱도 해주노."

희한한 일이라는 듯 말하는 말순 할머니에게 고개를 돌렸다.

"예?"

"그르게 원래 드레싱은 과장이 안 해. 회진 끝나고 인턴이 와서 해주지. 어쩜 그렇게 드레싱도 섹시하게 하는지 몰라. 우리 김 과장님 같은 남자랑 딱 하루만 살아봤음 원이 없겄다. 그러면 고약한 이 암도 낫겠구만. 안 그래 형님?"

이용선이 수액을 확인한 다음 새침하게 모로 드러누웠다.

"그래가 나을 암이믄 병원 다 문 닫아야지. 니는 말이 되는 소리를 해라. 용서니 니는 내한테 김치 담그는 거나 먼저 배아라. 그래야 비슷한 놈이라도 안 만나겠나."

"암만 봐도 우리 김 과장님 인물 좋단 말야. 왜 여태 혼잔지 모르겠네. 환자들 뱃속이나 들여다보고 살기엔 인물이 아깝다니까."

배 집사는 야무지게 성경을 펼치고 베개를 손본 다음 자리에 누웠다. 그 사람이 혼자라는 그 문장이 머리에 플레이 버튼을 눌러 지겹도록 반복 재생됐다.

"저 과장님이 잘하는 기라 결혼은 해가 뭐하겠노. 내사 마 다시 태어나믄 혼자 살끼다."

"저도요."

나는 작게 웃으며 조금 전까지 여기 있던 그를 생각했다. 방 식구들에게서 얻어낸 그의 신상도 차곡차곡 쓸어모았다.

그가 미혼이란 사실에 조금 놀랐다. 저렇게 완벽한 남자가 마흔하나가 되도록 여태 혼자라니 슬쩍 겁이 났다. 결혼생활을 유지할 수 없을 만한 치명적인 하자가 있는 건 아닌가 하는 합리적 의심에 사로잡혔다.

그런 하자 있는 인간과 살다 보니 모든 남자를 의심하게 된다. 게다가 그는 '전문적인 칼잡이'가 아닌가. 아니다. 이만 개의 전구보다 눈부신 그의 미소를 떠올리며 해괴한 상상 따윈 접었다. 이러다간 망상에 빠질 것 같다. 이럴 땐 몸이라도 움직여야지.

"오데 가노?"

내가 대뜸 일어서자 말순 할머니가 궁금해했다. 덩달아 몸을 반쯤 일으킨다.

"아, 운동 좀 하려고요. 아까, 선생님이 운동하래서."

"옥상에 함 가봐라. 기똥차게 잘해 낫드라."

제부가 늘 자랑처럼 떠들던 이 병원 옥상정원을 말하는 듯했다. 본인이 투표한 디자인이 채택됐다고 엄청 좋아하던 기억이 선명하다.

당기는 배를 잡고 링거대를 끌며 천천히 복도를 걸었다. 메인 엘리베이터를 타려다 방 식구들의 조언에 따라 아는 환자들만 탄다는 비상용엘리베이터를 탔다. 역시 한적하니 좋았다. 닫히는 문을 보며 문득 그의 얼굴을 떠올렸다. 그때 갑자기 큰 손이 들어와 문을 열었다. 맙소사. 치명적인 하자가 있을지도 모를 슈퍼스타 나의 주치의였다.

별안간 등장한 슈퍼스타 덕분에 내 몸은 바짝 굳었다. 문이 닫히자 작정한 듯 그가 나를 마주 보고 섰다. 나는 그의 얼굴을 슬며시 올려다보고는 가운에 박힌 그의 이름에 시선을 둔다. 과장 김도훈.

"민혜선. 민혜선. 민혜선."

불쑥 튀어나온 내 이름에 나는 눈을 동그랗게 뜨고 그를 올려다보았다. 생각보다 너무 가까이 있는 그의 입술 위치에 흠칫 놀라 버린 나는 재빨리 시선을 돌렸다. 가운에 박힌 그의 이름으로. 나도 조금 전 그가 한 것처럼 궁금했던 그의 이름을 속으로 계속 되뇌었다. 김도훈. 김도훈. 김도훈.

"이름이 궁금했는데. 반가워요."

민망할 정도로 빤히 쳐다보는 눈길에 심장이 쿵쿵 수줍게 울렸다. 머리카락을 쓸어 넘기고 괜스레 딴청을 부렸다.

"민혜선 환자 지금 어디 갑니까?"

"옥상정원이요."

"지금 이 시각에?"

"네. 운동하라면서요."

"운동하는 건 좋은데. 거긴 지금 한증막일 텐데."

그날의 키스를 회상하듯 우리의 시선은 서로의 입술 위에 머물러 있었다. 적어도 나는 그랬다. 어색한 공기가 좁은 엘리베이터 안을 꽉 채웠다. 어색함을 무마하려는 듯 그는 주먹을 쥔 손 위로 헛기침을 했다. 그러고는 손을 가운 주머니에 찔러넣었다가 다시 빼서 엄지만 주머니에 걸쳤다가 정신없이 굴었다. 그럴 때마다 부스럭거리는 볼록한 주머니에 눈길이 갔다.

"그날, 난 진심이었어요. 당신은 실수라고 말했지만."

그날의 일을 그가 먼저 꺼냈고 꽝꽝 얼어붙은 나는 놀란 동공만 바삐 움직였다. 그런 날 본 그는 피식 웃으며 뭔가를 꾹 참는 표정으로 눈을 감았다. 그의 속눈썹이 파르르 떨리다 감긴 그의 눈이 열리고, 기막히게 멋진 까만 다이아몬드가 나만 바라보며 찬란하게 빛났다. 천 마디 말보다 의미심장한 그의 눈빛을 외면하고 싶었다. 그보단 나도 진심이었다는 그 말을 밀어내고 싶은 맘이 더 컸다.

"눈빛이 이상해요. 선생님은 눈빛이, 정말 이상해요."

"그러는 당신 눈빛은 더 이상해."

'이상하다'는 그 말의 의미를 우린 알았다. 서서히 마음을 적시며 심장으로 조여드는 떨리는 이 감정의 정체를 모를 만큼 우린 어리지 않으니까.

회색 마천루 사이에 초록 옷을 입은 옥상정원은 작열하는 태양 빛을 거름으로 온통 초록빛이었다. 불볕더위에도 굴하지 않고 피어난 색색의 꽃들에 탄성이 절로 나왔다. 집 앞 공원 외에는 특별히 어딜 다녀본 적도 없는 내 눈엔 옥상정원의 풍경이 멋진 관광명소 못지않게 좋아 보였다. 찌는 더위에도 아랑곳없이 정원 풍경을 감상했다. 내 옆에 선 그는 큰 나무처럼 해를 막아 그늘이 되어주었다.

"일루 와요. 저기 그늘 있어."

자연스레 그는 내 팔을 잡았다. 그 손의 힘과 온기를 기억해 낸 몸이 후르르 떨렸다. 한 손엔 내 팔을, 한 손엔 링거대를 끄는 그를 따라 벤치에 앉았다.

"여기 너무 예뻐요. 소독 냄새나는 병원에 이런 곳이 있을 줄 몰랐어요. 선생님은 좋겠어요. 매일 이런 거 보고 살아서."

왜 그렇게 가슴이 벅찼는지 그를 바라보며 모처럼 환하게 웃었다. 맘껏 웃다가 나를 너무 빤히 보는 그의 시선이 조심스러워 웃음을 거뒀는데 다행히도 그가 더 환하게 웃었다.

"그런 얼굴일 줄 알았어요. 꼭 4살짜리 애처럼 그렇게 웃을 것 같았어. 그럼 이것도 좋아하려나."

그는 문제의 그 볼록한 주머니에서 소다 맛 쭈쭈바를 꺼냈다. 어울리지 않게 그걸 건네는 그의 모습을 보며 난 다시 웃고 말았다.

"이거 아직도 나와요? 예전에 참 많이 먹었는데."

"충수염 수술하면 원래 요런 시원한 거 먹어야 열도 내리고 염증도 잡는 거예요."

말도 안 되는 말을 하면서 그는 손바닥에 봉지를 툭 쳐서 한 번에 봉지를 벗겼다. 꼭지를 시원스레 비틀어 딴 그는 내게 쭈쭈바를 건넸다. 그러고는 쭈쭈바 꼭지를 가져가 쪽 빨아 먹었다.

"그거 내 거잖아요. 왜 먹어요?"

내가 장난스럽게 물었다.

"꼭지 먹으면 암 걸린대요. 먹지 마요."

"그 소문이 진짜였어요?"

"그럼 여태 몰랐어요?"

"네."

다소 억울한 감정을 담아 나는 고개를 끄덕였다. 흘려들었던 풍문이 의사인 그의 입에서 흘러나오자 쭈쭈바 꼭지의 무서운 비밀이 사실임을 확신했다. 얼른 혜진에게도 알려서 조카들도 못 먹게 해야겠다는 생각이 퍼뜩 들었다. 심각한 내 얼굴을 보고 개구쟁이처럼 빙긋 웃던 그는 자신의 쭈쭈바 꼭지도 입에 넣고 보란 듯이 쪽쪽 빨았다.

"그럼 선생님은 왜 먹어요? 버려야죠!"

"그걸 믿어요? 더 먹고 싶어서 한 소리지."

"와. 완전 돌팔이 같아."

"아, 덥고 좋다!"

능청스러운 그의 모습에 웃음은 전염병처럼 번졌다. 얼마 만에 느껴보는 평화로움인지 조카 지율과 있을 때처럼 아무런 걱정도 두려움도 없었다. 마냥 편하고 이상하리만치 좋았다.

후덥지근한 바람도 소독 냄새나는 병원복도 싫지 않았다. 불쾌 지수가 솟구치려 하면 그보다 더한 유쾌함으로 그는 더위를 한 방에 날렸다. 배가 당겨서 배를 잡고 조심히 웃다가 쏟아진 머리카락을 쓸어 넘기고 그를 쳐다보면 그의 눈빛은 어김없이 달라졌다. 까만 눈동자에 별이 반짝였다.

다 먹은 쭈쭈바 봉지를 손에 움켜쥐는데 그를 찾는 전화벨이 울렸다. 손목에 찬 푸른색 시계를 들여다보던 그는 작은 한숨을 짓다가 전화를 받았다.

"네. 지금 갑니다."

전화를 끊고 일어선 그는 미련이 남은 얼굴로 나를 물끄러미 쳐다보았다. 헤어지기 아쉬운 마음은 내가 더 커서 한 폭의 풍경 같은 그의 얼굴을 나 또한 오래도록 바라보았다.

"가야겠어요."

"네. 쭈쭈바 잘 먹었어요."

나는 다 먹은 쭈쭈바 봉지를 흔들어 보였다.

"나만 가라고?"

"먼저 가세요. 전 조금 더 구경하다 갈게요."

"너무 오래 있진 마요. 더위 먹을까 봐 신경 쓰여. 5분만 더 있다 내려가요."

"네. 그럴게요."

날 또 바라보다가 그는 뒤돌았다. 한 걸음 두 걸음 멀어지는 그의 뒷모습을 바라보는데 걸음을 멈춘 그가 다시 뒤를 돌아 나를 바라봤다. 강렬한 태양 빛에 눈을 찌푸린 그의 얼굴이 개구쟁이 아이처럼 순수해 보였다.

"아, 어디 가서 머리 쓸어 넘기는 거 그거 하지 마요."

"네?"

"환하게 웃는 것도 금지."

"갑자기요?"

"그래야 빨리 아물어요. 갑니다."

마지막까지 이상한 소릴 하던 그는 점점 멀어져 엘리베이터에 올랐다. 그가 떠난 자리에 서서 파란 하늘을 올려다보았다. 개구쟁이처럼 웃던 그의 얼굴이 푸른 하늘에 무지개처럼 끝없이 걸려있었다. 행복에 부푼 가슴을 끌어안았다. 그러던 그때 부푼 행복을 터트리듯 새파랗게 질린 하늘에서 작은 몸집의 새가 탁 떨어졌다. 먼 발치였지만 너무 놀라 한발 물러섰다. 전화벨이 울렸다. 심장을 요동치는 끔찍한 벨 소리는 남편이다. 결정적인 순간마다 착실히 내게 경고한다. 너의 자리를 잊지 말라고.

나는 초조하게 전화를 받았다.

[왜 이렇게 전화를 안 받아!]

짜증 섞인 남편의 언성이 고막을 찔렀다. 허무하게 막 깨버린 꿈의 잔상은 현실에 발을 내딛지 못하도록 나를 붙들고 있었다. 무자비한 악마를 견뎌낼 수 있도록.

"병원이에요."

[거긴 왜?]

"저 맹장 수술했어요."

[가지가지 한다. 이젠 뗄 게 없어서 맹장까지 떼냐.]

"여보… 무슨 말을 그렇게 해요."

[벌써 잊었냐? 니가 죽인 내 새끼. 나는 어제 일 같은데.]

"당신 그게 할 소리예요?"

뚝-

남편은 냉정히 전화를 끊었다. 가슴 깊숙이 묻었던 울분이 터져 나왔다. 아무리 연고를 발라도 낫지 않는 깊이 벤 상처는 다시금 터지고 곪았다. 전화기를 붙들고 소리죽여 울먹였다. 오색찬란한 무지개를 찢고 떨어진 힘없는 새처럼 나는 언제든 던져질 수 있는 존재였다. 벨 소리만으로도 두려움에 움츠러드는 내겐 10분의 행복도 충분했다. 후덥지근하고 텁텁한 바람이 목을 조이는 것 같았다. 나는 행복하면 안 되는 사람인 걸 또 깜빡했다.

다음날이 되어도 옥상정원의 일이 두고두고 생각났다. 답답해서 복도로 나왔는데 말순 할머니가 휴게실 소파에 오도카니 앉아있었다. 나는 그 옆에 앉았다.

“여기서 뭐 하세요?”

“뭐하기는. 여 앉아가 지나가는 인간들 구경 안 하나.”

“아까 오전에 다녀가신 분은 남편분 되시죠? 왜 그렇게 냉랭하게 구세요?”

일방적으로 남편을 구박하며 내쫓던 광경을 떠올렸다.

“그 인간 그거 내 보험금 때메 내한테 붙는 기라. 내가 그 돈은 절대 못 준다.”

말을 아낀 나는 축 처진 할머니의 눈 밑에 은하수처럼 박힌 검버섯에 시선을 고정했다.

"도박에 기집질에 평생을 고생시키 놓고 이제 와가 암으로 받은 보험금까지 갖고 싶어가 저런 거를 내가 여태 서방이라고 살았으이 내 인생이 하도 처량해가."

할머니의 눈시울이 어느새 석양처럼 붉어졌다. 최고의 위로는 같은 상처를 안고 있음을 고백하는 것임을 잘 알고 있기에 나는 생판 모르는 타인에게 비참한 결혼생활을 털어놓기로 맘먹었다.

"남편은 내가 죽어도 눈 하나 깜짝 안 할걸요. 도통 남편의 속을 모르겠어요. 내가 없어지면 좋을 것 같은데 놓아주질 않아요."

박복한 내 팔자에 어울릴법한 끈적한 한숨을 내쉰 다음 다시 말을 잇는다.

"생활비도 잘 안 줘요. 일도 못 하게 해요. 천하의 고두홍이 와이프가 밖에서 푼돈이나 벌겠다고 일하는 걸 남들이 보면 차라리 날 죽이겠대요. 살이 쪄도 안 된대요. 여고 시절 몸무게 그대로 유지해야 한다며 말도 안 되는 헛소릴 지껄이죠. 고상한 옷을 사 와서 입히고 데리고 다녀요. 그럴 때마다 쇼윈도 마네킹 같은 더러운 기분이 들어요. 수틀리면 물론 때리기도 하죠. 기술적으로 얼마나 잘 때리는지 안 보이는 데만 골라서 때려요. 맞다가 문득 생각해요. 이 인간이 언젠가는 정말 날 죽이겠구나. 맞다가 쓰러진 날 내려다볼 때 소름이 돋아요. 그때 남편의 눈은 꼭 살인자의 눈 같거든요."

광기가 번들거리는 남편의 소름 끼치는 눈이 떠올라 치가 떨렸다.

"진짜가? 뭐 그런 기 다 있노. 시상에…."

뜻밖의 고백에 놀란 티가 역력한 할머니는 날 향해 몸을 완전히 틀어 앉았다. 맞장구를 쳐주는 상대가 있으니 침묵으로 일관했던 그 인간의 실체가 간도 크게 잘도 튀어나왔다.

"그쵸. 뭐 그런 게 제 남편이라는 게 저도 믿기지 않아요. 더 기막힌 게 뭔 줄 알아요? 우리 가족들은 남편이 저한테 잘하는 줄 알아요. 철저하게 나한테만 그러니까. 그 인간이 친정에 돈도 많이 줬고요. 아빠가 간암이었는데 2번이나 재발하는 바람에 안 그래도 없는 살림이 폭삭 망했거든요. 그때 집도 팔고 엄마 반찬가게도 팔고. 팔 수 있는 건 전부 다 팔았는데 그래도 모자라대요. 그걸 남편이 대줬죠. 그래서 울 엄마는 항상 남편 앞에선 죄인이에요. 돈 갖다 쓰고 애 못 낳는 딸 둔 죄인."

"부인이 병원에 있는데도 코빼기도 안 보일 때부터 내 알아봤다. 이리 고운 부인을 두고 썩을 놈이네. 뭐 할라고 참고 있노. 이혼해 뿌지. 요즘 젊은 사람들은 이혼 참 잘도 하드만."

"이혼은 그 인간이 안 된대요. 말했다가 말 그대로 진짜 죽을 뻔했어요. 그 인간이 쿠션으로 내 숨통을 틀어막았거든요. 다음엔 내가 아니라 가족을 죽일 거래요. 난 그게 제일 무서워요. 우리 엄마 평생 고생만 했는데…. 여동생도 있고요. 조카들도 아직 어려요. 하, 그래서 이혼은 틀렸고. 차라리 죽어버릴까 매일 매일 생각해요."

나처럼 긴 한숨을 내쉰 말순 할머니는 내 손을 툭툭 두드리다 꽉 잡았다.

"죽기는 니가 와 죽노. 잠깐만 있어봐라. 내 니한테 줄기 있다."

할머니는 링거대에 걸린 보조 가방에서 빨간색 동전 지갑을 꺼냈다. 그러곤 다짜고짜 내 손에 꾹 쥐여 주었다.

"이게 뭐예요?"

궁금해서 열어보니 빈 립스틱 통 안에 웬 캡슐이 있었다.

"청산가리다."

"네?!"

"내가 묵든지 영감 먹이던지 할라고 내가 늘 갖고 댕긴 긴데 니 해라. 그런 놈은 감옥 갔다 와도 그라드라. 죽어야 끝난다. 내 여동생이 니처럼 맞다가 죽었다 아이가. 온몸이 시퍼렇게 멍이 들어가 입술도 터지고 눈이 붕어처럼 퉁퉁 부어가 언니라고 찾아온 아한테 내가 뭐랬는 줄 아나? 참아라. 참아라. 쪼매만 참아라…. 갈비뼈가 부러져가 숨도 잘 못 쉬는 아한테 참고 살라고 했다, 내가…. 그래가 일주일도 안 돼서 그 쌍노무 새끼한테 맞아 죽었다."

할머니는 조카 지효처럼 엉엉 울었다. 나는 할머니의 앙상한 등을 쓸며 같이 눈물을 쏟았다.

“귀신도 그런 놈은 안 잡아 가드라. 니 몸은 니가 지키는 기다. 니는 내 동생처럼 되지 말고 안 되겠다 싶으믄 니가 살 궁리를 해라. 이 청산가리는 고마 보험이라 생각해라. 인생 참 덧없다. 눈 깜빡하면 칠십이고 팔십이라. 죽을 날 받아놓고 내처럼 후회하지 말고 행복 찾아가라.”

할머니의 주름진 얼굴에 가느다란 눈물이 죽죽 흘러내렸다. 할머니의 몸집처럼 가느다란 눈물이 그녀의 고된 삶인 것만 같아서 나까지 숙연해졌다. 남 일 같지 않아서 명치에 불이 났다. 눈물과 화가 동시에 치밀었다.

“죽긴 누가 죽는다고 그래요. 치료받고 행복하게 사셔야죠.”

“그라믄 새댁도 약속해라. 행복하게 살겠다고.”

“네. 우리 행복하게 살아요. 꼭이요.”

끈끈한 동지애를 느낀 우리는 결의에 찬 서로의 새끼손가락을 굳게 걸었다. 내가 행복하게 사는 길은 단 하나, 사이코 남편을 벗어나는 길인데. 나는 할머니가 준 립스틱 통을 손에 꼭 쥐었다.

“저짝에 저 우리 슨생님 아이가?”

할머니의 시선이 머무는 곳으로 고개를 돌렸다. 멀찍이 서 있었지만 나도 한눈에 알아봤다. 담당 간호사와 얘기 중인 흰 가운의 의사는 다름 아닌 그였다. 멀리서 그의 옆모습을 보는 데도 자동화된 기계처럼 심장이 멋대로 쿵쾅거렸다.

"저 슨생님은 맨날 바뿌네. 니 여 더 있을 기가. 내는 힘들어서 드갈란다. 밥시간도 다 됐네."

"전 조금 있다 갈게요. 병실이 답답해서요."

"그라믄 내 먼저 가꾸마."

"네."

말순 할머니가 떠난 뒤 나도 천천히 일어섰다. 그가 있는 방향으로 지나가긴 그래서 엘리베이터를 타고 매점으로 향했다. 그와 함께했던 옥상정원이 생각나서 뭐라도 사서 올라가 볼 생각이었다.

점심시간이라 매점은 꽤 북적였다. 먹지도 못할 거면서 이것저것 사서 담았다. 실은 그에게 주고 싶은 것들을 하나둘 담다 보니 어느새 검은 봉지가 한가득 찼다.

옥상정원으로 가는 엘리베이터를 타려면 한 동을 건너가야 했기에 나는 연결된 비상구로 향했다. 어쩐 일인지 그에게서 나던 향이 나서 뒤돌았는데 그가 떡하니 보였다. 태연하게 굴고 싶었지만 이미 놀라버린 심장은 벌컥 뜀박질했다.

"식사 안 하고 여기서 뭐 합니까?"

"어, 그냥. 뭘 좀 사고 오느라."

내 손에 들린 뚱뚱한 봉지를 본 그는 빙긋 웃었다.

"민혜선 씨는 아직 이렇게 많이 먹음 안 되는데."

"하나, 드실래요?"

나는 수줍게 봉지를 열어 그에게 보였다. 이런 거 안 먹는다며 거절할까 봐 걱정부터 들었다.

"맛있는 게 뭐가 있나. 어디 봅시다."

우려와 달리 신난 표정으로 봉지 안을 들여다본 그는 사과주스를 내 손에 쥐여 주고 봉지를 통째로 가져갔다.

"사과주스만 먹어요. 나머진 내가 다 먹어야겠어요. 이런 거 먹음 장이 놀라서 아직 안 돼요. 큰일 나."

"네. 드세요. 실은 선생님 드시라고 산 거예요."

기분이 너무 좋은 바람에 이실직고해버렸다. 그의 얼굴에 개구쟁이같이 짓궂은 미소가 피어올랐다.

"나 주려고?"

"그게 수술 잘해주셔서. 고마워서요. 어제 쭈쭈바도 잘 먹었고."

속을 훤히 들켜버린 민망함을 감추려 황급히 둘러대는 내 모습을 그는 재미나게 쳐다보았다. 신이 난 것 같기도 했다.

"어젠 돌팔이라 해 놓고선."

"그거야. 선생님이 말도 안 되는 소릴 하셨잖아요."

"속는 당신이 더 재밌는 거 모르죠."

멋쩍게 웃던 우린 허공에서 눈이 마주쳤다. 그도 나만큼이나 어색한지 수액이 잘 떨어지나 확인하고는 수액 바늘이 꽂혀 있는 손목을 넌지시 내려다보았다. 지그시 손을 잡던 그는 바늘이 꽂혀 있는 혈관 주위를 미끄러지듯 부드럽게 만졌다. 심장이 움찔할 만큼의 큰 진동때문에 숨을 참아야 했다.

"바늘 아프지 않아요?"

"네에. 괜찮아요."

"손이 참 작네. 차갑고. 에어컨이 너무 센가?"

그의 손가락이 다시 움직였고 더는 참을 수 없던 나는 슬며시 손을 뺀 다음 링거대를 꼭 붙들었다. 내 손을 물끄러미 바라보던 그는 가운 주머니에 손을 찔러넣었다. 흰 가운과 어울리지 않는 까만 봉지가 눈에 거슬렸다. 꼭 그와 나 사이를 대변하는 서글픈 형상 같았다.

"다시 만나고 싶었어요."

목소리 톤이 바뀐 그는 표정도 바뀌었다. 등대에서 키스하고 난 후의 그 표정으로. 알 길 없는 길의 끝처럼 미스터리한 표정으로 날 바라봤다. 그때 비상구 계단 아래서 들린 웬 남자의 말소리에 오돌토돌 소름이 돋았다.

"씨팔, 몰라 맹장이라는 데 가서 얼굴이라도 보여야지 좋은 남편이지. 안 그냐?"

소름 끼치는 웃음소리에 뒷골이 찌릿했다. 남편이다. 소리만으로도 몸이 즉각 반응했다. 심장이 쾅쾅 부서질 듯 뛰고 호흡이 가빠졌다. 소스라치게 놀란 나는 안절부절못하다가 허겁지겁 비상구 문을 열었다.

"미안해요. 그게… 가야 해요…."

무슨 영문인지 모르는 그도 뒤따라 나왔다. 나는 뒤도 돌아보지 않고 병실을 향해 걸었다. 익숙한 공포가 평화로운 세계를 깨부수러 왔다. 괘씸하고 무섭고 겁도 나서 눈물이 찔끔 났다. 남편의 손아귀를 벗어날 수 없다는 현실에 화도 났다.

땀나도록 도착한 병실 안은 점심 식사 냄새가 가득 채우고 있었다. 밥 생각도 없었다. 식판을 한쪽으로 치워버렸다. 입이 바싹바싹 말랐다. 두구두구. 내가 기다린 악마가 병실 안에 등장했다. 남편의 연극이 시작된다.

"안녕하십니까."

병실 환자들을 향해 정중한 인사로 연극은 막을 올린다. 다들 남편을 보고 흐뭇하게 웃지만, 단둘, 말순 할머니와 나만 어색하게 서로를 바라본다. 손도 안 댄 식판을 보면서 남편은 반찬 뚜껑을 손수 열고 수저를 쥐여 주는 다정함을 연출한다.

"아직 밥 안 먹었네. 식기 전에 먹어, 여보."

"입맛이 없어서요. 나중에 먹을게요."

"그럼 뭐 다른 거라도 사다 줄까? 말만 해."

"아뇨. 괜찮아요."

"어머, 남편분이 참 자상하기도 하시네. 맹장은 복도 많지. 요즘 저런 자상한 남편 드물잖아. 안 그래 형님?"

아무것도 모르는 이용선이 말순 할머니를 향해 아양 떨듯 눈웃음을 쳤다.

"마, 시끄릅다."

남편의 실체를 아는 할머니는 눈을 치켜뜨고 남편을 노려보았다. 내가 괜한 얘길 한 것 같아 간담이 서늘했다. 할머니가 준 청산가리를 제대로 숨기지 못한 것에 후회가 막심했다. 한쪽은 사과주스가 한쪽은 청산가리가 든 환자복 주머니를 불안함에 나는 자꾸만 만지작거렸다.

"당신 왜 그래? 왜 자꾸 옷을 만져. 거기 뭐 맛있는 거라도 들었어. 허허."

조마조마한 심장은 언제 터져도 이상하지 않았다. 속마저 메슥거렸다.

"그, 그게 아니라. 손에 땀이 나서 손 닦았어요."

"손 줘봐. 내가 닦아줄게."

후들거리는 손을 옷에서 천천히 뗐다. 불룩 삐져나온 사과주스를 보던 남편은 또 연극을 했다.

"애처럼 뭘 이런 걸 주머니에 넣고 다녀? 귀엽게."

재빨리 내 손을 가져간 남편은 수건으로 정성스럽게 손을 닦았다. 손가락 하나하나를 닦을 때마다 매서운 눈빛으로 나를 죽이고 있다. 내 손은 점점 더 떨렸고 남편의 눈은 악마처럼, 입은 천사처럼 웃는다. 남편은 지금 이 상황을 미치도록 즐기고 있는 것이다.

"참 다정하기도 하셔라."

배 집사의 부러운 눈빛이 진심인 것 같아 억장이 무너졌다.

"공주처럼 떠받들고 사시네. 그지 형님."

"남의 부부 일에 뭔 간섭이고. 보소, 내 물 좀 떠다 줄란 교? 남의 남편 좀 부려보자. 괜찮지에?"

구겨졌다 재빠르게 펴진 남편의 미간을 보면서 한숨만 픽픽 나왔다. 언제 터질지 모를 시한폭탄을 가슴에 안고 있는 기분이다. 지능적으로 할머니를 해칠까 봐 온 신경이 곤두섰다. 남편은 보통 사람과는 다르다. 정상적인 사람이라면 할 수 없는 일들을 아무렇지 않게 꾸미고 과감하게 저지른다.

내 단짝 미라의 핸드백에 자신이 아끼는 골동품을 몰래 넣어두고 미라를 도둑으로 몰기도 했고, 자기 속옷과 사진을 미라의 차에다 몰래 심어놓기도 했다. 펑펑 우는 미라를 용서하는 대인배인 척하면서 남편은 그 사건을 핑계로 미라를 나로부터 떼놓았다. 미라를 도둑에다 스토커 취급했다.

"그럼요. 주세요, 어르신."

"보소, 여 앞에 정수기 말고 저 복도 끝에 탕비실에 가믄 큰 보온병에 끓인 물 있습니더. 부탁 좀 하입시더."

"예예 어르신."

지속된 연극 속 남편은 물병을 들고 유유히 사라졌다. 저 길로 영원히 사라지면 얼마나 좋을까.

"아이고 참, 형님은 뭐 하러 그런 심부름을 시킨대."

이용선이 핀잔을 주자 말순 할머니는 콧방귀를 뀌었다.

"시끄릅다 마, 니는 뭐라 캤노. 진짜 큰 놈이 온다고? 부러워 죽을라 카드만."

"에구. 자기, 미안해. 내가 괜한 소릴 했네."

"그래 자매님 무슨 그런 말도 안 되는 미신을 믿고 그래요. 저렇게 좋은 남편이 있는데. 자기도 맘에 담아 두지 마. 신경 꺼."

배 집사가 얼굴까지 빨개지면서 나를 다독였다. 기든 아니든 나는 그 '진짜'가 왔다고 믿고 싶다. 그 진짜가 나를 구원해주기를 간절히 바랐다.

"자매님, 혹시 남편분이 길을 잃으신 거 아냐? 너무 안 오시네."

"탕비실이 좀 헷갈리긴 해. 하여튼 형님은 왜 그러셨대."

"고마 시끄릅다. 여서 얼마나 된다고."

원래라면 돌아오고도 남을 시간인데 생각보다 시간이 오래 걸린다. 분명 물에 이상한 짓을 했을 거라는 나쁜 생각을 지울 수 없었다.

물 가지러 간 남편에게 온통 신경이 곤두선 나는 슬금슬금 남편의 뒤를 쫓았다. 인적없는 탕비실 입구에서 안을 살폈다. 전자레인지 옆에 홀로 선 남편의 모습이 보인다. 들어서려다 걸음을 멈췄다. 할머니의 물통에다 정체 모를 가루약을 넣고 흔드는 남편을 보았다. 들떠 희번덕거리는 눈을 보니 알만했다. 나는 모른 척 병실로 돌아왔다.

"와 혼자 오노?"

"곧 올 거예요."

머지않아 물통을 들고 남편이 들어섰다.

"어르신. 좀 늦었습니다."

"아이고 와 이리 늦었는 교. 물 뜨러 한강이라도 간 줄 알았네."

"한잔 따라 드릴까요?"

"할머니 너무 뜨거우니까 이따 식으면 드세요."

서둘러 말하며 할머니와 몰래 눈빛을 교환했다. 내 눈빛을 알아챈 할머니는 물통을 내려놓고 자리에 누웠다.

"그라까. 밥도 뭇으이 한숨 자보자."

계획에 실패한 남편의 얼굴이 미세하게 구겨졌다. 아쉬운 듯 물통을 응시하던 남편은 김 사장의 전화를 받고 곧장 병실을 떠났다. 그제야 맘이 놓였다. 나는 잠든 할머니의 물통을 개수대에 전부 비웠다. 언젠가는 이 물처럼 남편을 버리고 싶다는 생각이 콸콸 쏟아졌다.

불을 끈 병실에선 나 혼자 깨어있었다. 도무지 잠이 오지 않았다. 말순 할머니의 역대급 코골이 소리는 핑계일 뿐, 내 불면의 8

할은 김도훈이란 남자라는 걸 인정한 순간 잠은 얄밉게도 더 달아났다.

그의 목소리가 성가시게 귓가를 윙윙거리고 그의 얼굴이 눈앞에서 아른거렸다. 손이 아파서 링거를 잠깐 빼달라고 했다. 머리도 감고 산뜻한 기분으로 어느덧 걷다 보니 그와 함께 있었던 옥상정원 앞에 이르렀다. 밤하늘의 별빛을 빼앗은 지상의 네온사인이 어두운 도시를 빛내고 있었다. 한데 거기에 누군가 있었다. 조심스러운 걸음은 더 조심스러워졌다.

우리가 앉았던 등나무 벤치 아래 낯익은 풍채의 누군가가 잠을 자듯 누워있었다. 파란 수술복을 입고 네이비색 슬리퍼를 신은 그 누군가는 다름 아닌 그였다. 조심스레 내려다보는데 그가 눈을 떴다.

가슴 떨리는 침묵을 가른 건 밤하늘보다 고요한 그의 목소리였다.

"정말 당신이네."

"왜 여기서 이러고 있어요?"

"방금 수술 끝났어요. 잠깐 숨 좀 돌리려고 올라왔죠."

상체를 일으켜 앉은 그의 상의가 땀으로 젖어 있었다.

"이 시간까지 수술하려면 진짜 힘들겠어요."

"밤샐 때도 있는데요, 뭘. 이젠 이력이 나서 괜찮아요. 그러는 당신은 이 시간에 여기서 뭐 해요? 어라, 수액도 뺐네."

"손이 아파서 잠깐 빼달라고 했어요. 이제 별로 아프지도 않아서요."

"하긴 내가 수술을 좀 잘했어야지."

싱긋 웃으며 그는 내 얼굴을 연신 들여다보았다. 땀에 젖은 머리카락 일부가 그의 왼쪽 이마로 흘러내렸다.

"아까 여기 드러누우면서 당신 얼굴 한번 봤으면 좋겠다고 생각했는데 정말 봤어. 신기하네."

다정한 그의 목소리가 잠들고 싶은 내 마음을 허락도 없이 자꾸만 깨웠다. 우리의 친밀함을 누군가에게 들킬 것만 같은 걱정은 나를 움직이게 했다.

"어, 전 그만 내려가 봐야겠어요."

"잠깐만 있어요."

내 팔을 붙든 그가 나를 그의 옆으로 당겨 앉혔다. 순간 그와 닿은 몸을 떼느라 조금 떨어져 앉았다.

"늦었는데…."

"조금만 더 있다가요."

"누가 볼까 봐요. 오해할 수도 있잖아요. 늦은 시간인데."

"그게 걱정돼요?"

"네. 선생님이 곤란할 수도 있잖아요."

몸을 반쯤 틀어 날 쳐다보는 그의 눈빛을 도무지 읽을 수 없었다. 그의 머리 위에 뜬 눈썹달의 마음을 더 이해하기 쉬울 것 같았다.

"이 시간에 여긴 항상 문이 잠겨있어요. 비번 아는 사람은 나랑 관리소장 말곤 없어요. 그 말은 지금 여기 올 사람 없단 말이고. 그러니 괜한 걱정은 안 해도 돼요."

"다행이다."

"왜 내 걱정을 먼저 해요? 당신은 안 곤란합니까?"

"그게, 선생님은 이 병원 유명한 의사고 난 그냥 환자일 뿐이니까. 선생님이 피해 볼 수도 있잖아요. 괜히 나 때문에."

오랜 습관 때문인지 나는 또 주눅이 들어서 두 손을 꼭 붙들고 고개를 떨궜다.

"내 앞에서 그렇게 작아지지 말아요."

뜻밖의 대답에 고개를 들었는데 온화한 목소리만큼이나 다감한 눈빛으로 그는 여전히 날 보고 있었다.

"네?"

"아무것도 아닌 것처럼 말하지 마요. 당신 그런 사람 아니니까. 어떤 순간이 와도 당신이 먼저야 해요. 당신은 충분히 그럴 자격 있는 사람입니다. 함부로 다쳐서도, 상처받아서도 안 되는 소중한 사람이에요. 알겠어요?"

"……."

"대답, 안 합니까?"

"…네. 알겠어요."

이상한 진동이 심장을 울렸다. 미세하고 섬세한 무언가가 서서히 내 가슴으로 돌진하는 느낌. 오랫동안 방치된 텅 빈 내 가슴을 톡톡 때리는 발화의 불씨와도 같은. 위험하고도 뜨거운 그 무엇이 냉한 내 맘으로 툭 떨어졌다.

"고마워요. 그렇게 말해줘서."

"고마우면 쭈쭈바 사요."

망설임 없이 그가 또 웃는다. 지독한 저주라도 풀고 남을 그 미소가 자꾸만 좋아진다.

"소다 맛?"

"쭈쭈바는 소다 맛이지. 10개 먹을 거니까. 그렇게 알아요."

"선생님 너무 재밌어요. 이렇게 유쾌하면서 그날은 왜 섬에 갇히고 싶었어요?"

지금 모습과는 딴판인 우수에 젖은 그의 모습을 떠올렸다.

"아, 그날…. 그날 아침에 수술한 환자를 못 살렸어요. 7살짜리 꼬맹이였는데 그 녀석이 수술실 들어가기 전에 살고 싶다며 내 손을 꽉 잡았어요. 하…. 고사리 같은 그 손의 감촉이… 아직도 느껴져요. 꼭 살리고 싶었는데…. 내가 그러질 않는데 그 꼬맹이 보내고는 힘들었어요. 마침 오프라 거기에 간 거고 그러다 당신을 봤고."

"너무 힘들었겠다…."

비록 그 아이의 이름도 얼굴도 모르지만 지윤이와 같은 나이라 가슴이 먹먹했다. 코가 찡해져서 나는 하늘을 올려다보았고 잠깐 침묵하던 그는 다시 말을 이었다.

"균형감각이 그렇게 형편없는 사람은 난생처음 봤네. 겁은 또 얼마나 많은지."

조금 전과는 사뭇 다른 목소리에 슬픔이 가셨다.

"지금 놀리는 거죠?"

싱글벙글 웃으며 그는 고개를 끄덕였다.

"유치해요."

"나 원래 유치하고 재밌는 거 되게 좋아해요. 이 나이쯤 되면 그럴 일이 없잖아요. 근데, 이상하게 당신 앞에 서면 자꾸만 유치하고 싶어져. 그리고 마냥 신나고 행복해. 그니까, 당신도 행복하게 살아요. 앞으론 병원복 같은 거 입을 생각도 하지 말고 고운 옷만 입어요, 당신 닮은."

그의 목소리는 마지막 말엔 작아졌다. 수줍었던 건 나 뿐만이 아니었던지 어색한 정적이 흘렀고 마침 목적지를 향해 질주하는 요란한 오토바이 소리가 한바탕 크게 우리의 정적을 깨부쉈다.

빠라바라빠라밤!

우린 동시에 키득 웃고 말았다.

아름다웠다. 그 밤의 모든 것이. 까만 밤하늘에 삐죽 고개를 내민 노란 눈썹달도, 현란한 네온사인도, 나는 소중한 사람이라던 그의 목소리만큼이나 눈부시게 아름다웠다.

3.
나도 모르겠어요.
그냥 당신이 좋아

남편은 가끔 낯설게 나를 쳐다보고는 한다. 내가 멍하니 창밖을 응시할 때 꼭 나를 훔쳐보는 느낌이 든다. 내가 머리를 묶을 때도 비교적 견딜만한 인간으로 변한다. 처음엔 몸이 안 좋나 돈벼락이라도 맞았나 생각했지만 그건 우연이 아니었다. 그 포인트에서만 이상한 기류가 돌았다. 어느 날은 그 기류가 유독 짙길래 개과천선이라도 한 것 같아 내가 조심히 말을 건넸는데 마치 내가 자신의 판타지를 깨버린 것처럼 무참히 발길질하고 다시금 돌아버렸다. 웃는 것도 싫어 우는 것은 끔찍이 더 싫어한다. 살면 살수록 답 없는 캐릭터다. 죽어서도 철이 들 것 같지 않은 그런 인간이다.

맞았다고 말하는 순간 진짜 죽는다

액정에 찍힌 활자를 보고 고개를 절레절레 흔들었다. 역시 내 기대를 저버리지 않는다. 행여 내 몸에 폭행 흔적이 발각될까 봐 협박 문자를 보내는 비열한 인간임을 이렇듯 실시간으로 깨닫게 하니까. 걱정하지 말라는 답 문자를 날린 다음 퇴원 수속을 했다.

병실 가족들과 짧은 인사를 하고 짐이라고 할 것도 없는 작은 가방을 챙겼다. 다시 오면 안 되는 병원이지만 꼭 보고 싶다는 그들의 진심을 가슴에 새기며 병원을 나섰다.

버스를 타러 후문으로 걸어가던 중에 급작스레 장대비가 쏟아졌다. 혜진이 놓고 간 초록색 우산을 펼쳤다. 그때 내 앞으로 갑자기 쏟아진 비를 피하려 아기 띠로 아기를 안은 엄마가 횡설수설하며 지나갔다. 엄마 품에서 세상모르고 곤히 잠든 아이가 눈에 밟혔다. 나는 달려가 아기 엄마에게 우산을 건넸다.

"아기 엄마, 이거 쓰고 가요."

아기가 비 맞지 않도록 우산을 기울였다. 후드득 한쪽 어깨에 날렵한 비가 박히듯 떨어졌다.

"어떻게 가시려고요."

"난 괜찮아요. 아기 감기 걸리겠어요. 얼른 받아요."

우산을 주고는 도망치듯 가까운 샛문으로 몸을 피했다.

"정말 고맙습니다!"

빗속에 묻힌 아기 엄마의 목소리를 들으며 장대비에 시원스레 씻기는 바깥세상을 바라봤다.

오늘 주말이라 그를 보지 못했다. 나보다 한 살 많은 그는 이름도 생소한 간담췌외과 전문의라고 했다. 생소한 그의 타이틀만큼이나 모든 게 아득히 멀게만 느껴졌다. 한 단어로 단정 짓기 어려운 우리의 관계는 처음이나 지금이나 여전히 불투명했다.

행복하라는 그의 말이 부메랑처럼 자꾸 되돌아왔다. 난 결코 그럴 수 없으니까. 지금 집으로 돌아가면 나는 누구보다 불행하고 죽음의 문턱에서 살게 되니까.

다친 곳에 소독약을 끼얹는 것처럼 마음이 쓰라렸다. 뜨거운 덩어리가 명치를 밀어 서러운 눈물이 뚝뚝 떨어졌다. 습관처럼 황급히 눈물을 훔치고 허공을 응시해봐도 또다시 눈물이 흘러내렸다. 그리움이 짙은 탓인지 그에게서 나던 청결한 비누 향이 비바람을 타고 공기의 밀도를 채웠다. 꼭 곁에 있는 것 같아서 마음이 더 씁쓸했다.

"덜컥 우산을 주면 어떡해요. 시간당 20mm가 넘게 온다는데. 집에 어떻게 가려고."

울컥하는 심장을 움켜쥐고 뒤를 돌았다. 새하얀 리넨 셔츠를 입은 그의 얼굴이 보인다. 마치 생령 같아서 믿기지 않았다. 숨이 멎는 것 같다.

"선생님."

머리는 비바람 탓인지 약간 헝클어졌고 말끔한 흰색 리넨 셔츠엔 빗물이 여기저기 튀어있었다. 검정 장대 우산에서 빗물이 후드득 떨어졌다.

"어쩐 일이세요?"

"당신이 가퇴원한다고 연락받았어요. 어쩌다 보니 이렇게 당신 앞에 서 있네요."

미처 숨기지 못한 눈물을 봐버린 그의 얼굴에 잔잔한 슬픔이 드리웠다.

"울었, 어요?"

"운 거 아닌데. 이거 빗물인데요."

나는 아닌 척 눈물을 말끔히 닦았다. 내 눈을 들여다본 그는 허공을 바라봤다가 다시 날 봤는데 그의 눈이 조금 빨개졌다.

"거짓말도 참 못해. 표정에서 다 읽혀요. 특히 슬플 때랑 놀랐을 때 눈 감고도 알겠어요. 이제 난."

"아닌데…."

"바보같이 너무 쉬워. 앞으로는 그렇게 주지 마요. 그게 우산이든 뭐든. 당신한테 필요한 건 그렇게 쉽게 내주는 게 아냐. 손에 꼭 쥐고 있어야지. 항상 당신이 먼저라고 했잖아."

"나 안 그래요."

"안 그렇긴. 자기 좋다는 남자 맘도 가질 줄 모르면서."

적막하고 어두운 내 세상에 휘황한 바람이 불었다. 섣불리 만질 수 없는 찬란한 그 바람은 나를 흔들어대고 있었다. 멀미가 났다.

"왜 나한테 그런 말을 해요… 내 처지 알면서…."

"지금 내 마음이 그리하라 하니까."

내가 갖기엔 지나치게 큰마음이었다. 와르르 비가 쏟아졌다. 처음 만난 그날만큼 장대한 빗소리가 시원스레 들렸다. 듬직한 그의 우산이 땅으로 진군하는 비를 막느라 애를 썼다.

"가요. 데려다줄게."

"괜찮아요. 좀 있음, 그칠 거예요."

"누가 그래요. 밤새 내릴 기센데. 진짜 말 안 들어."

그는 멀뚱히 하늘을 보고 선 나를 우산 안으로 끌어당겼다. 내 쪽으로 우산을 기울이고 내가 비에 젖는지 확인하고는 걷기 시작했다. 나는 최대한 떨어져 걸었다.

"대한민국이 이렇게나 비가 많이 오는 나라였나. 비가 너무 오네."

말을 마친 그는 멀어지기가 무섭게 나를 당겨와 밀착시켰다. 그럴 때마다 감전된 것처럼 온몸이 찌릿했다. 내 몸이 자꾸만 내 말을 듣지 않았다.

"우리, 이렇게 헤어질 순 없는 거 아닌가."

그는 걸음을 멈추고 나를 내려다보았다. 반대편 그의 어깨가 빗물에 흠뻑 젖은 게 보였다. 내가 아니었다면 빗속에 서서 이렇게 젖을 필요가 없을 사람인데 내가 그를 망치고 있다는 절망을 떨칠 수가 없었다.

무지개를 뚫고 추락한 몸집 작은 새의 처참한 모습이 반듯한 그의 이마에 겹쳐 보였다. 말순 할머니의 물에 약을 타던 악마의 모습이 우산 속을 비집고 들어오려 했다. 두려웠다.

"여기서 그만 헤어져요. 그게 좋겠어요."

"진심, 입니까? 이대로 내가 가버리는 게 당신이 원하는 겁니까? 그래요?"

"……."

비겁하게도 나는 섣불리 대답하지 못했다. 나를 내려다보는 그의 오른쪽 속눈썹에 빗방울이 송골 맺혔다. 속눈썹에 맺힌 빗방울이 왜 매번 그의 눈물처럼 느껴지는 걸까. 닦아주고 싶은 마음에 나도 모르게 손을 뻗어 버렸다. 손을 다시 거두려 했을 땐 이미 그가 내 손을 잡은 상태였다.

"이 손 놓고 싶지 않아요."

"누가 보면 어쩌려고 그래요. 놔요."

"싫어요."

끝끝내 손을 놓지 않은 그는 날 차로 데려갔다.

다행히도 비가 내리는 탓에 지상 주차장은 인적도 차도 없었다. 그의 검정 세단만이 홀로 비를 맞고 있었다. 소음이 차단된 차 안은 작은 숨소리도 들릴 만큼 고요했다. 밖은 비가 쏟아지고 세상과 단절된 차 안은 그와 나만의 은신처 같았다.

"비가 좋아졌어요."

가슴을 가르는 그의 목소리를 따라 고개를 돌렸다. 그는 빗물이 세차게 떨어지는 앞창을 바라보고 있었다. 잔잔한 강물 같은 그의 옆모습을 나는 잠자코 감상했다.

"난 비 내리는 날이 싫었는데. 그날 당신하고 비 내리는 바다를 같이 봤잖아. 처음으로 비가 아름답다고 느꼈어요. 내 옆에서 아이처럼 훌쩍이던 당신만큼이나 예쁘더라고. 그날 왜 그렇게 울었는지 말해 줄 수 있어요?"

"그냥요…."

"혹시, 때립니까? 남편이란 사람."

차창이 무너지는 줄 알았다. 그와 눈이 마주치자 황망함에 눈을 어디에 둘지 몰라 허공에서 잠깐 헤맸다. 죄 없는 가방만 끈질기게 붙들고 늘어졌다.

"실례될까 봐 참고 있었는데 내내 마음에 걸리네. 당신 복부와 팔에 멍이 있는 걸 봤어요."

"아, 아니에요. 그건 부딪친 거예요. 입원하기 전에. 제가 덤벙대서 잘 넘어지고 그래요. 정말 아니에요."

남편에게 학대나 당하고 사는 여자란 걸 들키고 싶지 않았다. 그건 최소한의 내 자존심이었다.

"그 말 믿어도 됩니까?"

"네에."

"스트레스받을 만큼 참고 살지 마요. 때론 이기적이어도 괜찮아. 당신을 먼저 생각하라고. 항상."

"걱정해줘서 고마워요."

애먼 옷자락을 꽉 쥐는데 그가 행방을 몰랐던 귀걸이를 불쑥 내밀었다.

"이 귀걸이 잃어버렸죠?"

"이걸 어디서…."

"셔츠 주머니에."

"아…."

격렬했던 키스가 떠올라 얼굴이 붉어졌다. 야릇한 그 감정을 숨기기 위해 그의 손에 있는 귀걸이에 손을 뻗었다. 그가 손을 거둔다. 뜻을 알기 위해 그를 보는데 그는 대뜸 콘솔박스를 열어 작고 네모난 상자를 꺼내 내밀었다.

"괜찮다면 이건 내가 가질게요. 대신 다른 걸 하나 샀어요."

작고 예쁜 게 들어있을 것 같은 상자를 그가 열었다. 한밤중 자동차의 헤드라이트보다 눈부신 초승달 모양의 앙증맞은 귀걸이가 보였다. 갑작스런 선물에 혼란스러웠다.

"못 받아요."

"받아줘요. 줄 수 없을 걸 알면서 내 맘대로 샀어요. 그랬는데 지금 줄 기회가 왔으니까 무조건 받아요."

거절할 틈도 없이 그는 이미 내 손 위에 귀걸이를 올려두었다.

"고, 고마워요."

"내가 해줄게요."

"아니. 괜찮아요."

"가만있어 봐요. 병원에서 당신 귀 볼 때마다 해주고 싶었어요."

상체를 틀어 바짝 다가온 그의 얼굴이 너무 가까워서 눈을 어디에 둘지 몰랐다. 그의 콧바람이 느껴지고 깨끗한 비누 향도 은은히 났다. 숨을 잠잠히 쉬려 했지만 빨라지는 맥박은 숨길 수가 없었다. 서툴지만 침착하게 귀걸이를 다 채워준 그와 난 숙명처럼 눈이 마주쳤다.

"자꾸 이러니까 내가 미치겠다는 거예요. 그렇게 날 쳐다보니까."

말을 끝낸 그는 천천히 내 뺨을 어루만졌다. 정신없이 떨려서 숨죽인 채 그의 눈을 바라보았다. 그가 더 다가왔다. 입술을 내밀면 달콤한 그의 입술을 금방이라도 깨물 수 있을 만큼 가까웠다. 초콜릿 같은 그의 숨결도 가져올 수 있고. 숨이 가빠졌다. 그도 나도.

"키스해도 됩니까?"

내 입술 가까이에서 그가 나지막이 속삭였다.

"내가 싫다면 안 할 건가요?"

"당신이 싫은 건 안 해요. 그러고 싶어."

그의 말이 끝나기가 무섭게 내가 먼저 입술을 부딪쳐 버렸다. 그의 숨결이 부드럽게 입술을 할퀴고 그의 심장이 나만큼이나 쿵쿵거렸다. 기다렸다는 듯이 내 뺨을 양손으로 감싼 그는 가볍게 입을 맞췄다. 머지않아 열린 입술 사이로 몸살 날 정도로 그리웠던 그의 숨결이 와락 밀려 들어왔다. 눈물이 핑 돌았다. 말라비틀어진 내 가슴에 불어오던 부드러운 바람 같은… 좀처럼 떨칠 수가 없던… 그의 숨결이 내게 안부를 물었다.

창밖은 여전히 비가 쏟아졌다. 그의 숨소리만이 귓가를 맴돌았다. 오직 그와 나 뿐이었다. 끔찍했던 하루하루도 그의 숨결 위로 흩어졌다. 천 마디가 담긴 키스였다. 마라톤처럼 길었다. 마치 오늘이 마지막인 것처럼 그는 절박하게 내 입술을 놓아주지 않았고 나는 도망가지 않았다. 키스밖에는 할 수 없는, 그래야만 하는, 기약 없는 이별을 앞둔 우린 오래도록 키스하고 다시 키스했다. 열여덟의 설렘처럼 때늦은 열병은 시원스레 내리치는 빗물에도 좀처럼 식지 않았다.

집에 도착했을 때 다행히 현관에 남편의 구두가 없었다. 차가운 냉수를 한 컵 마시고 그를 향한 뜨거운 마음을 식히려 싱크대에서 찬물을 얼굴에 끼얹었다.

그를 생각하며 빈 허공을 응시했다. 그의 입술이 여전히 내 입술 위에 머물러 있었다. 가슴 떨리는 그 눈빛도 나를 응시했다.

미칠 것 같아서 어떻게든 쫓아보려 눈을 감았다. 내 안의 열기를 내뱉듯 숨을 길게 내뱉었는데 내 뒤에서 불쾌한 담배 냄새가 났다. 뒤통수가 따가웠다. 불안함에 뒤를 돌았다. 남편이 나를 노려보고 있었다. 너무너무 놀라 무릎이 휘청거렸다.

"여보… 당신… 있었어요?"

위아래로 나를 훑던 남편은 내 얼굴에서 멈췄다 귀를 본다.

"서재에 있었지. 뭘 그렇게 놀라? 죄졌어?"

"집에 아무도 없는 줄 알았는데 갑자기 당신이 뒤에 서 있어서 그렇죠…."

남편은 고개를 삐딱하게 한 다음 불안하게 미간을 구기고 뭔가에 골몰했다.

"병원에서 퇴원하는 여자 귀걸이치곤 지나치게 반짝거리네. 거슬리게."

그가 준 귀걸이를 착용하고 있다는 것을 그제야 알아챘다. 나는 긴장한 걸 감추려 주먹을 꽉 움켜쥐었다.

"아, 혜진이가 준건데 잃어버릴까 봐 계속 끼고 있었어요. 한 짝이라도 흘리면 아깝잖아요. 당신 식사했어요? 안 했음 얼른 밥할게요."

벌렁대는 심장을 숨기느라 나는 나의 홈그라운드인 주방에서 괜히 바쁘게 움직였다. 그만 꺼져주면 좋을 텐데 교활한 이 인간은 물러설 줄 모른다. 주방 안까지 들어와 내 곁에 섰다. 담배 냄새와 섞인 독한 향수 냄새가 오늘따라 더 역겹다. 노련한 탐정의 눈으로 코를 바짝 갖다 댄다. 긴장할 대로 긴장한 나는 마른침을 꿀꺽 삼켰다. 침착하자.

“낯선 냄새가 나는데.”

개처럼 킁킁대는 남편의 머리를 프라이팬으로 박살 내고 싶지만 참는다.

“병원에서 얻어 쓴 비누 냄새겠죠.”

나는 나도 몰랐던 재능을 발휘하고 한시름 놓았다. 그런데 남편이 검지를 까닥, 까닥거린다. 그럴 때마다 엄지와 검지에 있는 흉터가 나를 더 압박한다. 학창 시절 매질하는 제 아비 보란 듯이 손가락을 자르다 생긴 흉터라고 겁을 줬었다.

저렇게 손가락을 시계 초침에 맞춰 까닥까닥하면 나는 알아서 기어야 한다. 내 손가락 열 개쯤은 껌처럼 씹어 자르고도 남는 분노의 시발점인 신호이다.

역시나 남편의 얼굴이 종잇장처럼 구겨지더니 싱크대 위 행주를 잡아 입안에 쑤셔 넣었다. 뒤통수를 툭툭 치면서 찰싹찰싹 뺨을 두 대 때린다. 고통을 유발하는 폭력이 아닌 모욕감이 컨셉인 지저분한 폭력이다. 가슴을 비틀듯 꽉 움켜쥐고 나를 조롱하듯 비웃는다. 수치심에 얼굴이 확 달아올랐지만 참아야 했다. 나는 벌겋게 달아오르는 열을 식히려 코로 숨을 쉰다.

“아무 쓸모도 없는데 젖통만 큰 여편네가 따박따박 어디서 말

대꾸야. 비 오는 날 재수 없게. 칼국수나 끓여봐. 칼칼하게. 오천? 그깟 푼돈으로 뭔 목돈을 만들겠다는 거야. 니네 가족들은 양심이란 게 없지. 어디 재수 없게 전화질이야."

말을 들어보니 혜진이 전화를 한 모양이다. 속이 부글부글 끓었다.

남편은 내 입을 틀어막아 놓고 소파에 앉아 티브이를 켠다. 점점 볼륨을 올린다. 발가락을 만지작거리며 리모컨을 돌리는 꼴을 보니 다행히 들키진 않은 것 같다.

긴장은 확 풀렸지만 끓어오른 모멸감은 식을 줄 몰랐다. 저 인간에게 당하고 살았던 숱한 날들이 기름을 들이부었다. 내 목을 조르고 나를 조롱하고 온갖 폭력과 폭언으로 날마다 날 죽이는 악마. 사람은 선하다는 내 믿음을 산산조각 낸 인간도 아닌 것. 그래 저건 인간이 아니다. 내가 벗어날 수 있는 길은 단 하나뿐이다. 나는 행복할 권리가 있다. 나는 말순 할머니가 준 빨간색 동전 지갑을 꺼내 앞치마에 몰래 넣었다.

입에 행주를 문 채 인덕션을 켜고 냄비를 올린다. 육수를 내고 국수를 삶고 당근과 애호박을 채 썰어 볶고 나름 평화롭게 칼국수를 끓였다. 그릇에 한가득 퍼 담고 주위를 살핀다.

남편은 티브이에 빠져있다. 나는 남편의 칼국수 그릇에다 청산가리를 몰래 넣었다. 심장이 너무 벌렁거리고 손발이 심하게 후들거렸다. 이건 또 무슨 마음인지 미치도록 죽이고 싶은데 진짜 죽을까 봐 겁이 나서 가루를 넣다 말고 휘휘 저었다. 그런데 하필 그때 혜진이 왔다.

문을 연 남편이 멍하니 선 나를 매섭게 노려본다.

"뭐해. 뱉어."

나는 싱크대에 행주를 뱉고 흘러내린 침을 닦았다.

"형부 계셨네요. 출장 가셨대서 언니 혼자 있는 줄 알고 불쑥 왔어요. 언니 퇴원하고 오면 입맛 없을까 봐. 엄마가 반찬 좀 갖다주래서요. 참, 형부 좋아하는 호박죽도 있어요."

혜진은 엄마가 싸준 갖가지 반찬 통을 식탁 위에 내려놓았다. 남편의 표정은 프로사기꾼답게 날 좋은 하늘처럼 푸근했다.

"어, 좀 전에 왔어. 장모님은 뭘 매번 이런 걸 보내신대. 처제 칼국수 먹고 가. 언니가 나 준다고 칼국수를 했네."

"맛있겠다. 비 오는 날 칼국수 너무 좋죠."

"안, 안돼."

남편과 혜진이 동시에 나를 쳐다본다. 당장 폭발할 것처럼 심장이 발광했다.

"그게, 칼국수를 너무 조금 끓여서 너 먹을 게 없네. 조금만 기다려 언니가 끓여줄게."

"한 대접이나 있네. 나누면 두 개는 충분히 나오겠는데 뭘. 퍼지겠다 얼른 가져와 봐 여보."

남편의 칼국수를 식탁으로 가져가는데 손이 중풍 걸린 노인처럼 후들거렸다. 어떻게든 칼국수를 쏟아야 한다는 생각만 들었다. 시커먼 먹구름이 머리를 뒤덮은 것처럼 천둥 번개가 내리쳤다. 까맣게 속이 타들어 갔다. 그때 혜진과 눈이 마주쳤고 동생은 내 귀를 유심히 들여다본다. 도둑이 제 발 저렸다.

"언니 귀걸이 이쁘다."

그 말이 심장을 찔러서 지레 놀라 칼국수 그릇을 놓쳐버렸다. 천만다행이다.

"어마!"

사발이 깨치고 뜨거운 국물이 사방으로 튀었다. 숨이 가빠졌다.

"언니 괜찮아?"

달려온 혜진이 엎어진 칼국수를 치우려 했다.

"저리 가!"

너무 놀란 나는 혜진을 밀쳐냈다. 재빨리 앞치마를 벗어 엎어진 칼국수를 감싸 덮어버렸다. 목덜미에 진땀이 났다.

"안 하던 실수를 하고 그러네. 귀걸이 처제가 만든 건가. 솜씨가 좋아."

순간 혜진과 허공에서 눈이 마주쳤다. 다급했다. 나는 눈에 힘을 주고 동생에게 눈짓을 했다. 눈빛만 봐도 통하는 핏줄의 위대함을 동생이 제발 알아먹길 바랐다. 다행히 기특한 동생은 알아들은 눈치다.

"아, 네. 내가 만들었어도 잘 만들었네요. 에궁. 집에서 호출이네요. 애들 아빠가 애들 데리고 5분을 못 있어요."

요란스러운 폰을 확인한 혜진은 서둘러 현관으로 발길을 돌렸다.

"처제. 그럼 이거라도 좀 가져가. 지율이 지효 줘. 꼭 이모부가 줬다고 말해주고."

남편은 큼직한 백화점 쇼핑백에서 과일 상자를 꺼냈다. 어디서 받았는지 훔쳤는지 잘 익은 망고가 고급스런 상자에 금테를 두르고 가지런히 누워있었다. 저 망고는 괜찮으려나.

"어머, 울 지율이가 망고 킬러잖아요. 형부 잘 먹을게요."

"그래 맛있게 먹어. 그거 좋은 거야."

"네에. 형부가 주는 건데 당연히 좋은 거겠죠. 쉬세요. 언니 나 갈게."

찜찜함에 엘리베이터까지 따라 나왔다. 혜진의 눈이 매섭다. 나는 말을 아끼고 땀으로 흥건한 목덜미를 손으로 눌렀다.

"망고 먹지 마."

"웬 심통이래. 이거 겁나 비싼 건데. 혹시 아까워?"

"아깝긴. 별로 안 좋아 보여서."

"아 됐고. 귀걸이는 나중에 얘기해."

혜진은 현관 안을 의식하며 목소리를 심해처럼 깊게 내리깔았다. 나는 짧게 한숨을 쉬고 동생을 보냈다. 아직도 심장이 두

방망이질 친다.

귀걸이의 출처가 궁금했던 혜진은 다음날 유치원 차에 애들을 태운 뒤 곧장 집으로 왔다. 등장부터가 무슨 수금 하러 온 깡패처럼 패기 넘친다.

"언니, 솔직히 까. 그거 누가 줬어?"

오자마자 팔짱을 낀 채로 명탐정 행세를 하고 있다.

"그냥 예뻐서 내가 샀어. 밥은 먹었니?"

어물쩍 둘러대면서 주방으로 피신했다. 눈치가 귀신인 혜신은 주방까지 따라 들어와 찔러본다.

"언니가? 한 짝에 백만 원이 넘는 귀걸이를 샀다고? 내가 주는 귀걸이 말고는 돈 주고 사본 적도 없으면서."

얼마나 놀랐던지 국을 푸다 그릇을 놓칠 뻔했다.

"뭐어? 백, 백만 원?"

"티파니잖아. 그거 큐빅 아니고 다이아야. 몰랐어? 이백이 넘는 건데. 내가 하는 일이 그거잖아. 티파니 불가리 같은 명품귀걸이 카피 떠서 만드는 거. 그걸 형부가 못 알아보는 게 다행인 줄 알아. 누구야? 이백씩이나 되는 귀걸이 안긴 놈이."

"그런 거 아냐."

실컷 놀래놓고선 내가 생각해도 너무 어설펐다. 나는 여전히 귀걸이 가격에 놀라는 중이었다. 그 비싼 걸 뭣도 모르고 덜컥 받았다니. 화장대 서랍 안에 고이 모셔둔 귀걸이를 생각만 해도 어지러웠다.

"맞네. 그때 심장이 어쩌고 할 때부터 눈치챘어야 하는데. 미쳤나 봐, 진짜. 언니 어쩌려고 그래!"

"뭘 어째."

"와아. 골 때리네. 그만 정리해. 형부 눈치채기 전에."

"우린 그런 사이 아냐."

"헐. 있긴 있네. 말해봐 '티파니'랑 어디까지 갔어? 잤어?"

"야아, 시끄러. 너 그만 좀 가."

"내가 언니 피붙이라서 하는 소린데. 그만 접어. 어디서 뭐 하다 굴러먹던 놈인 줄 알고. 언니는 순진해서 이상한 똥파리가 꼬여도 모른다고. 형부 말고 어디 남잘 만나봤어야 알지. 그러다 인생 종 칠 일 있어? 그 나이에?"

체면이고 나발이고 그 사람을 똥파리 취급하는 상황에 불끈 화가 치솟았다. 그런 수식어가 붙을만한 사람이 아닌데.

"니가 그 사람에 대해 뭘 알아? 아무것도 모르면서 함부로 말하지 마."

"완전 콩깍지가 씌었네. 늙어서 진짜 주책이야. 왜 다 늦게 안 하던 짓을 하고 그래?"

나를 비난하는 동생의 찌그러진 얼굴이 그와 나의 어쩔 수 없는 지금의 관계를 대변하는 것 같아 한없이 서러웠다. 아픈 데만 골라 찌르는 얄미운 동생에게 잔뜩 심통도 났다.

"늙으면 여자 아냐? 늙으면 심장도 안 뛰는 줄 알아! 피부가 늘어지고 나이 앞에 숫자가 많아진다 해서 내 성별이 바뀌는 건 아냐. 난 여전히 여자야. 나 좋다는 사람한테 가슴 설레는 나도 여자라고! 이제야 정말 가슴 뛰는 사람을 만났는데. 나보고 어쩌라고. 나도 내가 왜 이러는지 모르겠어…. 그 사람이 좋아. 좋아서 미치겠어."

나는 결국 울음을 터트렸다. 혜진은 날아온 축구공에 머리를 얻어맞은 얼굴로 티슈를 뽑아 건넸다.

"와, 대박이네. 첫사랑하고 결혼해서 잘 먹고 잘산다고 내 친구들도 얼마나 부러워하는데. 울 언니가 형부 뒤통수를 치다니."

"야, 그만 좀 해. 아무것도 모르면서."

"뭘 그만해. 뭘 몰라. 언니가 잘했다는 거야, 지금?"

"너한테 혼날 일은 아냐. 내 일은 내가 알아서 해."

"에휴. 난 모르겠다. 그래 언니가 알아서 해."

티슈로 코를 야무지게 푼 나는 얼빠진 동생을 단단히 쏘아보며 당부한다.

"너 엄마한테 말하지 마. 엄마 쓰러져."

"미쳤냐. 심장이 땅콩만 한 양반한테. 누구 초상 치를 일 있어. 언니나 조심해."

으름장을 놓던 혜진은 갑자기 호기심의 눈을 반짝였다.

"근데 어떤 놈인데?"

"됐어, 넌 몰라도 돼."

"화났다 이거지, 나중에 말하고 싶어서 입이 근질근질해도 안 들어 줄 거야. 그니까 말해봐. 궁금하잖아."

"똥파리라며."

"진짜 이러기야. 그럼 어디서 뭐 하다 만났는지만 말해줘. 궁금해서 나 잠 못 잔단 말이야."

병원에서 너도 이미 봤다고 말하고 싶은 걸 겨우 참았다. 엄연히 그는 제부의 상사이고 그의 정체를 안 명탐정 동생은 더 잠 못 이룰 테니까.

"그냥 어쩌다 길에서 만났어. 됐지."

"뻥 치고 있네. 됐어. 치사해서 안 듣는다."

제대로 삐진 혜진은 입을 삐죽거렸다. 동생에게 들킬 거라 생각도 못 했는데 상황이 이상하게 돌아간다. 복잡한 우리의 관계만큼이나 어려워지고 있다.

❄ ❄ ❄

그가 한발 다가오면 나는 한발 물러선다. 내 발의 족쇄를 끊을 수 없는 나는 그의 마음을 알면서도 모르는 척 쑥쑥 자라나는 애정을 가까스로 베어내고 있다. 어쩌면 우린 이런 마음을 숨긴 채

각자의 자리에 서 있는지도.

오늘따라 너무 갑갑해서 숨이 쉬어지지 않았다. 쥐 죽은 듯 있다가 남편이 새벽 라운딩을 나가고 난 뒤 러닝복을 입고 나왔다. 무작정 달렸다. 생각 없이 둘레길을 따라 쭉 뛰는데 뜻밖에도 반대편에서 달려오던 그를 보았다. 서로를 알아본 우린 속도를 늦추며 거릴 좁혔다. 깃털 같은 연분홍 꽃이 핀 커다란 자귀나무 아래였다 그와 마주 보고 선 곳은.

이어폰을 뺀 그가 입가에 옅은 미소를 지었다.

"잘 지냈어요?"

"네. 선생님도 잘 지내시죠?"

"보시다시피 뛰다가 일하다가 이러면서 살아요."

"병원은?"

"오프."

"아."

더는 대화를 이어갈 맥락을 못 찾던 나는 미풍에 흔들리는 연분홍 꽃들을 올려다보았다. 밤이 되면 서로를 껴안는 모습으로 잎이 닫히는 짝수의 작은 잎들 사이로 공작의 깃털 같은 분홍색 꽃이 햇빛을 받아 반짝였다. 내 눈길을 따라 그 꽃을 올려다보는 그의 옆모습이 실은 더 반짝였다. 작위적이지 않은 콧대와 깔끔하게 정리된 구레나룻을 타고 내려오면 숨 막히게 뻗은 각진 턱선. 그리고 한 번은 만져보고 싶은 목울대. 내가 수없이 그리워하던 얼굴이다.

"여기 이런 꽃나무가 있는 걸 지금에야 보네요. 평소엔 그냥 지나쳤던 길인데."

멋쩍게 웃는 입매가 난 왜 그렇게 좋아 보였을까. 나도 따라 작게 미소를 짓자 그의 입매는 더 방긋해졌다. 커플룩도 아닌데 우린 흰색 러닝화를 신고 흰색 반팔 티셔츠와 검정 팬츠를 입었다. 서로의 옷차림을 스캔한 우린 긴장감을 털어내듯 배시시 웃고 그는 한 발 더 다가왔다.

"커피 마실래요?"

"이 시간에 여는 카페가 있어요?"

"있죠. 저기 편의점."

그가 커피를 사러 간 사이 나는 화장실에 잠깐 들렀다. 땀으로 헝클어진 머리카락을 정리하고 편의점 쪽으로 내려가는데 마침 양손에 커피를 들고 오는 그가 보였다. 반가움에 손을 들다가 웬 붉은 승용차 한 대가 성난 짐승처럼 달려오는 걸 목격하고 그대로 얼어버렸다. 내 쪽으로 오리라 생각하지 않아선지 피할 생각도 못 했다. 그런데 예상과는 달리 차의 방향은 나를 향했다. 속도가 너무 광적이라 두렵기까지 했다.

"어, 어, 어."

"조심해요!"

얼어붙은 날 끌어안은 그는 공처럼 몸을 말아 나를 보호했다.

그가 내팽개친 커피가 사방으로 튀었다. 거친 그의 숨결이 목덜미에 와닿는다.

쾅!

천둥 번개처럼 엄청난 소음에 귀를 틀어막았다. 그가 몸을 풀어 주위를 살폈다. 가로수를 들이받은 차는 아슬아슬하게 전복됐고 차에서 튀어나왔을 여자의 목에서 붉은 피가 쿨럭 쏟아졌다. 아주 오래전 살해당한 언니의 모습이 여자의 모습 위로 오버랩되면서 숨을 쉴 수가 없었다. 그날의 참혹한 기억이 불현듯 튀어나와 무참히도 심장을 찔렀다.

"괜찮아요?"

그의 목소리가 희미하게 들렸다. 대답해야 하는데 목소리가 나오지 않는다.

"당신 괜찮아!"

내 어깰 붙들고 이리저리 살피는 놀란 그의 모습이 점차 또렷이 보였다. 거의 울 것 같은 표정으로 나를 바라보는 그의 모습에 한결 마음이 놓였다.

"당신 괜찮냐고!"

"네. 괜찮아요. 괜찮아."

내 답을 들은 그는 몸을 일으켜 사고 현장으로 급히 달려갔다. 과감하지만 절도 있는 움직임으로 피가 흐르는 여자의 목을 눌렀다.

"이리 와서 여길 눌러요!"

그의 다급한 목소리에 휘청대는 몸을 이끌며 그리로 갔다. 주저하는 내 손을 덥석 잡은 그에게 이끌려 쪼그리고 앉았다.

"손 떼면 안 돼요. 힘있게 눌러요."

"여기요?"

허둥대는 내 손을 가져간 그는 정확히 여자의 뜨거운 피가 흐르는 곳에 갖다 댔다. 희미하게 뛰는 여자의 맥이 느껴졌다.

"여길 눌러요. 여기."

"네… 네."

나와 눈을 맞추고 확답을 받은 후에야 그는 여자의 맥박을 살피고 여자에게 계속해서 말을 걸었다. 119를 부르는 그의 목소리를 들으며 여자의 목을 힘껏 눌렀다. 비릿한 피 냄새와 여자에게서 진동하는 술 냄새에 머리가 핑 돌았다. 거북한 기름 냄새도 만만찮게 속을 들쑤셨다. 속이 뒤집혔다. 침을 꿀꺽 삼켰다. 당장이라도 손을 떼고 싶었지만, 그날 언니처럼 여자를 죽게 할 순 없었다. 창백한 여자의 얼굴 위로 눈을 부릅뜨고 죽은 언니의 참담한 얼굴이 스친다. 뜨겁던 언니의 열정만큼이나 강렬했던 언니의 피 냄새.

"언니 일어나."

나도 모르게 헛소리를 중얼거렸다. 돌이킬 수 없는 그 밤의 아픔이 파도처럼 대책 없이 밀려왔다. 뇌에 박혀버린 기억의 파편들. 눈물인지 땀인지 모를 시큼한 액체가 뺨을 타고 흘러내려 입술을 적셨다. 아득히 시야가 흐려지던 그때 어깨너머로 위급을 알리는 사이렌 소리가 쩌렁쩌렁 울려 퍼졌다. 바람처럼 재빨리 119구조대가 도착했다.

손가락 까닥할 힘도 없던 나는 구조대가 일사불란하게 여자를 이송하는 모습을 우두커니 바라보았다. 사고 차량의 블랙박스 덕분에 뒤따라 출동한 경찰에게 상황만 설명하고 우린 벗어날 수 있었다. 일 처리를 마친 그는 어느새 다가와 흐느적거리는 날 부축해주었다. 나는 그에게 몸을 지탱하며 들쑥날쑥한 호흡을 가다듬었다.

"피가… 너무 따뜻했어요. 그 여자 피가…."

나는 여자의 피가 묻은 손을 바라보며 중얼거렸다. 어쩔 도리 없이 떠오르는 언니 생각에 눈시울이 붉어졌다.

"많이 놀랐죠. 난 피 보는 게 일이라 괜찮지만, 당신은 아마 많이 놀랐을 거야. 며칠 힘들 수도 있어요."

"여자는 괜찮겠죠?"

"괜찮을 거예요. 출혈은 막았으니까 빨리 수술하면 살 거예요. 이제 당신 걱정이나 해요. 내가 보기에 지금 당장 쓰러져도 이상하지 않을 것 같은데. 걸을 수 있겠어요?"

내 어깨에 팔을 두르는 그의 체온이 고스란히 전해졌다.

"네."

"일단 우리 집으로 가요. 이 몰골로는 아무 데도 못 가겠어. 가까우니까 조금만 걸어요."

흰색 러닝화와 흰색 티셔츠에 여자의 붉은 피가 군데군데 묻어있었다. 마치 살인하다 온 것처럼 살벌했다.

병원과 가까운 신축 주상복합에 그는 살고 있었다. 우리 집과 불과 몇 정거장 떨어진 곳. 공원 둘레길에서 우리의 조우가 이해될 만큼 우린 가까운 곳에 살았다.

이 건물 쇼핑센터에 혜진과 간간이 들렀던 적이 있었는데 내 발길이 닿던 곳에 그가 산다는 것이 어쩐지 신묘했다.

"남자 혼자 사는 집이라 좀 그럴 거예요. 괜스레 떨리네."

현관문을 열던 그는 약간 수줍어했다. 그의 집으로 들어서자 가장 먼저 보인 건 역동적인 추상화 한 점이었다. 어디서 본 것 같기도 한 파란 붓 터치가 바위를 때리는 성난 파도 같기도 했다. 복도를 걸어 들어가면 그레이와 블랙이 주를 이루는 세련된 거실이 나왔고 무엇보다 좋은 냄새가 났다. 익숙한 그 향에 마음이 푸근해졌다.

"저 손 좀 씻을게요."

"아, 화장실은 여기에요."

화장실 문을 열어주는 그의 동작이 어쩐지 어색해 보였다. 곳곳에 묻은 핏자국을 지우고 비누로 깨끗이 손을 씻었다. 세면대에 놓인 그의 칫솔과 면도기에 눈길을 두다가 에프터쉐이브 로션에 손길이 갔다. 슬쩍 코를 갖다 대자 그의 얼굴에서 나던 그 향이 났다. 깨끗한 비누 향 같은 그 냄새를 맡자 그와 키스할 때의 설렘이 되살아났다. 나쁜 짓 하다 들킨 것처럼 로션을 부리나케 제자리에 두고 거실로 나왔다.

어색하게 거실을 횡단한 나는 그가 수없이 앉았을 검정 카우치 소파 한구석 자리에 앉았다.

"위스키 한 잔 줄까요? 심신을 안정시키는 차 같은 건 없어서."

호박색 위스키가 담긴 잔을 건네며 그는 내 옆자리에 자연스레 앉았다. 위스키를 한 모금 마시는데 후들후들 손이 떨렸다.

"아직도 손이 떨리네. 안 다쳐서 정말 다행이에요."

후들대는 손을 가져간 그는 슬며시 손을 잡아주었다. 적당히 식은 커피 온도처럼 따스한 그의 손에서 그의 진심을 느꼈다. 나의 아픈 비밀까지도 공유하고 싶게끔 마음이 움직였다.

"언니가 오래전에 살해당했어요. 집안으로 침입한 범인한테 목이 찔렸는데 끝내 범인을 못 잡았어요. 아까 사고 현장에서 언니 생각이 나서…."

"어떻게 그런 일이…. 힘들었겠어요."

"언니가 꿈에 자주 나왔는데 선생님 만나고부터는 괜찮았어요. 잠도 잘 자고."

"내가 불편한 존재인 줄 알았는데."

"불편하기보단, 어려워요."

"어렵다. 그게 젤 난감한 건데. 근데 어쩌죠. 아무리 생각해도 우린 만날 사람 같은데. 봐, 달리다가도 만나잖아."

무거운 분위기를 툴툴 털어내는 웃음을 짓는 그를 보자 좀 전 아찔했던 순간이 눈앞을 스친다. 날 위해 몸을 던졌던 그 순간이 잊히지 않았다.

"아까 고마웠어요. 날 구해줘서. 선생님은 다친 데 없어요?"

"생각하니까 또 화가 나네. 차가 달려오는데 그렇게 멍하게 있는 사람이 어딨어요. 그러다 잘못되면 어쩌려고. 겁 없이 그 미끄러운 갯바위에 올라가질 않나. 스트레스성 장염으로 실려 오질 않나. 사람 신경 쓰이게. 이렇게 달리다가도 내 앞에 나타날 거면서 왜 내 애를 태워요? 왜 내 연락 피해요?"

"알잖아요. 그럼 우리 힘들어져요."

"난 지금이 더 힘들어. 밥 먹고 잠자고 일하고. 늘 반복하던 일상인데. 너무 당연하고 쉬운 그 일이 안 돼. 아무렇지 않게 살 수 없다고. 맛있는 거 먹으면 당신 생각이 나. 좋은 걸 보면 당신이 먼저 생각난다고, 이제. 좀 전에 그 미친 차가 당신한테 달려들 때 확실히 알았어요. 당신이 나한테 어떤 존재인지."

이 사람을 어쩌면 좋을까. 그도 이미 위험한 길에 발을 들여놓았다. 위태로운 그 길 위를 우린 아슬아슬하게 걷고 있다.

"왜 이렇게 진심인 건데요. 나더러 어떡하라고…."

꾹 참고 살았던 눈물인데 눈치도 없이 자꾸만 흘러내린다. 이런 모습을 보여주긴 싫은데 또 울고 말았다. 손에 얼굴을 파묻고 흐느끼는 날 그는 끌어당겨 안았다. 들썩이는 어깨를 그의 팔이 짓눌렀다.

"나도 모르겠어요. 왜 이렇게 진심인지. 그냥 당신이 좋아."

그의 목소리가 황홀하게 귓가를 드나든다. 이토록 황홀한 꿈을 꾼 적이 있던가. 긴장이 풀리고 눈이 감긴다. 나는 까무룩 잠에 빠졌다.

개운한 정신으로 눈을 떴는데 그의 소파였다. 모처럼 달게 잤다. 나쁜 꿈도 없었다. 그가 덮어줬을 체크무늬 얇은 홑이불을 반듯하게 접은 다음 소파 한쪽에 놓았다. 쾌적한 실내를 감도는 익숙한 향이 좀 전보다 더 진하게 났다. 은은하게 공기를 감도는 익숙한 향은 내가 쓰는 로션 향과 비슷했다. 에델바이스 향. 심플한 거실 장 위에 검은색 디퓨저가 보인다.

현관 열림음이 들리고 그가 들어왔다. 양손에 한가득 짐을 들고서 날 보며 한입 가득한 미소를 짓는다.

"좀 어때요? 혈색은 괜찮아 보이는데."

"좋아졌어요. 근데 뭘 그렇게 많이 샀어요?"

"집에 있는 거라곤 생수랑 맥주뿐이라 먹을 것 좀 사 왔어요. 배고프죠? 초밥하고 롤 샐러드 이것저것 사 왔는데. 괜찮아요?"

소풍 가는 아이처럼 분주하게 움직이는 그의 모습을 감상하다가 몸을 일으켰다. 내가 다가가자 그는 자랑하듯 물품들을 꺼내놓으며 연신 싱글거렸다. 매번 느끼는 거지만 웃는 입매와 반달이 되는 눈매가 바라보는 사람마저 웃게 만드는 능력이 있다. 서슴없이 웃게 된다.

"이거 다 엄청 좋아해요."

"다행이다. 앉아요, 어서 먹게."

"디퓨저 좋아하나 봐요."

샐러드드레싱을 뿌리면서 우아하게 열일 중인 디퓨저를 눈짓으로 가리켰다. 그가 젓가락을 내 앞에 놓아준다.

"아, 좋아하게 됐어요. 처음엔 기억을 찾으려고 시작했는데 지금은 맘이 편해져서 계속 사게 되네."

"기억요?"

"예전에 교통사고가 나서 기억을 잃었어요. 잃었던 기억 속에 향을 찾다 보면 기억이 돌아올 확률이 크다고 해서 찾은 향이 이 향이었어요."

"그럼 기억은 찾았어요?"

"아뇨. 아쉽게도 못 찾았죠. 대신 다른 걸 찾았지."

"무슨?"

"이 향이 당신한테서 나잖아. 그날 등대에서 비 피하려고 당신이 내 옆에 섰을 때 이 향이 정신없이 났어요. 나도 모르게 심장이 두근거렸어. 그래서 키스하고 싶었어요."

"아, 그래서 우리가 만난 적 있냐고 물었구나."

어떤 인생이든 주인공일 것만 같은 사람이라 그런가, 사연도 마치 영화 같았다. 그날 날 바라보던 가슴 저릿한 눈빛이 선연하게 떠올랐다. 황홀한 노을에 물든 그의 모습을 생각하면 지금도 심장이 막 두근거린다.

"혹시나 했던 거죠."

"궁금하겠다. 잃어버린 기억."

"뭐 딱히. 젊었을 땐 그랬는데 지금은 뭐. 과거보단 지금이 좋으니까 깨끗하게 접었어요. 할 일도 많은데 기억 안 나는 과거에 매달려서 뭘 하겠어요. 그 시간에 환자 하나 더 보는 게 이롭지. 자, 재미없는 얘긴 그만하고 우선 뭐라도 먹읍시다. 난 배고프면 아무것도 못 해."

그는 미련이 없어 보였다. 기억을 잃는다는 건 어떤 느낌일까. 잃은 그 기억 속에 정말 잃고 싶지 않은 소중한 것이 존재한다면? 아니다 끔찍이 고통스런 기억이 잠들어 있을지도 모를 일이다. 어쩌면 그가 옳을지도. 그의 얘기를 듣고 보니 그의 모든 것이 궁금했다.

"선생님은 뭐 좋아해요?"

얼음을 채운 컵에 탄산수를 따르던 그가 동작을 멈추고 나와 눈을 맞춘다.

"음, 집밥."

"정말요? 그럼 다음에 내가 밥해줄게요. 그건 자신 있어요."

"분명 밥해준다 했어요. 딴말하기 없기다."

"그럼요. 꼭 해줄게요."

그와 함께 밥을 먹고 차 마시고 그의 플레이리스트도 재생하며 일상을 함께했다. 어느 멋진 곳에 가는 것보다 그의 일상을 공유하는 것이 내겐 의미 있는 일이었다. 늘 반듯한 셔츠만 입은 모습을 보다가 편한 티셔츠를 입은 모습도 새로웠고 무엇보다 그의 맨발을 보는 것이 좋았다. 그의 손만큼이나 큼직하고 단정한 그 발이 난 너무 좋았다. 양말을 사주고 발에 맞는 구두를 사서 신겨주고 싶은 맘이 불쑥 비집고 나와서 나도 깜짝 놀라버렸다.

집으로 돌아간다고 하자 빈티지 쇼핑백에서 연두색과 연주황색의 잔잔한 꽃무늬 원피스를 꺼내 내밀었다.

"피 묻은 옷을 입고 갈 순 없잖아요. 그래서 하나 샀는데. 입어줄래요."

"이걸 언제."

"아까 장 보면서 샀어요. 맘에 들어요?"

"넘 이뻐요. 근데 자꾸 받기만 하는 것 같아요."

"난 줄 수 있어서 행복한데. 이게 어울릴까? 저게 어울릴까? 당신 떠올리면서 고르니까 그렇게 신날 수가 없더라고. 그니까 내가 주는 건 무조건 받아요. 내 정신건강을 위해서."

"고마워요. 입고 나올게요."

그렇게 꽉 붙지도 않고 기장도 무릎을 덮는 원피스라 긴장감 없이 입을 수 있었다. 편하게 입고 나왔더니 그가 반색하며 살짝 궁 다가왔다.

"이봐 이렇게 잘 어울릴 줄 알았다니까. 맘에 들어요?"

"네. 편하고 시원해요."

"이쁘게 입어요."

현관으로 가는 중에 그가 조심스레 내 어깨에 손을 대다가 얼마 못 가 손을 거뒀다. 어색해하는 그가 중문을 열었고 나는 러닝화를 찾았는데 그가 처음 보는 연두색 샌들을 발아래 내려놓았다.

"나 만나러 올 때 신고 와요. 내가 좋은 길만 걷게 해줄게요."

그가 내 발아래 쪼그리고 앉았다. 샌들을 신겨주는 다정한 그의 모습이 현실 같지 않았다. 내가 과연 이 사람에게 이런 대접을 받을 자격이 있을까. 이렇게 다정하고 좋은 사람에게.

샌들에 발을 넣는데 뜨거운 물을 삼킨 것처럼 명치가 뜨거웠다. 이 신을 신고 지옥 같은 집으로 걸어 들어가야 한다는 것이 내겐 더 현실 같았다.

"딱 맞네. 러닝화 사이즈 보고 사 왔는데. 어때요, 편해요?"

"네에. 맞춘 것처럼 편해요. 오늘 정말 고마웠어요. 가볼게요."

몸을 일으켜 현관을 열고 나가려 하자 그가 앞질러 나왔다.

"가요. 데려다줄게."

"아뇨. 혼자 갈게요. 그게 편해요."

"아. 불편하구나."

잠깐의 정적을 흘려보내고 나는 그에게 작별을 고했다. 그가 사준 예쁜 옷을 입고 샌들을 신고서 그와 함께 나서면 지옥 같은 그 집으로 걸어 들어가기가 쉽지 않을 것 같아서 혼자 돌아왔다.

그날 이후 난 확실히 그가 편해졌고 그리울 때면 짧은 메시지라도 남기는 용기를 얻었다. 남편 몰래 아이폰을 개통했다. 남편이 있을 때는 아이폰의 전원을 끄고 생리대 봉투 안에 꼭꼭 숨겨두었다. 그를 들키지 않기 위해 나는 어느 때보다도 숨죽이며 지냈다. 누가 나쁘다 돌을 던져도 이젠 너무 늦었다. 내 일상으로 그는 너무 많이 들어와 버렸다.

깜빡 졸다 알람 시계 소리에 눈을 떴는데 남편이 침대 머리맡에 서서 가만히 쳐다보고 있었다.

"어머!"

아무 기척도 없이 내려다보는 남편의 얼굴이 공포영화의 소품처럼 그로테스크했다. 심장이 몸 밖으로 튀어나온 줄 알았다. 발작하는 심장을 꽉 붙들고 크게 심호흡했다. 너무 놀란 탓에 짜증이 치밀었다. 그걸 숨기느라 재빨리 몸을 일으켰다.

"왜 그렇게 쳐다보고 있어요. 놀랐잖아요. 라운딩 간 거 아니었어요?"

"어, 캔슬 됐어. 있잖아, 지율이가 죽었다는데."

"뭐, 뭐라고요! 무슨 말이에요. 그게!"

침대에서 내려오던 나는 기함하듯 놀라 휘청거렸다. 잘못 들었다고 믿고 싶었지만 그럴 기미가 안 보였다.

"처제한테 연락이 왔어."

실성한 사람처럼 울먹이며 폰을 찾아 두리번거렸다. 정전된 것처럼 눈앞이 깜깜했다.

"말도 안 돼. 흑… 내 폰! 폰 어딨지…. 흑흑!"

미친 듯이 울먹이며 동생에게 전화를 거는 내 모습을 남편은 팔짱 끼고 서서 관전하듯 즐기고 있었다. 저딴 인간이 그러든 말든 하나도 중요치 않았다. 눈물이 폭발하듯 터져 흘렀다. 뜨거운 물을 연거푸 마신 것처럼 명치가 뜨겁고 쓰라렸다. 화장대 위에 놓인 폰을 손에 쥐고 간신히 번호를 눌렀다.

"혜, 혜진아! 흐흑. 지율이… 지율이 어떻게 된 거야…."

"간밤에 열이 많이 났어. 계속 토하고 설사하고 말도 마. 응급실 왔어. 지금 입원 수속 중이야."

"그럼…. 지율이 괜찮은 거야?"

"병원 왔으니까 이제 괜찮겠지. 형부가 얘기 안 해? 근데 언닌 목소리가 왜 그래? 왜 울고 난리야?"

남편을 노려보자 소름 끼치게 키득거렸다. 나는 눈물을 훔치고 적당히 둘러댄 다음 통화를 끝냈다.

지율이 무사한 건 다행 중 다행인데도 조금 전 놀란 걸 생각하니 좀처럼 화가 가라앉지 않았다. 악마처럼 웃고 있는 저 얼굴을 당장이라도 비틀어 짓뭉개버리고 싶었다.

"어떻게 그런 거짓말을 할 수 있어요?"

"안 죽었잖아. 좋다고 웃어야지. 그래야 좋은 이모잖아, 혜선아."

"애 목숨을 가지고 장난을 쳐요?"

"지랄하네. 이런 재미도 없으면 너랑 무슨 낙으로 살까? 양심이 있어야지."

"그럼… 안 살면… 되잖아요."

띄엄띄엄 용감하게 내뱉은 진심은 곧바로 주먹으로 되돌아왔다. 피가 끓고 머리끝까지 분노가 치밀어도 숨죽여 맞을 수밖에 없는 샌드백 신세와 이젠 정말 작별하고 싶다. 나도 사랑받는 존재라는 걸 안 순간, 한 남자를 웃게 하고, 그 사람의 인생이 되어가고 있는 지금 무차별적인 이 폭력이 얼마나 잘못된 것인지 점점 깨닫고 있었다.

아침 댓바람부터 실컷 두들겨 맞은 나는 아스피린을 한 알 삼키고 지율이 입원한 병원으로 향했다. 그의 직장이기도 한 그곳으로 가면서 그의 스케줄표를 확인했다. 오늘은 오후 내내 수술 일정이 잡혀있었다. 그와 주고받은 메시지를 보면서 허기진 그리움을 달랬다.

아무것도 못 먹고 분수처럼 토하던 지율은 다행히 구토도 잦아지고 설사도 멈췄다. 입원 이틀째에는 열도 내렸다. 혜진이 유치원으로 지효를 데리러 갈 때마다 나는 지율과 시간을 보냈다.

남편은 날마다 지율이 입원한 병원에 가는 내게 별 관심도 없어 보였다. 제주특별자치도와 뒤늦은 연애라도 하는 것처럼 제주도에 관한 책자를 사고 지도를 보며 공을 들였다. 김 사장과의 통화를 주워들은 얘기를 종합해보면 제주도에서 대단한 리조트 사업을 진행하는 것 같았다. 덕분에 모처럼 자유로웠다.

"이모 밖에 나가면 안 돼? 심심해."

온종일 병실에 갇혀있는 지율은 열린 창문 밖을 빼꼼히 내다보며 졸라댔다. 비 오는 날도 놀이터에 나가야 직성인 사내아이라 때아닌 감옥살이가 안쓰러웠다.

"그럼 지효랑 엄마 올 때까지만 옥상에 가볼까? 거기 장수풍뎅이도 있다던데."

"와아, 진짜루? 나도 장수풍뎅이 키우고 싶은데 엄마가 안 된댔어. 이모 얼른 가보자."

지율을 태운 휠체어를 밀며 옥상정원으로 향했다. 초록빛이 가득한 정원에 올라서니 그와 함께 보냈던 그 시간이 되살아났다. 방대한 그리움을 삼키며 휠체어를 밀었다. 어린이 병동과 연결된 작은 옥상정원 쪽에 아이들을 위한 미니 곤충박물관이 있었다. 다양한 종류의 나비 표본들과 장수풍뎅이를 볼 수 있게끔

조성된 사육장에는 장수풍뎅이의 먹이로 보이는 젤리를 비롯한 사육 세트가 제법 구색을 갖추고 있었다.

"우와! 여기 먹이도 있네. 형아가 초록색 젤리 하나 줄게."

신이 나서 젤리도 주고 실컷 구경한 지율은 그곳에 마련된 종이와 사인펜을 집어 들었다. 벽면에는 완성한 그림을 붙여놓을 수 있는 공간도 있었다. 무료한 소아 환자들을 위한 병원의 소소한 이벤트처럼 보였다. 한 장으로는 성에 안 찼던지 물 만난 지율은 종이를 여러 장 가져와 장수풍뎅이를 신나게 그렸다.

지율이 어린 피카소로 변하는 동안 나는 벽면 가득한 아이들의 그림을 감상했다. 눈에 띄는 그림 하나에 시선이 멈춘다. 기억에서 불러온 그것은 남편이 내게 준 수첩 모서리에 그려있던 스마일맨 캐릭터 같았다. 이제는 추억하기도 힘들 만큼 낡고 오래됐지만 어떻게 잊을 수 있을까? 남편이 언제 와서 이걸 그렸을까?

"혹시 이모부 병원에 왔었니?"

"아니."

지율은 빨간 색연필로 장수풍뎅이의 뿔을 진하게 덧칠했다.

"이모부 안 왔으면 좋겠어."

"왜, 지율아?"

"이모부는 눈이 무서워서 싫어. 악당 눈 같아."

지율은 뾰로통한 입으로 실룩거리다 다시 그림에 집중했다.

첩첩이 감춰진 남편의 실체를 지율이 안다는 것이 신기하고 놀라웠다. 순수한 지율의 눈에는 거짓으로 점철된 남편의 본모습이 보이는 걸까.

지율에게 그렇지 않다고 말해야 하는데 그러고 싶지 않았다. 지난 아침 지율이 죽었다며 날 기함시킨 일이 체기처럼 아직도 내려가지 않았다. 생각할수록 괘씸했다.

"근데 이모오, 아이스크림은 언제 먹을 수 있는 거야? 초코아이스크림 먹고 싶은데 엄마가 배 아파서 안 된대. 피. 엄마는 무조건 안 된대."

나는 쪼그리고 앉아 지율의 눈을 바라봤다.

"엄마가 걱정돼서 그러는 거야. 지율이 배 다 낫고 나면 이모가 이만~큼 사줄게. 그러니까 먹고 싶어도 조금만 참아."

손짓으로 커다란 동그라미를 그려 보여주자 지율은 고사리 같은 손을 뻗어 나보다 더 큰 동그라미를 그렸다.

"이만~~~큼?"

"지율아 손 내려야지. 주사 빠지면 안 돼."

링거 바늘이 빠질까 봐 노심초사하면서도 지율의 천진난만한 모습에 한참을 웃었다. 지율과 지효는 지옥 같은 결혼생활에 숨구멍이 되어준 천사 같은 존재였다. 태어날 때부터 지금까지 꼭 내 배 아파 낳은 내 아이처럼 내겐 각별했다.

"응, 이모가 이만~~~큼 사줄게."

"와, 우리 이모 최고다!"

지율의 해맑은 미소 위로 빛바랜 추억 같은 캐릭터를 외면했다. 누가 그렸든 무슨 상관일까. 아름답기만 한 그 추억의 종착역은 이미 폐허가 된 지 오랜데.

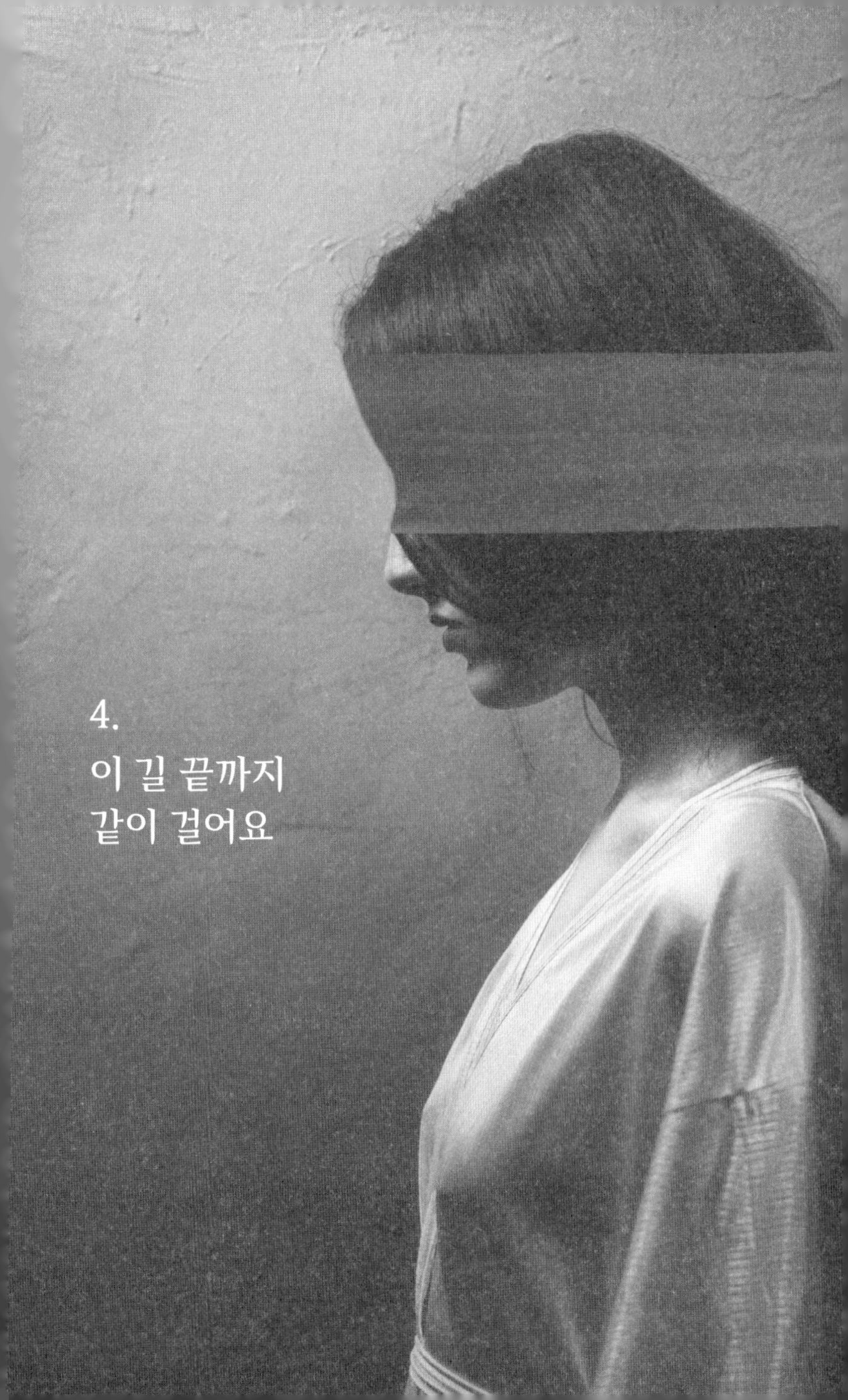

4.
이 길 끝까지 같이 걸어요

"언니 생일 축하해."

후-

조촐한 생일 케이크의 초를 껐다. 언니가 죽은 후에야 비로소 초를 끈다는 사실이 어쩐지 서글퍼서 해마다 콧잔등이 시리다. 초의 개수는 18개에 멈춰있다. 납골당 사진 속 언니의 얼굴이 여전히 젊고 풋풋한 것처럼 초의 개수도 변할 수 없었다.

같은 날 태어난 우린 항상 같은 케이크에 초를 붙였고, 그 초를 끄는 것은 언제나 언니였다. 나와 같은 DNA를 갖고 태어났으면서도 나와 다르고 싶어 한 언니는 샴푸 공장에 다니는 아빠가 가져오는 향 좋은 샴푸도 거부했다. 혼자서 다른 샴푸를 사서 쓰고 로션도 나와 다른 걸 발랐다. 언니는 특별한 걸 좋아했고 실제로도 특별했다. 공부도 잘하고 꼼꼼하고 빈틈이 없었다. 그렇게 일찍 생을 마감하기엔 아까운 존재였다.

납골당을 빠져나오는 길에 남편을 본 것 같았다. 멈춰 섰다가 다시 발길을 돌렸다. 그럴 리가 없으니까. 마누라 생일도 안 챙기는 무정한 사람이 죽은 언니 생일을 챙기다니 누가 봐도 헛소리다. 오늘이 내 생일인 것조차 모를 텐데. 그런 매정한 인간과 참 오래도 살았다.

"혜신아! 민혜신!"

환승하러 내린 곳에서 누군가 언니의 이름을 불렀다. 너무 오랜만에 듣는 이름이라 처음 듣는 것처럼 낯설었다.

"너 혜신이 맞지?"

인상이 푸근하고 싱글벙글한 여자는 넉살이 좋아 보였다. 언니의 이름을 부르는 걸로 보아 아직 언니의 죽음을 모르는 게 분명했다. 누굴까? 나는 멋스럽고 세련된 여자의 정체가 궁금했다.

"아닌데. 전 동생이에요. 누구시죠?"

"그럼 혜선이구나. 쌍둥이 동생. 맞지?"

"네. 그런, 데요."

"혜신이랑 고등학교 동창이었는데 나 모르는구나. 난 너 아는데."

"글쎄요. 잘."

그럼 우린 동창일 텐데 이 얼굴이 도무지 생각나지 않는다.

"하긴 같은 반 아니면 모를 수도 있겠다. 내가 고2 다니다가 캐나다에 이민 가는 바람에 그길로 쭉 못 봤으니까. 가끔 신이랑 편지는 했는데 갑자기 연락이 끊겨서 늘 생각만 했었네."

언니는 열여덟 겨울에 죽었으니 그때 연락이 끊겼을 것이다. 그러고 보니 언니 유품에서 해외 우표가 붙은 편지 꾸러미를 본 것 같기도 하다.

"너 보니까 혜신이도 여전히 이쁘겠다. 그때도 남자들이 혜신일 그렇게 따라다녔잖아. 완전 사이코 같은 놈부터 시작해서 신이 같은 범생이까지. 생각해보면 참 옛날이다. 그때 참 재밌었는데…. 어머, 내가 말이 너무 길었다. 너 보니까 꼭 신이 같아서 그랬나 봐."

회상에 젖었던 여자는 멀뚱히 쳐다보는 날 의식하고는 쑥스럽게 웃었다. 나는 여자의 회상 속 사이코 같은 놈에게 온 신경이 붙들려있었다.

"괜찮아요. 다들 그래요. 근데 사이코 같은 놈이라니 참 표현이 재밌네요. 언니한테 못 들었는데."

"표현이 아니라 진짜 사이코 같았어. 신이한테 혈서를 써서 보내질 않나. 그리고 글쎄 어떤 날은 죽은 길고양이들을 신이 가는 길목에다 일렬로 눕혀놨더라니까. 그게 한두 번이 아냐. 진짜 미친놈이지? 그 장면이 어찌나 강렬했던지 일기에도 썼다니까. 으윽. 그놈은 지금 뭐 하고 사는지 몰라."

뒷덜미에 오소소 소름이 돋았다. 사이코라는 미지의 인물을 향한 본능적인 적개심이 밀어낸 몸의 반응이었다. 혹시 놈이 언니를 죽인 범인일까?

"정말 무서웠겠어요. 언니한테 그런 일이 있는지도 몰랐어요. 알았더라면 좋았을 텐데."

아무런 내색 없이 두려움에 떨었을지도 모를 언니를 생각하자 눈물이 핑 돌았다. 짤막한 기사로 마무리된 언니의 비극은 슬픔이란 일차원적인 단어로는 끝맺기 힘든 아픔이었다. 언니의 물품들을 볼 때마다 왈칵 치솟는 눈물을 가족 모두가 숨죽여 삼키면서 하루하루를 견뎠다. 참 힘든 시절이었다.

"어머, 혜선아. 너 우니? 왜애?"

"실은 지금 언니 납골당에 갔다 오는 길이에요. 언니는 오래전에 살해당했어요. 그쪽이 이민 간 그해 겨울에요. 그때 언니가 얼마나 무서웠을지 생각하니까 마음이 아파서."

나는 흘러내린 눈물을 야무지게 훔쳤다. 비보를 전해 들은 여자의 화사한 안색은 발아래 아스팔트만큼 시커메졌다.

"신이가… 허… 말도 안 돼…. 그래서 연락이 끊겼구나, 갑자기 말도 없이. 난 여태 그것도 모르고 한국 가면 꼭 만나야지. 그 생각만 하고 있었어, 바보같이. 진즉 찾아볼걸. 흐흑. 신이 참 보고 싶었는데. 그렇게 허망하게 갈 애가 아닌데… 어쩌다가… 흑."

여자의 울음은 본격적으로 터졌다. 언니를 향한 애도의 눈물을 쏟는 자를 방관하듯 팔짱 끼고 지켜볼 수만은 없었다. 주위를 두리번거리다 버스정류장 앞에 영업 중인 작은 카페로 여자를 이끌었다.

식어가는 커피를 사이에 두고 오랜만에 언니 얘기를 나눴다. 언니의 사소한 습관들, 말투, 표정까지. 열여덟 민혜신을 과거에서 끄집어내어 잠시 곁에 두었다. 눈물과 추억을 펑펑 쏟은 우린 처음 만난 시점만큼 밝아졌다.

“너랑 이렇게 앉아있으니까 꼭 신이랑 있는 것 같고 참 좋다. 우리 또 만나자. 폰 좀 줘봐.”

내가 폰을 내밀자 초록색 매니큐어가 칠해진 손톱이 빠르게 움직인다.

“저장해줘, 내 번호. 참 아직 이름도 말 안 했네. 내 이름은 신현진.”

자신의 폰이 울리는 걸 확인하고 현진은 전화를 끊었다. 내 이름을 입력한 현진은 살갑게 날 쳐다보았다. 그녀의 와인색 머리카락이 햇빛을 받아 눈부셨다.

“입력 완료. 근데 넌 왜 말을 높이니? 우린 동갑인데.”

“네? 아. 그렇네.”

멋쩍게 나는 웃었고, 유쾌한 아침처럼 현진은 내 팔을 가볍게 만지다 놓았다. 나도 현진이 싫지 않았지만, 마음이 편치만은 않았다. 여전히 명치에 걸린 미지의 인물이 날 자꾸 뒤돌아보게 했다.

"저기, 현진아. 혹시 그 사이코라는 사람 기억나?"

"글쎄. 워낙 옛날이라. 왜? 혹시 걔가 그랬을까 봐? 에이 설마. 그래봤자 고딩이었는데."

"고딩? 그럼 어느 학교였는지는 기억나?"

"그건 알지. 왜 우리 학교 근처에 있는 남고 있잖아. 상진고라고. 거기 교복 입고 있었으니까 아마 그 학교 다녔겠지. 그건 기억나."

상진고라면 남편이 졸업한 학교다. 만약 남편과 같은 학년이라면 남편의 졸업앨범에서 그 얼굴을 찾을 수도 있을 텐데. 지금으로선 그것도 볼 수 없다. 남편의 졸업앨범은 예전에 버렸으니까.

"너 얼굴 보면 혹시 알아보겠어? 이름은?"

"아잇. 걸 어떻게 기억하냐. 덩치가 좋았단 건 외에는 잘 모르겠다, 야. 혹시 모르니까 생각해볼게. 옛날 생각하다 보면 뭐 떠오르는 게 있겠지."

"신경 써 줘서 고마워."

"얘는 별소리 다 하네. 내가 뭘 한 게 있다고. 겨울까진 여기 있을 거니까 꼭 연락 줘."

"그래 그러자."

켜켜이 쌓은 추억을 털고 우린 자리에서 일어섰다. 가게 문을 나서는 나를 현진이 붙들었다.

"참. 신이한테 다이어리가 있었어. 나도 그렇지만 그때 우린 다이어리 하나씩 갖고 다녔잖아. 비밀 얘기도 쓰고. 사진도 붙이고 그랬는데. 혹시 그 안에 뭐 없을까?"

"다이어리… 못 봤는데…."

그러고 보니 내가 언니한테 선물한 다이어리가 있었다. 똑같은 걸 사서 하나는 내가 갖고 하나는 언니를 줬었다. 같이 찍은 스티커사진도 붙여서 줬는데 언니 다이어리는 보지 못했다. 내 건 이사하면서 버렸고. 언니의 다이어리는 어디로 갔을까?

"만나서 진짜 반가웠어. 잘 지내고 있어. 또 보자."

현진은 손을 번쩍 흔들었다. 멀어지는 현진의 겨자색 바바리코트가 멋스럽게 나풀거렸다.

언니의 친구를 만나고 보니 떠난 언니 생각이 부쩍 난다.

지금이라면 범인을 잡고도 남았을 텐데. 그땐 CCTV도 없던 시절이라 모든 게 깜깜했었다. 여러모로 운이 없었다. 현관문이 깨진 것 말고는 범인의 흔적은 하나도 발견하지 못했다. 분명 치밀하게 계획하고 침입했을 것이다. 간도 크지.

불행 중 다행인 건 그날 혜진의 부재였다. 동생은 친구 근희 집에서 파자마 파티를 하는 바람에 언니의 죽음을 목도하지 못했다. 어린 동생이 보기에는 너무도 처참했기에 나는 두고두고 그날 혜진의 부재를 고마워했다.

옛 생각에 잠겨 하마터면 정류장을 지나칠 뻔했다. 허겁지겁 버스에서 내렸다. 어둑해진 길을 걷는데 누군가 뒤를 쫓는 것이 느껴졌다. 검은 마스크와 검은 모자를 쓴 남자가 고개를 숙인 채 걸어왔다. 어슬렁거리는 걸음이지만 나보다 빨랐다. 퇴근 시간도 지난 터라 주위를 둘러봐도 인적도 끊겼다.

갑작스러운 두려움은 먹구름처럼 떼로 몰려왔다. 자연스레 걸음이 빨라졌다. 뒤를 돌아보면 검은 모자가 더 가깝다. 잔뜩 겁을 먹은 뒷덜미가 뻣뻣해졌다. 호흡은 가빠지고 발은 더 급하다. 문득 언니의 목소리가 귓전에서 맴돈다.

"그놈이 나를 쫓아다녀. 아무것도 안 하고 그냥 내 뒤를 쫓아. 너도 조심해."

내게 경고한 언니는 어느 날 살해당했다. 누군지 얼굴도 모르는 놈에게. 정말 따라다니던 놈 중 하나가 범인일까? 혹시 현진이 말했던 그 사이코!

포악한 공포가 발끝부터 뒤통수 끝자락까지 뻗쳐왔다. 금방이라도 나를 집어삼킬 것 같다. 아파트 입구가 보이자 마음이 다급했다. 이제 괜찮다고 마음을 놓는 순간 강력한 힘이 내 팔을 끌어당겼다. 기겁하자 손을 놓는다.

"나예요."

그의 얼굴을 보는 순간 다리에 힘이 풀렸다. 맥없이 무너지는 날 그가 붙들었다. 이 와중에도 그의 손길은 한없이 다정하고 푸근하다.

"뭘 이렇게나 놀라요?"

대답할 힘도 없는 나를 그는 차로 데려갔다.

날 앞지른 검은 모자는 편의점 앞에서 멈춰 섰다. 또래로 보이는 여자를 만나 마스크를 벗고 가볍게 입을 맞춘다. 나를 뒤쫓던 검은 모자는 여자 친구를 만나러 가는 평범한 행인일 뿐이었다.

"왜 그래요? 누가 쫓아왔어요?"

"아뇨. 혼자 착각했나 봐요."

검은 마스크에서 그에게로 눈길을 돌렸다. 나를 나른하게 만드는 미소 띤 입매를 바라보다 그의 까만 동공으로 시선을 옮겼다.

"근데 갑자기 어쩐 일이에요? 연락도 없이."

"당신 생일이잖아. 전화를 안 받아서 왔죠."

"아, 배터리가 나갔어요. 아까 버스에서."

머뭇거리던 그는 흘러내린 머리카락을 조심스레 귀 뒤로 넘겨주었다. 언제나 신중한 그의 손길에 마음이 쓰였다. 항상 내가 먼저인 사람.

"밥은 먹었어요?"

내가 물었다.

"아직. 당신은?"

"저도 아직이요."

"생일 저녁 나랑 먹는 건 힘들겠죠?"

"같이 먹어요. 난 괜찮아요."

남편은 내일 아침에나 도착하고 가족들은 내가 그 인간과 멋진 생일을 보내고 있는 줄 알기 때문에 그와 함께 생일을 보내도 문제 될 건 없었다.

그는 똘똘 주먹 쥔 내 손을 가져가 부드럽게 그러쥐었다.

"좋은 데 가서 밥 먹어요."

"네. 같이 가요."

그의 손에 내 손을 포개던 그때 남편의 차가 지나가는 게 보였다. 나는 본능적으로 몸을 수그렸다. 내일 아침에나 온다던 남편의 등장에 정신이 혼미했다.

"왜 그래요?"

"미안해요. 가야 해요."

그의 손을 뿌리치고 황급히 문에서 내린 나는 전속력으로 달렸다. 남편이 집에 왔을 때 내가 집을 비우는 건 있을 수도 없는 일이다. 더군다나 요즘 벌인 사업 때문에 신경이 곤두서 있었다. 잘못 걸리면 영영 그를 만나기 힘들지도 몰랐다. 큰 사달이 나기 전에 먼저 도착해야 한다. 주차까지 하고 올라오면 나보다 늦을 거라는 계산이 섰다. 이 시간에는 주차공간을 찾기 힘들 테니까.

정신없이 달려서 허겁지겁 엘리베이터를 타고 집에 도착했다. 가방을 벗어 숨기고 앞치마를 둘렀다. 냄비를 올리고 쌀을 씻었다. 정확히 그때 현관 키 소리가 들리고 남편이 왔다.

"왔어요?"

"쌀 씻는 마누라가 왜 땀을 흘릴까? 꼭 방금 달리고 온 사람처럼 말이야."

어떡한다. 정신없이 달려온 흔적들이 나타난 것이다. 나는 이마의 땀을 훔치며 적당한 핑계를 생각했다. 눈앞에 걸레가 보인다.

"방금 전까지 걸레로 바닥을 닦았더니 그래요. 당신 오기 전에 빨리 끝내려다 보니 좀 무리했나 봐요."

반질반질한 바닥과 흠잡을 데 없는 연기 중인 날 번갈아 보던 남편은 순순히 물러섰다. 방으로 들어가 긴 통화를 하는 걸 보면 운 좋게도, 몹시 바쁜 것 같다. 30분 넘게 방에 틀어박혀 있던 남편은 제주도로 출장 간다며 짐을 챙겼다. 속으로 쾌재를 불렀다. 단 며칠만이라도 저 얼굴이 눈앞에서 사라진다 생각하니 벌써 살 것 같았다. 들뜬 맘을 숨긴 나는 남편의 양말과 속옷을 챙겼다.

"신나냐?"

미친놈이 눈치까지 미치도록 좋다.

"네?"

"내가 출장 가서 신난 눈친데."

"아, 아니에요."

짐가방에 차곡차곡 속옷을 집어넣던 나를 매섭게 노려보다가 팬티 한 장을 얼굴로 집어 던진다. 놈이 어여삐 여기는 메두사가 새겨진 새빨간 명품 브랜드의 팬티다.

"여태 팬티도 제대로 못 다리는 주제에. 니가 잘하는 게 있기는 하냐."

무릎 위로 떨어진 남편의 팬티를 잡아 손에 꼭 쥐었다. 화가 치밀어서 주먹이 부들부들 떨렸다.

"다시 다려 놓을게요."

"10분만 여유가 있어도 이걸 조지는 건데. 운 좋은 줄 알아."

못마땅한 표정을 짓다가 남편은 곧장 현관을 나섰다.

남편의 애정 어린 팬티를 쓰레기통으로 집어 던졌다. 얼마나 못났으면 속옷부터 양말까지 죄다 명품으로 입어야 할까. 한정판 가방도 짝퉁으로 보이는 싸구려 인성이 그런다고 달라질까. 한심한 놈. 분이 한풀 꺾이자 긴장도 풀려서 바닥에 폭삭 주저앉았다. 그제야 제대로 된 인사도 없이 두고 온 그가 생각났다. 가방 깊숙이 숨겨둔 아이폰을 꺼내 충전하며 전원을 켰다. 전화를 걸었더니 불안하게도 받지 않았다.

안 받는 건 당연했다. 매일 등을 보이는 나를 언제까지 참아줄 수 있을까. 오늘을 넘기면 손 쓸 수 없을 만큼 나빠질지도 모른다는 조바심이 들었다.

정말 미안해요. 그렇게 가는 게 아닌데….

메시지를 보냈다. 읽지도 않고 답도 없다. 초조하게 기다리고 반복적인 메시지를 보내다가 무거운 엉덩이를 일으켰다. 남편이 출장 갔는데 바보처럼 이 집을 지키고 앉아있을 이유가 없었다. 나는 택시를 타고 무작정 그의 집으로 향했다.

초인종을 눌러도 응답이 없다. 바짝바짝 애가 탔다. 벌 받아 마땅하다고 생각하며 잠자코 기다렸다. 20분쯤 지났을 무렵에 그에게 전화가 왔다. 나는 벨이 울리자마자 다급히 전화를 받았다.

"미안해요. 아까 급하게 가서."

약간의 침묵을 견디자 그가 답했다.

"술 한잔할래요? 참 안 되지. 당신이 혼자가 아니라는 걸 자꾸 잊어먹네."

"선생님 집 앞이에요."

"지금?"

"네."

"어떻게 왔어요. 이 시간에?"

"출장 갔어요."

"그럼 내려와요. 집 앞에서 한잔하는 중이에요."

서둘러 출입구 밖으로 나가자 마중 나온 그가 손을 들어 보인다. 조금 전과 같은 옷차림인 걸로 보아 그길로 곧장 술을 마신 것 같았다. 그의 눈치를 살피며 따라 들어간 곳은 자그마한 해장

국집이었는데 아마도 그의 단골집인지 주인아주머니가 살갑게 서비스 안주와 빈 잔을 주고 갔다. 머리를 야무지게 틀어 올린 아주머니는 가면서 내 얼굴을 자꾸 힐긋거렸다. 나는 작게 웃은 다음 그에게 집중했다.

그는 이미 소주 반병을 마신 상태였다. 항상 밝게 빛나던 그의 낯빛에 먹구름이 잔뜩 끼어있었다. 말을 건넬 타이밍을 엿보면서 나는 초록 병에 담긴 이슬을 잔에 채워 깨끗하게 비우기를 세 번 반복했다. 지그시 보던 그가 내 잔을 가져갔다.

"천천히 마셔요."

빈속에 마신 탓에 빠르게 취기가 올랐다. 그러니 용기가 생겼다.

"화났죠?"

대꾸 없이 그는 씁쓸하게 또 잔을 비우고 입을 열었다. 전에 본 적 없는 그의 비통한 표정이 투명하게 정체를 감추고 있는 독한 액체보다 쓰디썼다.

"정신없이 달려가는 당신 보면서 어떻게 괜찮을 수가 있겠어."

"미안해요. 갑자기 남편 차를 봐서…."

"잘해줍니까, 남편이란 사람. 행복해요?"

"……."

팔꿈치를 갑자기 부딪친 것처럼 몸을 관통하는 싸한 통증은 한동안 나를 마비시켰다. 심각한 그의 얼굴이, 통명한 말투가, 치명적인 상처에 소금을 뿌린 것처럼 욱신욱신 아팠다.

"행복하게 살라던 내 말 기억해요?"

난 말없이 고개만 끄덕였다.

"난 당신이 정말 행복했음 좋겠는데…. 그런데 당신이 딴 놈이랑 행복한 게 싫어요. 내가 그러면 안 되는 건데. 하, 자꾸만 욕심이 생겨. 당신이 나만 봤음 좋겠어."

예고 없이 너무 깊게 들어온 그의 진심이 날 얼려버렸다. 이럴 때 무슨 말을 해야 하는지 아직 준비하지 못했다. 이기적인 답변을 늘어놓기도, 구차한 변명을 하기도 싫은 순간이 기습적으로 찾아왔다. 나는 도망치듯 발딱 일어섰다. 달아나려는 내 손목을 그가 세게 붙들었다.

"앉아요. 지금 이렇게 가면 나 정말 싫어요."

"이런 얘기는 나도 싫어요."

쓴 소주 석 잔에 얻은 용기에 힘입어 나는 그를 두고 나왔다.

어두운 사위만큼 가슴속이 캄캄했다. 술 먹고 우는 주사가 있는 것도 아닌데, 눈물이 나오려 했다. 언제까지 위태한 이 관계를 내 입맛에 맞게 유지하려고 했을까. 어차피 우리 얘기의 끝은 정해져 있는데.

정말 다행인 건 그가 뒤따라 나왔다는 것. 조용히 내 뒤를 따르는 그를 의식하며 나는 최대한 천천히 걸었다. 훅 취기가 올라왔다.

“얘기 좀 해요.”

성큼 쫓아온 그는 내 팔을 잡아 돌려세웠다. 노랗게 물든 거대한 은행나무가 그의 배경처럼 눈부시게 서 있었다. 울퉁불퉁 모난 내 마음이 미워질 정도로 눈부신 사람이었다. 2억 3천만 년 전 지구에 터를 잡은 은행나무보다 더.

“무슨 얘기요?”

“무슨 말이든 해봐요. 당신 등은 그만 보고 싶으니까.”

남편이 등장하면 정신없이 달아났던 순간마다 모멸 차게 등을 보였다. 그럴 수밖에 없는 못난 내 모습이 노란 은행나무 위로 신기루처럼 펼쳐졌다. 참담했다.

“그럼 어떡할까요? 난 그런 순간이 오면 또 그럴 텐데.”

“못 본 척하면 되잖아. 나랑 있는 순간만큼은 나만 보면 되잖아. 내가 당신한테 그 정도도 안 되는 사람인가?”

“선생님은 몰라요. 내가 왜 그러는지.”

“모르는 건 당신이겠지. 사람 속도 모르고. 당신은 정말 아무것도 몰라.”

좀처럼 인상을 안 쓰는 그의 미간이 심각하게 구겨졌다. 허공을 응시하는 공허한 그의 눈동자가 가슴을 베는 것처럼 아팠다. 낙담한 그의 눈빛조차 사랑하고 있다는 걸 이제야 알았다. 이 사람에게 느끼는 모든 감정이 사랑이라는 걸. 너무 갖고 싶지만 그럴 수 없는, 내 생에선 닿을 수 없는 아득한 수평선 같은 까마득한 사랑. 사다리 꼭대기 위에 올라서도 결코 딸 수 없는 먼 하늘의 별처럼 찬란히 빛나는 김도훈이란 사람을 나는 가슴 깊이 사랑하고 있었다.

별처럼 찬란히 빛나는 그의 옆모습을 바라보았다. 세상 하나뿐인 이 별을 온전히 가질 수 없다는 생각은 서글픔을 몰고 왔다. 그렇다고 울고 싶진 않았다. 적어도 오늘만큼은. 내가 이 세상에 태어난 오늘만은 꿋꿋하게 하루를 마무리하고 싶었다.

"가야겠어요."

"난 더 같이 있고 싶은데."

"늦었잖아요."

"그럼, 이 길 끝까지만 같이 걸어요."

나는 그의 시선을 따라 은행나무가 마주 보고 선 황금빛 길을 바라보았다. 그가 다시 말을 이었다.

"길 끝에 도착했을 때 은행나무잎이 하나라도 떨어지면. 우리, 키스해요."

"안 떨어지면요?"

"얌전히 당신 보내줄게요."

우린 같은 곳을 바라보며 노란 황금빛 그 길을 함께 걸었다. 노랗게 물든 은행나무들이 줄지어 서서 우릴 내려다보았다.

내 옆을 걷고 있는 그도, 황금빛 옷을 입은 은행나무도, 모든 것이 비현실적으로 아름다웠다. 나만 제외한 세상 모든 것이 완벽했다. 결코 내 것이 될 수 없다는 비루한 현실을 마주 봐야 했다. 어느덧 길 끝에 이르렀고 잔인한 현실이 이길 끄트머리에 기다리고 있을 것만 같았다. 나는 돌아가야 하니까.

그때 돌연 부드러운 바람이 솨 불었다. 그를 닮은 그 바람은 우리를 한차례 스치고 은행나무를 흔들었다. 황금빛으로 흩날리는 노란 잎들이 우수수 떨어졌다. 눈물이 왈칵 차올랐다. 나를 당겨 안은 그는 내 입술에 기습적으로 키스했다. 은근한 술 냄새가 그의 체취에 실려 왔다. 익숙한 그의 체온, 그의 냄새. 부드러운 바람 같은 그의 숨결. 그는 사다리 꼭대기 너머가 아니라 지금 내 앞에 있었다. 놓치고 싶지 않았다. 그의 품에 왈칵 안겨버렸다. 그가 힘주어 나를 끌어안았다. 내가 더 깊숙이 안기자 그는 나를 더 깊이 안으며 입술을 떼고 날 내려다보았다.

"알아요. 선생님 맘. 모르는 거 아니에요. 나도 다 알아…."

그득 찬 눈물이 뺨을 타고 흘러내렸다. 이내 젖은 그의 동공이 파도처럼 흔들렸다. 눈물을 닦아주는 따뜻한 그의 손을 붙들어 잡았다. 누구나 잡고 싶은 손. 따뜻하고 다정하며 사람을 살리는 의로운 손. 내가 아닌 다른 이가 이 손을 잡을지도 모른다는 생각이 들자 미칠 것 같았다.

"선생님 손은 참 따뜻해요. 누구나 좋아할 만한 손이에요."

"누구나 좋아할 만한 이 손은 당신 손만 잡고 싶은데. 그것도 아나?”

깍지를 끼면서 그는 손을 더 꽉 잡았다. 내 눈을 들여다보는 그의 눈동자가 오늘따라 유독 깊고 아팠다.

“정말 모르겠어요? 선생님이 쌓은 경력과 평판을 내가 다 망칠 거예요. 선생님이 가진 모든 걸 잃을 수도 있다구요. 나 때문에.”

“왜 잃을 걸 걱정해요. 난 당신을 얻는 건데.”

“그렇게 쉬운 일이 아니에요. 남편은… 남편은 무서운 사람이에요. 쉽지 않을 거예요.”

“내가 더 무서운 사람이 되면 되잖아. 당신만 괜찮다면 난 그러고 싶어.”

“즉흥적으로 말하지 마요. 선생님은 얼마든지 좋은 사람 만날 수 있을 텐데. 후회하면 어쩌려고 그래요.”

“후회? 내 맘 다 안다면서. 만지고 싶고 안고 싶고 꿈에서도 당신이 그리워. 당신 때문에 가슴이 아파. 화도 나고. 미칠 것처럼 걱정되고 당신 남편에게 질투도 나. 사랑한다고 내가, 당신을. 병이 날 정도로 사랑하고 있어. 지금도 당신이랑 자고 싶은 걸 죽을힘을 다해 참고 있잖아.”

땅이 흔들렸다. 아니면 우주가 흔들렸거나. 술에 취해서도 밤이 깊어서도 아니었다. 내 세상은 완전히 뒤집혔고 뒤집힌 세상 안엔 바로 선 그가 있었다. 어떤 순간이 와도 내 편이 되어 줄 것만 같은 사람, 내 모든 걸 주고 싶은 사람이 나를 이토록 원하고 있다. 오늘 밤 망설일 이유가 없다.

"참지 마요. 나랑 자요, 오늘."

주차장에서부터 엘리베이터까지 우린 침묵했다. 내게 밀착한 그는 버튼의 숫자가 높아질수록 초조해했다. 목적지인 17층이 다가올수록 거칠어지는 그의 숨결과 빨라지는 맥박을 느낄 수 있었다. 그건 나도 마찬가지였다.

엘리베이터 문이 열리자마자 그는 내 손을 잡아끌고 대리석 복도를 걸었다. 다급함이 느껴지는 걸음으로 단숨에 문을 열고. 현관에서부터 시작된 키스는 멈추지 않았다. 옷을 벗고 벗기고 우리는 정신없이 해야 할 일을 했다.

처음부터 그러고 싶었던 일. 내내 상상했던 일. 누구는 쾌락이라 또는 사랑이라 부르는 더없이 환상적인 일을 더없이 멋지게.

"날 봐요. 나만. 나만 봐."

약속을 받아내듯 수없이 되뇌는 그의 목소리. 내 이름을 불러주고 나를 만지는 그의 손길은 전엔 느껴본 적 없는 감정을 이끌고 왔다. 이보다 더 사랑할 수 없을 만큼 날 위로하는 그의 몸짓. 초라하고 적막한 나의 내면에서 그의 사랑이 힘차게 소용돌이쳤다. 그러다 비로소 그가 내게 왔다. 내가 원하는 것을, 애달게 기다리던 것을, 깊고도 천천히. 적절한 타이밍에 적절한 스피드. 모든 것이 완벽했다.

귓가를 파고드는 아름다운 탄성과 그의 땀방울에 맺힌 그의 열정이 멈추지 않길 바랐다. 나는 달을 건너고 있었다. 밤하늘에 별을 본 것 같기도 했다. 저기 번쩍 여기도 번쩍. 내가 알던 그것과는 완전히 완벽하게 달랐다. 눈물 나게 아프지도 않았고 치욕스럽지도 않았다.

이게 뭔가 싶어 나는 멍하니 독특한 천장 조명만 쳐다보았다. 그는 내 옆에 붙어 누워서 얼굴에 달라붙은 젖은 머리카락을 떼어주었다. 서로의 몸을 알고 난 그는 나를 만지는 손길부터가 달랐다.

"생일 축하해요. 정작 축하를 못 했네."

"아까 축하한 거 같은데요. 열심히."

피식 웃는 내 코끝을 건드리던 그는 얼룩처럼 남은 어깨 화상 흉터에 입을 맞추고 나를 마주 보았다.

"여긴 어쩌다 그랬어요? 아팠겠다."

"오래됐어요. 아주 옛날이라."

생각하고 싶지 않은 시간이라 길게 말하지 않았다. 그 시절 만난 악연으로 내 생은 엉망이 되었으니까.

"근데 배고프지 않아요? 난 배고픈데."

"생일인데 배곯으면 안 되지. 뭐 먹고 싶어요?"

"라면이요."

"라면? 생일인데."

"선생님이 끓여주는 라면. 그거면 돼요."

"알았어요. 라면 하면 또 김도라면이죠."

빛의 속도로 옷을 입은 그는 바람을 휘날리며 라면을 끓였다. 신난 아이처럼 부산스런 그의 모습이 사랑스러워 웃음이 절로 났다. 내가 웃는 걸 본 그는 더 신나게 웃었다.

"뭐가 그리 재밌나."

"라면도 끓일 줄 알고. 신기해서요. 그런 건 못할 줄 알았는데."

"맙소사. 내 이미지가 그렇게 엉망이에요? 라면도 못 끓이는 남잔 꽝인데."

엄청난 오류를 발견한 것처럼 심각해진 그 모습에 난 또 웃고. 그 역시 환하게 웃다가 재빠르게 그릇을 내고 냉장고에서 먹음직스런 김치를 꺼냈다.

"혹시 말순 할머니 김치예요?"

"어, 맞아요. 김말순 환자가 준 거."

"얼마 전에 연락했는데 항암 하러 곧 병원에 간다 그러시대요."

"연락해요?"

"네. 좋은 분이셔서."

"강한 분이세요. 그 연세에 쉽지 않은 일인데. 꿋꿋하게 잘 견디시는 거 보면 감사하죠."

그는 봄날의 아침햇살처럼 따스한 표정을 지었다. 내가 알고 그도 아는 사람. 우리가 함께 공존했던 시간도 추억도 쌓이고 덩달아 우리의 연결고리도 하나둘 늘어난다. 내 세상과 그의 세상의 교집합은 이제부터 시작이라는 생각에 가슴이 뿌듯했다.

다 끓인 라면을 내려놓으며 그는 제법 대담한 표정을 지었다.

"먹고 까무러치기 없기."

"라면이 라면이죠."

"어허. 다르다니까."

기대 만발의 눈빛을 받으며 한 젓가락 후후 불어먹었다. 남이 끓여준 라면이 제일 맛있다더니 그건 틀린 말이 아니었다. 그가 끓여준 라면 맛은 최고급 코스요리보다 더 근사했고 매일 먹고 싶을 만큼 맛있었다. 내 생의 최고의 요리였다.

생일 라면을 허겁지겁 나눠 먹은 직후에 그는 냉장고에서 뜻밖에도 삼각 커피 우유를 꺼내놓았다. 학창 시절 나의 추억이 함축돼있는 삼각 그 우유를 보고 있으니 기분이 기묘했다. 언니의 죽음으로 한창 힘들던 그 시기에 여러모로 적잖게 힘을 주던 단맛이었다.

"난 라면 먹은 뒤에 자주 먹어요. 술 마신 날도."

편하게 내 옆에 앉은 그는 단번에 커피 우유에 빨대를 꽂아 내게 건네주었다.

"그거 꼽기 힘든데."

내 목소리를 들은 그는 입 맞추고 싶을 만큼 멋지게 웃었다.

"맞아요. 난 터진 적도 있어요."

"정말요?"

"정말. 옷 버린 것보다 터져서 못 먹은 게 더 화나더라니까, 그때는."

소소하게 웃는 그와 나란히 앉아 나의 추억을 함께 마셨다. 기분 좋은 단맛이 입안을 감돌았다. 내가 잘 아는 맛. 내가 더 알고 싶은 그와 함께 마시니 더 특별했다. 어쩌다 겹친 흔한 우연마저 이젠 남다르게 느껴진다.

그의 학창 시절은 어땠을까. 내가 없던 그의 지난 얘기가 못내 아쉽고 궁금했다. 그때 남편 대신 이 사람을 만났더라면 얼마나 좋았을까. 그랬더라면 인생의 절반을 그러고 살지는 않았을 텐데. 한 박자 늦은 우리의 인연이 영원했으면 좋겠다는 생각을 끈질기게 붙들었다.

"잠깐만. 발 줘봐요."

내 앞에 쪼그리고 앉은 그는 아주 자그마한 내 이니셜이 달린 금빛 발찌를 발목에다 걸어주었다.

"누가 그러대요. 발찌 사주면 다음 생에서도 다시 만난다고. 우스운 소리라고 생각하면서도 당신 생일선물로 발찌를 사고 있더라. 지금 내 맘이 그래요. 우리 조금 늦었지만, 이번 생도 또 다음 생도 난 당신이랑 살고 싶어."

"선생님…."

"나한테 오는 길 내가 열어줄게요. 당신 맘 알았으니까 용기가 생겼어. 내가 주는 거 당당하게 받을 수 있는 그런 사이 되고 싶어요. 나랑 살아요."

"진심, 이세요?"

"매일 생일같이 해줄게요. 나한테 와요. 보고 싶을 때마다 당신 봐야겠어요. 내 옆에 두고 싶어요. 합법적으로."

오롯이 날 담은 그의 눈동자가 완벽한 진심임을 알려주었다. 어디선가 폭죽이 터지는 소리가 들렸다. 생일이 이런 거겠지. 깜짝 놀랄 만한 서프라이즈 선물을 받고서 태어나길 잘했다는 생각이 드는 순간.

살다 보니 이런 기적 같은 순간도 찾아오는구나. 언니가 죽은 후로 생일을 생일답게 보낸 적이 없었다. 해마다 돌아오는 생일을 챙기는 일이 어쩐지 죽은 언니에게 미안해서, 생일이면 늘 죽은 언니를 회상하는 가족들의 해묵은 슬픔도 싫어서, 나는 생일을 잊고 살았다. 그는 깡그리 잊고 산 생일을 한꺼번에 축하해주었다. 하지만 현실은 녹록지 않았다.

"선생님 뜻대로 안 될 거예요. 남편은…. 선생님이 생각하는 그런 사람이 아니에요. 그 사람은…."

법적인 나의 남편은 쉽고 만만한 상대가 아니었다. 상식적인 세상에 사는 그와는 본질적으로 다른 인간이었다.

내가 지금껏 같이 산 사람이 소시오패스라는 끔찍한 그 사실을 꿈에도 모르는 그를 설득할 방법은 없었다. 말해봤자 나를 믿지 않을 것이다. 악마의 얼굴을 숨기고 있는 남편의 이중성을 아무도 몰랐기에. 악마를 떠올리자 부들부들 손발이 떨리고 호흡이 가빠졌다. 불안함에 나는 고개를 숙이고 바들바들 몸을 떨었다. 부드럽게 내 어깰 잡은 그는 내 뺨을 붙들어 눈을 맞춘다.

"어떡해서든 당신 데려와요. 내가 약속해요."

그는 떨리는 내 어깨를 당겨 뜨겁게 안았다. 체온에 실린 그의 체취가 포근하게 올라왔다. 불안했던 마음도 진정되고 떨리던 어깨도 괜찮아졌다. 그의 품에 안겨있으면 그 어떤 상처라도 모조리 치유될 것만 같았다. 그의 가슴에 얼굴을 묻으며 나는 소원을 빌었다. 어느 날 눈을 떴을 때 악마가 흔적도 없이 내 삶에서 사라지기를 간절히 바랐다.

5.
그때도 지금도 당신이었어

"죽어! 악마 같은 너만 없으면 되는 거였어. 너만 없으면 돼! 죽어!"

스릴러의 한 장면처럼 나는 정신없이 악마를 찔렀다. 비명 한 번 없던 악마는 끝까지 나를 노려보았다.

"넌 죽어도 내 옆에서 죽어!"

"싫어!"

시뻘건 피를 뒤집어쓴 남편이 내 앞에서 꼬꾸라졌다. 남편의 피가 묻은 칼을 떨어트리고 넋을 놓았다. 그에게로 갈 수 있다. 그에게로 달려가려 발버둥 쳤다. 다리가 움직이지 않는다. 아래를 내려다보니 아직 죽지 않은 악마가 소름 끼치게 웃으며 내 다리를 붙들고 있었다. 끔찍함에 치를 떨며 소릴 질렀다.

"악!"

눈을 떴다. 꿈이다. 정신을 차리고 식은땀을 훔쳤다. 새벽 5시.

꿈이지만 너무 생생해서 내가 정말 살인을 한 것만 같았다. 거실에 꺼내두었던 남편의 골프채가 없다. 집안이 엉망이다. 이래 놓고선 태평하게 라운딩을 갔겠지. 악마 같은 놈. 갈기갈기 찢긴 내 옷들을 보며 나는 숨겨둔 아이폰을 가지러 갔다가 깜짝 놀랐다. 생리대 봉투 안에 잘 숨겨둔 아이폰이 발이 달린 것도 아닌데 화장대 위에 떡하니 놓여있었다.

"이게 왜 여기 있지…."

내가 착각했나 싶어 재빨리 생리대 봉투를 확인했다. 거기 검정 갤럭시가 있었다. 간이 철렁 내려앉았다. 미치지 않고서야 어떻게 이런 실수를 할 수 있을까. 도둑질하다 들킨 것처럼 가슴이 조마조마했다. 설마 들킨 건가. 아닐 것이다. 평소처럼 집안을 엉망으로 만들어 놓는 것 외엔 다른 발작적인 폭력이 없었으므로 나는 들키지 않았음을 확신했다.

정신 차려야 한다. 내 삶이 급변할 수 있는 이 시점에 실수는 돌이킬 수 없는 결과를 초래할 것이다. 악마의 손에서 벗어날 수 있는 중요한 시기였다.

찰칵찰칵 다양한 각도에서 난잡한 집안을 촬영했다. 그가 고용한 이혼 전문 변호사가 증거를 남기라고 했다. 무슨 일이든 남편에게 불리한 증거를 남겨놓으라고. 격한 상황에서 폭력을 행사한다면 반드시 진단서를 받아놓으라고 귀띔했다.

남편이 소시오패스라는 말을 아직 꺼내지 못했다. 말해봤자 아무도 믿지 않을 것이다. 어쩌면 놈은 이런 순간까지 다 계산해서 자신의 이미지를 만들어 놓았는지도 몰랐다. 내 피붙이들조차 이 사실을 꿈에도 모른 채 남편을 열렬히 응원하고 있는데 과연 누가 나를 믿어줄까. 남편이 악마임을 내 손으로 증명할 때까지 내 발등을 찍을지도 모를 남편의 실체를 나는 숨바꼭질하듯 꼭꼭 숨겼다.

은밀히 남편의 뒷조사를 해야 한다. 남편의 가족이라고는 시부모가 유일했다. 결혼 후 같은 집에 살았지만 적당한 거리를 유지하면서 남편의 폭력을 막아주던 방패 역할을 했었다. 내겐 유일한 숨구멍이던 시부모는 결혼 5년 차에 접어들 무렵 교통사고로 급사했다.

시부모의 차는 브레이크 고장으로 집 앞 내리막길에서 성난 폭주 기관차처럼 돌진하다 전봇대와 담뱃가게 담벼락을 들이받아 박살이 났다. 차가 그 모양이니 그 안에 탄 시부모의 상태는 오죽했을까.

삼일장 내내 눈물 한 방울 흘리지 않던 남편은 부모의 사망보험금으로 벤츠를 뽑고 망해버린 공장 쪽으로 도로가 뚫리면서 받은 토지보상금으로 부동산시장에 뛰어들었다. 남편은 그때 처음으로 돈맛을 봤다.

토지보상금이 나오는 그 시점에 돌발적인 사고라. 우연치고는 타이밍이 기막히게 들어맞는다. 어쩌면 단순교통사고가 아닐지도 모른다는 익숙한 섬뜩함은 남편의 작품일 거라 아우성쳤다.

시부모의 교통사고를 뒤지고 다녔지만, 남편의 범행을 증명할 만한 별다른 소득은 건지지 못했다. 깐깐한 보험회사에서 보험금을 지급했다면 당연히 한 점의 의구심도 없었겠지. 남편은 그만큼 치밀한 인간이니까.

결혼식 날 온 하객도 전부 가짜였다. 남편에겐 친구가 없었다. 사업파트너 김 사장은 접근 불가한 인물이다. 남편의 그림자처럼 붙어 다니니까. 그렇다면 몸소 증명해 보여야 한다. 나란 인간 자체가 남편의 정체를 밝힐 수 있는 살아있는 증거였다.

더 이를 악물 만한, 간이 배 밖으로 튀어나올 만한, 일을 추진할만한 큰 원동력이 절실했다. 나는 기회를 엿보고 있었다.

다른 곳에 정신이 팔리다 보니 오늘이 언니의 기일이라는 것도 깜빡했다. 동생의 전화를 받고서야 알았다.

엄마는 여느 해처럼 절에 올랐고, 혜진과 나는 납골당에 다녀왔다. 엄마는 언니의 죽음이 아직도 힘든지 기일이면 우릴 보려고 하지 않았다. 자릴 피하는 엄마에게 내심 서운함을 비추는 내게 혜진은 고개를 흔든다.

"난 이해해. 내가 애 낳고 키워보니까 엄마 맘 충분히 알겠어. 그건 결코 잊거나 괜찮아질 수가 없는 일이야. 언니도 알잖아…. 그니까 우리가 엄마 이해하자. 나 애들 데리고 올게."

동생의 말이 맞았다. 아이를 잃은 상실의 고통은 결코 괜찮아질 수가 없는 일이다. 무심한 세월 덕에 조각난 그리움에 베이는 고통이 무뎌지는 것뿐이지.

조카들을 픽업하러 내려간 혜진을 기다리며 집에서 만들어 온 닭강정을 접시에 담았다. 올라올 시간이 한참 지난 후에야 혜진은 씩씩거리며 애들을 데리고 올라왔다.

"이모!"

"이모오!"

나를 향해 달려오는 두 귀염둥이를 향해 나는 두 팔 벌려 조카들을 안았다. 익숙한 베이비로션 냄새가 마음을 푸근하게 만든다.

"우리 지율이 지효 왔어. 얼른 손 씻고 앉아. 이모가 닭강정 만들었지롱. 맛있겠지."

"우와!"

"와! 이모표 닭강정 맛있어."

꼬물이들이 손을 씻고 전투적으로 닭강정을 먹는 내내 혜진의 표정이 안 좋았다.

"왜 무슨 일 있어?"

"아니 세상에 어떤 똘아이가 애들 유치원 길목에다 그 짓을 해?"

"무슨 일인데?"

"죽은 길고양이들을 일렬로 눕혀놨다지 뭐야. 어떤 애들은 살아있는 줄 알고 가서 만지기도 했대. 지금 엄마들 난리도 아냐. 하필이면 CCTV 사각지대라서 누가 그랬는지도 모른다는 게 말이 돼. 이 동네에 사이코가 사나 봐."

뭘까. 불안한 이 느낌은. 현진이 했던 얘기가 불현듯 떠오르는 것은 그저 우연일까. 그런 해괴한 짓을 할 만한 자가 세상엔 많지 않은 것 같은데. 그렇다면 동일인의 소행일까? 그러기엔 너무 오랜 시간이 흘렀는데….

"보니까 이번이 처음이 아니래. 해마다 꼭 한번은 그랬다는데 이번엔 우리 유치원 근처에 그랬나 봐."

"그날이 언젠지 혹시 아니?"

"그게. 재수 없게 오늘처럼 큰언니 기일이야. 12월 8일. 언니도 찜찜하지?"

등허리를 스치는 섬뜩한 두려움에 나도 모르게 가슴을 쓸어내렸다. 아직 확실한 것도 아닌데 동생에게까지 원인도 불분명한 두려움을 나누고 싶진 않았다.

"우연이겠지. 진아, 맘 쓰지 마. 애들 놀랐겠다. 애들이나 신경 써, 넌."

"안 그래도 지효는 울고불고 난리였다는데 울 지율인 좀 유별나게 용감하잖아. 글쎄 그 고양이들을 그 녀석이 다 묻어줬대."

"아이고 울 지율이가 큰일 했네."

"근데 경찰이 그걸 왜 묻었냐고 증거에 손댔다고 애한테 막

짜증을 냈다는 거야. 지들이 그럼 빨리 오던가."

"그래서 경찰은 뭐래?"

"엄마들이 난리 치니까 신경 쓰는 척하면서도. 죽은 게 길고양이잖아. 귀찮아하는 눈치야."

"엄마 그림 그려도 돼?"

닭강정 소스가 묻은 입가를 제 혀로 훔치던 지율이 스케치북을 꺼내 보인다. 지효는 이미 맘에 드는 사인펜을 차곡차곡 손에 꼭 쥐고 있다.

"그래 지효랑 사이좋게 그려."

"응. 알았어."

입안 가득 닭강정을 오물거리면서 조카들은 나란히 엎드려 그림을 그렸다. 서서히 윤곽이 드러나는 지율의 그림에 동생과 내 시선이 고정되었다. 잠자는 것처럼 보이는 고양이들이 일렬로 누워있는 그림이었고, 그 옆에는 뱀이 그려진 신발이 그려져 있었다. 나는 벌떡 일어나 지율의 곁에 앉았다.

"지율아, 이건 뭐야? 이모가 보기엔 신발처럼 보이는데."

"응, 맞아. 유치원 앞에 잠자는 고양이들 데려온 사람 신발이야."

"!"

혜진과 나는 동시에 눈이 휘둥그레졌다. 지율에게 다급히 다가온 혜진은 지율의 눈을 마주 보았다.

"지율아, 니가 그걸 어떻게 알아?"

"내가 봤어. 미끄럼틀 꼭대기 탑 안에 숨어 있었는데 그때 봤어. 어떤 모자랑 마스크 쓴 아저씨가 유치원 위험한 길에서 내려왔어. 선생님들이 가지 말라고 말한 그 길로."

유치원 위 도로와 연결된 좁고 가파른 지름길을 말하는 듯했다. 아는 동네 사람들만 다니는 그 길은 나도 보기만 했지 아직 가보지는 못했다. 그 길 바로 옆에 이동통로인 멀쩡한 계단이 있었기에 다소 위험한 그곳은 사람의 눈도 CCTV도 없는 사각지대였다.

"그렇게 중요한 걸 엄마한테 왜 말 안 했어?"

"엄마가 맨날 혼내니까 그렇지. 봐. 또 화난 눈을 하고 있잖아. 입도 삐뚤하고."

혼내는 엄마보다는 다정한 이모가 나설 차례다.

"울 지율이 그림 정말 잘 그렸다. 그 사람이 뱀 그려진 신발을 신고 있었구나. 그치?"

팔목에 소름이 돋으면서 필연적 연결고리처럼 남편의 명품 스니커즈가 떠오르는 건 남편을 향한 불신 때문일까. 세상의 모든 범죄는 다 놈의 짓일 것만 같다.

"응, 맞아. 뱀 그려진 신발을 신고 있었어. 이모부처럼 몸도 크고."

"이모부랑 같은 신발이란 말이니?"

침착하게 되물은 나는 남편이 즐겨 신는 뱀이 그려진 명품 스니커즈를 검색했다. 눈이 휘둥그레진 혜진은 불안한 안색으로 잠자코 지켜보기만 했다.

"지율아 이거랑 비슷해?"

"어, 이거야! 흰색 운동화. 이모부랑 똑같은 운동화! 이거 신었었어. 그 아저씨도."

남편의 스니커즈와 동일한 신발. 엇비슷한 체격이라. 어쩌다 겹친 우연이 아니기를 간절히 바랐다. 남편의 정체를 까발릴 절호의 기회가 되길 소망했다.

"그렇구나. 울 지율이가 정말 똑같이 그렸네."

"너 선생님한테 얘기했어. 니가 봤다고?"

제대로 데시벨이 높아진 혜진의 목소리에 안 그래도 큰 눈이 더 동그래진 지율은 제 엄마를 다그쳤다.

"엄마, 쉿. 비밀이야. 미끄럼틀 꼭대기에 선생님이 올라가지 말라고 했단 말이야. 또 생각하는 의자에 앉아 있어야 된다고."

"이 녀석이 선생님이 올라가지 말라고 한 거긴 왜 올라갔어! 너 진짜 혼난다."

"진아."

그만하라는 신호로 나는 동생의 어깨를 붙들었다. 여러모로 끔찍 놀란 혜진은 겁에 질린 지효를 보면서 목소리를 차분히 낮췄다.

"지율이 너 이따 얘기해. 방에 가서 동화책 3권 읽고 있어. 엄마가 나중에 물어볼 거야. 얼른."

"피. 알았어."

토라진 지율이 방으로 사라지는 모습을 지켜보던 우리 둘은 다시 얼굴을 마주 보았다.

"언니 아니겠지? 세상에 그 운동화 신은 사람이 얼마나 많겠어. 형부가 미쳤다고 그런 짓을 하겠어…."

의문을 품기 시작한 혜진에게 조금씩 알려줘야 했다. 자상한 형부의 가면을 쓴 놈이 얼마나 미친놈인지.

"미친놈이니까 가능해."

"뭐어?"

"니 형부, 소시오패스야. 그러고도 남을걸."

"소, 소시오패스? 무섭게 왜 그래…."

"나도 처음엔 몰랐는데 살면서 알게 됐어. 내 남편이 소시오패스라는 걸."

"대박. 그걸 지금 나보고 믿으라고? 사람 좋은 울 형부가 소시오패스라는 걸? 액정화면에 20년째 언니 여고 사진을 깔아두는 순정파 그 형부가? 말도 안 돼. '티파니' 때문에 이러는 거라면 언니 정신 차려. 그러다 진짜 큰일 난다."

티파니가 누굴까 생각하다 뒤늦게 귀걸이를 떠올리고 그를 떠올렸다.

"야, 여기서 그 사람 얘기가 왜 나와. 전혀 아냐. 언젠간 너도 알게 될 거야. 그때까진 지금처럼 지내. 그래야 널 안 건드릴 테니까."

손아귀에 날 쥐고 있기 위해서라도 남편은 '좋은 사람'의 이미지를 고수할 것이다. 단순하지만 치밀한 놈의 전략이다.

"똑같은 운동화 때문에 형부를 소시오패스로 의심하는 건 억지야. 큰언니 기일 날 형부가 뭐 하러 그런 짓을 하겠어? 그리고 형부 제주도 갔다며."

혜진의 마지막 말에 내 머릿속에도 거대한 물음표가 떠올랐다. 언니와 무슨 연관이 있어서? 더군다나 지금 제주도에 있을 사람인데.

저녁 무렵 그의 집으로 가는 버스 안에서도 그 질문이 내내 마음에 쓰였다. 혜진의 말이 백번 맞는데도 불구하고 남편의 소행인 것만 같은 동물적 직감 때문에 미칠 노릇이었다.

수술 끝나면 전화 줘요. 저녁 집에서 먹어요. 밥해줄게요.

악마의 그늘을 벗어나기 위해 그에게 메시지를 보냈다. 언젠가 내가 해준 밥을 먹고 싶다는 그의 소박한 소원이 생각나서 퇴근 시간에 맞춰 저녁상을 차릴 계획이었다. 남편은 제주도에 있기에 정신없이 도망치지 않아도 되는 날이라 마음이 한결 편했다.

나는 그에게 줄 셔츠를 반쯤 꺼내 매만졌다. 늘 셔츠를 입는 그에게 내가 번 돈으로 멋진 셔츠를 선물해주고 싶었다. 용기 내어 귀걸이 모델을 했고 모델료를 모아 하운드 투스 네이비색 셔츠와 민트색 셔츠를 맞췄다. 그냥 주긴 아쉬워서 소매 단추에 그와 나의 이니셜을 각각 새겨 직접 달았다. 그가 입어줄 생각만으로도 풍선껌처럼 가슴이 부풀어 올랐다. 그도 아마 이런 마음으로 내게 선물을 했겠지.

쌀을 씻고 불리는 동안 그에게 집에 왔다는 메시지를 남겼다. 청국장을 끓이고 몇 가지 반찬을 하면서 전엔 몰랐던 행복을 느꼈다. 지루하고 무료하던 일상이 이처럼 신바람 나는 일이 될 줄은 불과 몇 달 전까지만 해도 짐작도 못 했는데. 김도훈이란 남자는 내 삶의 구세주가 되었다.

완벽하게 저녁상을 차리고 그의 퇴근을 기다렸다. 퇴근 시간이 다가오자 그를 알리는 전화벨 소리가 울렸다. 기쁜 마음으로 전화를 받았다.

"퇴근해요?"

[어, 어쩌죠. 수술이 길어질 것 같아요. 열어보니 생각했던 것보다 상태가 안 좋아서. 아무래도 늦을 것 같아요. 먼저 먹어요.]

"힘들겠다. 올 때까지 기다릴게요."

[언제 끝날 줄 알고. 배고프잖아. 먼저 먹어요.]

"나 혼자 무슨 맛으로 먹어요. 선생님 주려고 한 밥인데. 기다렸다가 꼭 같이 먹을 거예요."

[아, 미치겠다. 지금 당장 날아가고 싶잖아. 당신이 앞치마 두르고 주방에 있는 모습을 내가 봐야 하는데. 타이밍이 아쉽네.]

"걱정 마요. 자주 해줄게요."

[생각만 해도 기분 좋은데. 당신이 한 밥 그거 내가 다 먹을 테니까 그럼 뭐라도 보고 기다려요. 영화를 보든. 아, 서재에 가면 읽을 만한 책도 있을 거예요. 시간 좀 때우고 있어요. 가면 안 돼요.]

"알았어요. 꼼짝없이 기다리고 있을게요. 수술 잘하고 와요."

[수술 잘하라는 의미로 사랑한다 말해 봐요.]

"갑자기요?"

[얼른. 나, 가야 해요.]

"…사랑해요. 아주 많이 보고 싶구요."

[하하. 온종일 수술해도 쓰러지지 않겠어. 진짜 갑니다.]

"네. 끊어요."

여운이 남아서 나는 그가 끊은 후에도 폰을 꼭 쥐고 있었다. 그의 목소리가 들리는 것도 아닌데 열기가 남은 폰을 가슴에 끌어안았다.

반찬을 덮어 냉장고에 넣었다. 티브이를 보다가 그의 취향도 파악할 겸 활짝 열린 서재로 들어섰다. 내게 활짝 열린 그 문으로 당당히 걸어 들어서자 속이 뻥 뚫리는 것 같았다.

그는 역시 책이 많았다. 다양한 인문학책들과 백과사전보다 두꺼운 의학 전문 책들이 압도적으로 책장에 군림하고 있었다. 삼면이 책장으로 둘러싸인 요새에서 그는 이런 책을 읽는구나. 그의 손길이 닿았을 책들을 손으로 쓸다 그중 빛바랜 책 한 권을 꺼냈다. 겉표지 상태를 보니 꽤 오래된 것 같았다.

K. D. H.

책 앞면에 적힌 그의 이니셜에 눈길이 쏠렸다. 눈에 익은 글씨체 때문에 쉽게 눈을 떼지 못했다. 습관처럼 좌라락 책장을 넘겼다. 그 속에서 납작한 무언가가 떨어졌다. 내려다보니 코팅된 네 잎 클로버였다. 나는 눈에 익은 그것을 주웠다.

No Pain No Gain

또박또박 손으로 쓴 문장을 보면서 이건 내가 직접 코팅해서 만들었던 책갈피를 닮았다고 생각했다. 네 잎 클로버를 찾기 위해 미라와 이 잡듯이 온 동네를 뒤집고 다녔던 기억. 그럴듯한 영어속담을 써넣고 싶어서 머리를 싸매고 사전을 뒤적이고 또 틀리지 않으려 애썼던 순간. 고마운 스마일맨에게 가져가라고 독서실 책상 위에 뒀었는데. 분명 그게 맞는 거 같은데.

혼란스러운 마음으로 다시 책장을 좌라락 넘겼다. 책 모서리마다 그려진 낯익은 캐릭터에 순간 멈칫했다. 마치 애니메이션처럼 살아 움직이는 캐릭터들. 재치 넘치는 모션에 쉽사리 눈을 떼지 못했다. 얼마 전 지율이 입원했던 그때 병원에서 보았던 캐릭터. 더 거슬러 올라가면 남편이 준 노트에 그려진 그 캐릭터였다.

설명하기 어려운 이 익숙함. 그가 건넸던 삼각 커피 우유. 우연이 이렇게나 겹칠 수가 있을까. 무언가에 이끌리듯 나는 그의 필체가 적힌 파지를 뒤적였다. 눈을 사로잡는 정갈한 필체에 섬광처럼 떠오르는 그것은 심장발작을 일으켰다. 알아야 했다. 지금 내가 생각하는 그것이 맞는지.

나는 그의 메모와 책을 들고 다급히 집으로 향했다. 조각조각 흩어진 퍼즐들이 빛바랜 기억을 거슬러 머릿속을 과감히 헤집었다. 생각하고 떠올리며 가물가물 오래된 기억을 어떻게든 불러내려 안간힘을 썼다.

집에 도착하자마자 허겁지겁 신을 벗어 던졌다. 옷도 벗다 말고 애타게 찾는 노트를 고이 모셔놓은 드레스룸으로 달려갔다. 소중하게 보관한 상자를 열어 노트 한 권을 꺼냈다. 두근두근 날뛰는 맥박을 느끼며 침착하게 노트를 넘겼다.

촤라락 넘길 때마다 노트 모서리에 그려진 만화는 마치 애니메이션처럼 움직여 그날의 감정들을 차례대로 불러들였다. 마지막으로 받은 노트 만화에는 점점 눈이 내리고 스마일맨이 달려간다. 스마일맨이 눈을 맞으며 도착한 곳은 서진독서실이다. 그리고 이어지는 문장.

'첫눈 오는 날 널 만나러 갈게.'

생각만으로도 아련한 기억이 화살처럼 날아와 심장에 꽂혔다. 노트의 첫 장을 편 다음 남편이 끼적인 달력을 찾아와 노트의 필체와 비교했다. 휴지통에서 찾은 메모도 가져왔다. 혹시 몰라 다른 노트도 펼쳐서 비교했다. 아무리 흘려 썼다, 가정해도 서체가 완전히 달랐다. 마치 다른 사람이 쓴 것처럼.

나는 왜 한 번도 의문을 품지 않았을까. 바보 같았다. 육감이 시키는 대로 그의 메모와 책을 펼쳤다. 우연일 수도 있지만 그러기엔 너무 닮았다. 한눈에 봐도 동일인의 필체 같았다. 특정하게 반복되는 규칙들이나 ㄹ을 쓰는 방식 또한 한결같았다. 무엇보다 스마일맨의 모습이 완벽하게 일치했다. 혼란스러운 마음으로 노트를 덮었다.

노트 앞에 적힌 이니셜.

K. D. H.

흐릿한 초점이 맞춰지는 이름 석 자, 김. 도. 훈.

심장이 철렁했다. 그때 거실에서 인기척이 났다. 남편이다. 제주도에 있어야 할 사람이 왜 벌써!

남편의 성격을 알기에 나는 마지막 노트를 베개에 넣어 드레스룸 창밖 화단 아래로 던졌다. 하나는 갖고 있어야 진짜 주인에게 가져갈 수 있었다.

"뭐해? 여기서."

"일찍 왔네요. 제주도 안 갔어요?"

노트가 담긴 상자 뚜껑을 서둘러 닫았다. 예상한 대로 나를 찾아 들어온 남편이 의심의 눈초리로 노려본다. 그리고 상자 뚜껑을 연다.

"내가 가든 말든. 그러는 넌 무슨 바람이 나서 이걸 보고 있었을까."

"그냥 예전 생각나서요. 나한텐 소중한 거니까…. 저기, 여보."

나는 숨을 크게 몰아쉰 다음 두 주먹을 불끈 쥐었다. 어떤 폭풍이 휘몰아칠 줄 알면서도 물어야 했다. 그 노트는 남편과의 관계를 완전히 끝낼 수 있는 원동력이었다.

"이 노트 당신 거 맞아요?"

순간 남편의 표정이 미세하게 바뀌는 걸 놓치지 않았다. 남편은 화를 삼키듯 눈을 질끈 감았다 다시 치켜떴다.

"생각해보니까. 당신 글자랑 다른 거 같아서요…."

"썅! 갑자기 뭐래는 거야!"

떨리는 내 음성을 가로채듯 남편이 빽 소릴 질렀다. 내가 움찔하자 상자를 바닥에 집어 던졌다. 나는 주우려 했고 남편은 그대로 나를 걷어찼다. 그것도 모자라 노트를 집어 내 머리를 후려쳤다. 한 대. 두 대. 세 대. 네 대. 머리가 핑 돌았다. 비틀거리다 바닥에 주저앉았다. 코에서 뜨끈한 코피가 흘러내렸다.

"이젠 하다 하다 별짓을 다 하네. 왜 나를 들쑤시는 건데. 이딴 게 뭐라고!"

눈이 뒤집힌 남편은 손에 잡히는 대로 노트를 갈기갈기 찢기 시작했다. 가슴 맨 깊숙한 곳에 고이 간직했던 아련한 첫사랑의 기억을 남편은 사정없이 찢어발기고 있었다.

뜨거운 눈물이 주르륵 흘러내렸다. 믿고 싶지 않았던 진실이 눈앞에서 나를 비웃었다. 그날 하늘에 흩날리던 새하얀 눈꽃들은 모두 까만 재가 되어 아름답던 그 시절을 새카맣게 뒤덮었다. 새하얀 눈이 녹고 나면 그 아래 더러운 온갖 것들이 모습을 드러내는 것처럼 추악한 진실이 드러났다.

숱하게 당하면서도 그나마 견딜 수 있었던 건 내가 가장 순수했던 시절 내 마음에 들어왔던 사람이기에, 남편을 향한 좋은 기억이 희미하게라도 남아있었기 때문에 그나마 살 수 있었다.

악마로 돌변하는 소시오패스가 아니라 순수한 꿈을 꾸게 해주었던 첫사랑을 향한 기억 때문에. 언니가 죽고 힘들었던 그 시절에 그 사람이 내게 주었던 그 마음이 휘청이는 나를 붙들어 주었기에. 노트 귀퉁이에서 언제나 나를 웃게 하던 유쾌한 그림들. 오직 나를 위해 준비한 그 사람의 고마운 응원이 나를 꿈꾸게 했고 다시 설 수 있도록 도와줬었다.

나는 여태껏 첫 마음의 아릿한 그 기억 때문에 그때나 지금이나 살아남을 수 있었다. 하지만 오늘부로 내가 간직했던 좋은 날들은 허무하게 끝이 났다. 남편은 아련한 첫사랑이 아니었다. 그냥 악마였다.

"그거 당신 거 아니구나…."

남편의 미간이 급격히 구겨졌다.

"처음부터 다 거짓말이었어. 단 한 순간이라도 나한테 진심이었던 때가 있기나 했어요? 내가 20년 동안 같이 산 남자는 도대체 어떤 사람이에요! 그 노트 누구 거예요!"

"백치 같은 년. 이제 와 그게 왜 궁금할까. 지난 20년 동안 한 번도 궁금한 적 없더니. 왜? 누가 뭐라고 했나?"

남편의 무표정한 얼굴이 코앞에서 날 위협했다. 내가 아는 남편의 얼굴 중 가장 무서운 얼굴이다. 간담이 서늘했다.

"김도훈이가 뭐라던데. 말해봐."

끔찍 놀라 커진 내 눈은 겁에 질려 굳어 버렸다.

"당신이… 그 사람을… 어떻게 알아요!"

"그럼 넌 그놈을 어떻게 아는데?"

남편의 몸에서 퍼져나온 지독한 살기가 금방이라도 나를 찌를 듯했다.

"잘도 드나들더라. 재미 좋았어?"

허파를 물어뜯긴 느낌이다. 남편은 다 알고 있었다. 숨을 쉴 수가 없었다. 두려움의 눈물이 나도 모르게 뺨을 파고들 듯 흘러내렸다. 그를 향한 애정만큼이나 뚝뚝. 무섭도록 떨어졌다.

"김도훈이랑 다시 만나다니 대단해."

다시 만났다는 그 말에 붙들린 나는 두려움도 잊었다. 남편이 뭔가를 숨기고 있다.

"그게 무슨 말이에요?"

"무슨 말이긴. 김도훈이한테서 내가 훔친 거야, 백치 같은 널."

숨이 쉬어지지 않았다. 목을 조르는 것 같은 옷깃을 쥐고 뜯었다. 가슴을 쿵쿵 내리쳤다.

"말도 안 돼! 그럼 그 노트 정말… 그 사람 거… 맞아요?"

남편은 흘러내리는 내 눈물을 노려보다 손가락으로 낚아채듯 닦았다.

"빙고. 네 잘난 첫사랑."

세상이 뒤집힌 것 같다. 나는 왜 알아채지 못했을까. 그는? 그 사람도 날 알아보지 못했는데. 어떻게 된 걸까?

"도대체 무슨 일이 있었던 거예요?"

"역시 넌 백치야. 그렇게 눈치가 없으니까 니가 맞는 거야. 혜선아, 그날 왜 갑자기 불이 났을까? 출입문은 왜 또 닫혔을까? 단순한 사고일까? 정말 그렇게 생각해?"

남편의 눈동자에 이글거리는 불꽃이 나를 집어삼킬 듯 일렁였다. 그 의미를 깨닫는 순간 섬뜩함이 등골을 때렸다. 난폭한 공포는 혈관을 타고 독처럼 재빠르게 퍼졌다. 꼼짝도 할 수 없는 나는 겁에 질린 짐승처럼 울먹였다.

"왜 그랬어요! 그때 난 죽을 뻔했어요…. 얼마나 무서웠는데… 당신이 날 구해줘서 얼마나 고마웠는데…. 어떻게 그런 끔찍한 짓을 저지를 수가 있어. 어떻게! 넌 사람도 아냐!"

"그러니까 너 죽으라고 불을 지르고 나왔는데, 김도훈이가 갑자기 내 눈앞에서 교통사고를 당하는 거야. 독서실 앞에 엉성한 그 도로 기억나지? 순간 더 좋은 생각이 떠올랐지. 그 자리에 내가 대신 '짠'하고 나타나서 널 도둑질하면 김도훈이는 영영 널 못 갖는 거잖아. 나랑 살면 넌 죽도록 불행한 삶을 살게 될 테고. 김도훈이가 내게 번뜩이는 영감을 줬다고나 할까. 우린 이니셜도 같겠다. 그것도 모자라 알아서 기억까지 못 하잖아. 하늘이 날 도운 거지. 혜선아, 이제 알겠지?"

남편은 신이 나서 지껄였다. 놈이 내뱉은 살인적인 문장 하나하나가 몸 구석구석을 찔렀다. 나는 진짜 악마와 살았다. 지난 20년 세월이 왜 그렇게 지옥 같았는지 이제 알 것 같았다.

"미쳤어…."

"하늘 같은 남편한테 못 하는 소리가 없네. 내가 그렇게 가르쳤나? 아니잖아. 어!"

놈이 내 입술을 비열하게 비틀었다. 여기서 주저앉으면 구역질 나는 이 악마와 영원히 지옥에 갇혀야 한다. 단 하루도 행복한 날이 없었다. 그 지옥을 다시 반복한다는 생각만으로도 피가 말랐다. 나는 악마와 더 살 이유가 없다. 이젠 내 편에 서서 싸워줄 그가 있다. 내 인생에서 가장 좋았던 기억. 다시 돌아가고 싶은 그 시절의 진짜 주연. 진짜 나의 첫사랑. 더 간절하게 그 사람 생각만 났다.

"그 사람한테 보내줘! 그럼 당신이 저지른 짓 다 용서해줄게."

"허! 용서?"

남편이 고개를 숙였다 들었다. 칠흑 같은 공포의 그 찰나 나는 숨을 참았다.

"니가 제대로 미쳤구나. 용서는 너 같은 게 하는 게 아냐. 뭘 알고나 지껄여."

"그만하면 됐잖아. 이제 그만해."

"무슨 소리야 지금부터 시작인데. 진짜 쇼는 아직 시작도 안 했어."

"당신이 뭐래도 난 그 사람한테 갈 거야. 난 뭐든지 할 수 있어, 이제."

그에게로 가기 위해 나는 현관만 바라보고 걸었다. 그것 외에는 다른 생각이 나지 않았다. 그가 보고 싶었다.

"악!"

날카롭고 둔탁한 무언가가 등을 내리쳤다. 까만 도자기 화분이 바닥에서 박살 났다. 부드러운 흙들이 사방으로 흩어졌다. 엎어지듯 거실 바닥에 쓰러진 내 앞으로 남편의 관상용 선인장이 나뒹굴었다. 그 속에서 튀어나온 작고 검은 물체가 눈길을 끌었다. 카메라 렌즈 같았다. 여태 나를 감시하고 있었던 거다. 요상한 그것을 손에 넣기도 전에 남편이 머리채를 낚아챘다.

"윽."

"멍청한 년. 등을 보이면 안 되는 거 몰라."

"놔!"

발버둥 치며 가까스로 빠져나왔다. 머리에서 한 줌의 흙이 후드득 떨어졌다. 질질 엉덩이를 끌며 현관과 거리를 좁혔다. 날 선 가위를 든 남편이 다가왔다.

"저리 가!"

비릿하게 웃던 남편이 내 멱살을 울컥 낚아챘다. 귓가에서 가위를 움직인다. 삭둑삭둑. 날카로운 소리가 신경을 곤두세운다. 몸이 오들오들 떨린다. 목덜미에 숨을 불어넣던 남편은 맥박이 팔딱팔딱 뛰는 내 목에다 서늘한 가위를 들이댔다. 차가운 가윗날이 피부에 닿았다. 오금이 저린다.

"여기가 경동맥이야. 여길 찌르면 뜨거운 피가 폭포수처럼 쏟아져. 빠르면 1분 안에 골로 가는 거지. 너도 잘 알잖아."

남편의 거친 날숨이 뺨을 할퀸다. 미친놈답게 몹시 흥분한 것 같다. 날카로운 금속이 서서히 피부를 찌른다. 폐를 틀어막은 공포가 숨도 막았다. 겁이 나 죽을 것 같다.

"넌 아무 데도 못 가. 죽어도 내 옆에서 죽어."

"싫어!"

악마와 사느니 차라리 죽는 게 나았다. 나는 죽을 각오로 발악했다. 쓴소리로 웃던 놈이 내 머리칼을 한 움큼 잘랐다. 싹둑 잘린 머리카락이 후두두 떨어졌다. 포악한 공포를 견디다 못해 나는 찔끔 눈을 감았다.

"눈 떠."

남편이 차가운 가위로 내 입술을 짓눌렀다. 부르르 눈을 떴다. 다시 보고 싶지 않은 얼굴이 눈앞에서 나를 조롱했다. 겁에 질린 내 얼굴을 들여다보는 남편의 눈동자가 죽은 사람처럼 텅 비었다. 어느새 감정이 사라진 무표정한 얼굴. 온기 한 점 없는 차디찬 저 얼굴이 나는 제일 두렵다.

"왜 이렇게 말이 많아졌을까. 벌써 잊었나. 내가 어떤 놈인지. 길들인 보람도 없이 이러면 곤란하잖아."

"흐흑."

꽉 다문 입술 사이로 흐느낌이 터져 나왔다. 입술을 꽉 깨물고 참아봐도 가쁜 숨과 떨리는 호흡은 숨길 수 없었다. 그런 내 모습을 바라보는 놈은 어느 때보다 즐거워 보였다. 그제야 입술에서 가위를 뗐다. 어떻게든 빠져나갈 궁리를 해야 한다. 현관을 열고 뛰쳐나가서 곧장 계단으로 달려야 한다. 따라잡히지 않으려면 남편의 발을 묶어야 한다.

어떻게? 그때 뾰족한 화분 조각 하나가 손에 닿았다. 나는 그것을 몰래 손에 쥐었다. 부드럽고 차가운 흙 한 줌도 반대편 손에 넣었다. 지레 놀란 심장이 폭주했다. 침착하자. 날뛰는 숨을 고르며 때를 기다렸다. 남편의 얼음 같은 손이 내 뺨을 비틀 듯

잡았다.

“김도훈이 어떻게 해주던데. 좋았어?”

질문하는 남편의 텅 빈 눈을 마주 본다. 20년 가까이 살다 보니 이 인간에 대해 내가 잘 아는 게 있다. 명품으로 온몸을 휘감을 정도로 열등감을 심하게 느낀다는 것. 텅 빈 살인자의 눈보다 발광하는 미친놈의 눈이 덜 무섭고 허점도 많다는 것. 나는 오랜 경험에 내 목숨을 걸려고 한다.

“병신같은 너랑은 비교도 안 되게 끝내주던데. 그 사람한테선 좋은 냄새가 나. 너한테서 나는 역겨운 시궁창 냄새랑은 차원이 다른 냄새. 너도 알지? 그 사람이 얼마나 괜찮은 사람인지. 넌 죽었다 깨어나도 그 사람처럼 안돼. 너랑은 근본이 다른 사람이잖아. 안 그래 이 미친 병신새끼야!”

먹혔다. 죽음처럼 텅 빈 눈이 활기가 돌면서 불이 번쩍였다. 그런데 내 예상과는 조금 달랐다. 남편은 마치 환상에 사로잡힌 것처럼 황홀한 얼굴이었다. 나는 촉각을 곤두세웠다.

“민혜신. 너야?”

“뭐래는 거야….”

툭 튀어나온 언니의 이름에 하마터면 정신을 놓을 뻔했다. 께름칙했지만 지금이다! 나는 남편의 눈에다 흙을 던졌다. 고개를 가로젓던 놈이 상스러운 욕을 퍼붓고 눈을 비빈다. 놓치면 안 된다. 뾰족한 조각으로 미치광이의 발등을 힘 있게 찔렀다.

"윽! 이년이!"

남편의 낮은 비명을 뒤로하고 쏜살같이 달렸다. 현관을 열고 방화문 계단 아래로 정신없이 내달린다.

"거기 서!"

사나운 목소리가 뒤따라왔다. 잡히면 끝이다. 죽을힘을 다해 계단을 달렸다. 바짝 긴장한 탓에 무릎이 후들거렸다. 숨은 짧게, 짧게. 발은 빛보다 빠르게. 고지가 보인다. 1층이다. 일단 몸을 숨겨야 한다. 바로 옆 동인 114동 앞 놀이터로 달렸다. 우리 단지에서 제일 큰 놀이터다. 거기 거대한 정글짐이 있다. 조카 지율과 지효가 좋아하는 곳이다.

캄캄한 놀이터는 희미한 가로등 불빛에만 의지한 채 적막했다. 한겨울의 찬바람만 굳은 얼굴과 맨발을 사납게 할퀴며 나를 반겼다. 재빨리 정글짐 안으로 들어가 몸을 숨겼다.

조카 지율과 지효는 이 정글짐에서 숨바꼭질을 자주 했다. 통 전체가 불투명이고 미로처럼 복잡하고 길어서 쉽게 눈에 띄지 않았다. 나는 그곳에 웅크리고 앉았다. 공포도 삼키고 숨도 삼켰다.

곧 섬뜩한 발소리가 들렸다. 절뚝거리는 걸 보니 내게 발을 찔린 남편이다. 나는 몸을 더 웅크리고 입을 틀어막았다.

휘이- 놈의 휘파람 소리가 간담을 긁었다.

"그러다 잡히면 어쩌려고 숨을까?"

소름 끼치는 음성이 고요한 밤 안에서 뒤틀렸다. 입구를 모르는 남편은 미끄럼틀 통을 손가락으로 툭툭 쳤다. 놈이 내 머리를 칠 때의 진동이 느껴져 귀를 틀어막았다.

그때 또 다른 발소리가 들렸다.

"603호 사장님이시죠? 누구 찾으십니까?"

순찰 중인 경비아저씨 같았다.

"아, 네. 수고 많으십니다. 아내가 치매 끼가 있는데 집을 나가서요."

"아이고. 치매요? 젊은 분이 어쩌다가…. 그렇게 안 보이시던데…."

평소 살갑게 인사하는 경비아저씨의 얼굴이 눈앞을 스쳤다.

"혹시 나오는 거 못 보셨어요? 좀 전에 나갔는데."

"이를 어쩝니까. 제가 지금 순찰 중이라 사모님 나오시는 건 못 봤네요. 아, 혹시 사모님인가? 지금 막 커뮤니티센터 쪽으로 어떤 여자분이 급하게 달려가던데."

"그래요?"

"네."

남편은 방향을 트는 것 같았다.

"사장님, 그럼 혹시 모르니까 저는 주차장 쪽으로 한번 가보겠습니다."

"고맙습니다. 찾으시면 연락 부탁드립니다. 그럼."

그들의 발소리가 점점 멀어졌다. 맨몸으로 뛰쳐나왔으니 당연히 이 근처를 못 벗어날 거라 생각하겠지. 예상을 뛰어넘어 멀리 가야 한다. 주차장도 커뮤니티센터가 가까운 정문 쪽으로도 안 된다. 그렇다면 길은 하나 우리 동 115동 뒤로 이어지는 산책로. 거기서 멀리 도망치려면 걸어서는 안 된다. 문득 혜진의 자전거가 번뜩였다.

조심히 슬금슬금 몸을 웅크리며 정글짐을 빠져나왔다. 여기서 나가면 깜깜한 내 인생도 이젠 작별이라 생각했다. 그런데 그때 어떤 두려운 공기가 뒷덜미를 붙들었다. 뒤를 돌았다. 서늘하게 웃는 얼굴이 보인다.

"찾았다."

"안 돼…."

잡히면 죽는다는 일념 하나로 나는 모래를 한 움큼 집어 남편의 광기 어린 눈을 향해 힘껏 뿌렸다. 벌써 두 번이나 당했으니 놈은 미친 듯이 발광했다. 시차를 둬선 안 된다. 나는 내가 찌른 놈의 발도 힘껏 짓눌렀다.

"윽! 썅!"

놈의 비명을 뒤로하고 자전거 보관대로 냅다 달렸다. 자주 빌려 타고 다녔던 연두색 바구니가 달린 혜진의 자전거가 보인다. 그렇게 락을 채우라고 신신당부했는데 내 말을 귓등으로 흘리는 동생이 사랑스럽다. 락이 풀려있다. 재빨리 올라탄 다음 산책로를 향해 페달을 밟았다. 얼음처럼 차가운 페달에 정신이 번쩍 들었다. 놈은 나를 쫓다가 내가 찌른 다리 때문에 추격을 멈췄다.

어쩌면 차를 가지러 갔을지도 모른다. 무조건 놈을 따돌려야 한다. 화단에서 내던진 베개를 찾아 노트를 꺼내 바구니에 넣었다.

샛문을 통과해 곧장 도로변으로 나가 건널목을 건넜다. 무조건 아파트와 멀어져야 한다. 차가 다닐 수 있는 도로도 안 된다. 지율의 유치원 앞에서 좌회전해 골목길로 들어선 다음 다시 건널목을 건너고 J 마트를 지나 다시 건널목을 건넜다.

정신없이 달렸다. 온몸이 땀으로 흥건할 때쯤 저 멀리 그가 근무하는 병원이 보인다. 그제야 맘이 놓였다.

이제 어디로 가야 할까. 내가 갈 곳은 또 가고 싶은 곳은 한 곳뿐이다. 그의 병원에서 멀지 않은 그의 오피스텔.

얼음 같은 바람을 뚫고서 지나온 세월을 거스른다. 순수했던 그 시절의 진짜 스마일맨을 찾아 떠나는 나를 밝은 달이 따라왔다. 이제 다 잘 될 거야. 그럴 거야. 자꾸만 흐려지는 눈앞을 훔치며 나의 첫사랑에게로 나는 달렸다. 두근두근 수줍은 소녀가 되어 그에게로 간다. 세월을 통째로 돌려놓은 것처럼 그때의 마음이 하나둘 징검다리처럼 캄캄한 눈앞을 밝혀주었다.

"조금 늦었지만, 이번 생에서도 다음 생에서도 당신이랑 살고 싶어요."

황홀한 바이올린 선율 같은 그의 목소리가 차디찬 바람을 갈랐다. 까만 밤하늘에 뜬 나만의 빛나는 별. 폐허가 된 추억 위로 반짝이는 그의 눈빛이 시린 손과 발을 헐벗은 마음을 데워주었다.

내가 사랑했던 건 끔찍한 소시오패스가 아니라 온전한 정신으로 사람을 살리는 사람이란 그 사실이 눈물 나도록 고마웠다. 아련한 나의 첫 마음은 누구보다 근사한 사람이었다. 내가 그의 첫 마음이란 사실도 내겐 축복처럼 내려앉을 꿈같은 일이었다.

나의 첫사랑이자 마지막 사랑이 될 그를 떠올릴수록 그와 가까워질수록 애가 타서 미칠 것 같았다. 기막힌 이 인연을 어떻게 설명해야 할지, 어디서부터 시작할지, 정리되지 않았다.

자전거를 세우고 그의 현관 앞을 한동안 서성였다. 드라마틱한 서사보다 엘리베이터에 비친 내 꼴이 더 쇼킹했다. 밤하늘만큼 새카만 맨발. 제멋대로 잘린 머리카락. 눈물로 지워지고 얼룩진 얼굴. 이 꼴을 보면 분명 놀라고 화낼 텐데. 생각이 짧았다. 너무 성급하게 달려왔다. 이런 모습은 아니다. 돌아가려 엘리베이터 버튼을 눌렀다. 그때 문이 열리고 놀랍게도 그가 내렸다. 나는 다급히 얼굴을 돌렸다.

"어떻게 된 거예요! 연락도 안 되고 걱정돼 죽는 줄 알았잖아. 여태 당신 찾다 들어왔어요. 꼼짝없이 기다린다고 해 놓고선 도대체 어딜 갔다 온 거예요? 전화는 왜 안 받아요? 잠깐만. 당신 머리가…."

엉망인 내 몰골이 눈에 들어왔는지 그는 말을 멈췄다. 내 얼굴을 돌려 마주 보는 그의 손길이 평소와 달리 다소 거칠었다. 놀란 티가 역력하던 그의 눈은 점점 분노로 이글거렸다.

"당신 왜 이래! 누구 짓이야!"

흥분한 그는 내 얼굴을 붙들고 기막혀했다.

"그게…. 남편이 알았어요. 우리가 만나는걸. 집에 갔다가 전화기도 못 갖고 나왔어요."

가방에서 숨겨둔 아이폰을 찾은 남편이 폰을 부셨을 것이다.

"그래서 이 꼴을 만들었다고? 사람한테 어떻게 이래! 내가 죽여 버릴 거야!"

화가 머리끝까지 찬 그는 내 말은 듣지 않고 막무가내로 엘리베이터를 타려 했다. 나는 있는 힘껏 그의 팔을 붙들었다. 성난 황소를 붙드는 것만큼이나 힘에 부쳤다. 나는 그의 손을 잡고 늘어지며 주저앉았다.

"난 괜찮아요. 제발 들어가요."

"어떻게… 어떻게 이래! 이건 아니지."

"정말 괜찮아요. 저, 지금 너무 힘들어요. 쉬고 싶어요."

초췌한 내 모습이 그의 분노를 한풀 꺾은 것 같았다. 깊은 한숨을 내쉰 그는 나를 눈에 담을수록 기막혀했다. 나는 그의 손을 더 꽉 붙들었다.

"제발 부탁이에요."

"지금 이렇게 들어가 버리면 내가 당신 얼굴 볼 면목이 없잖아. 왜 매를 맞는 건 당신인데. 맞아도 내가 맞아야지."

"어차피 각오했던 일이에요. 선생님한테 쉽게 갈 수 있을 거라 생각 안 했어요. 난 더한 것도 견딜 수 있어요."

"당신 정말…."

"차라리 잘됐다 싶어요. 오히려 홀가분해요, 난."

그는 가슴에서 끌어낸 깊고 긴 한숨을 내쉬었다.

"하. 미안해요. 이런 꼴 당하게 해서…."

간신히 집 안으로 들어온 그는 민망하게도 발을 씻겨주겠다고 바득바득 우겼다. 할 수 없이 더러워진 발을 내주고 그를 내려다보는데 자꾸만 가슴이 아려왔다. 마흔이 된 지금 마음이 갔던 사람이 20년 전 그때에도 나의 첫 마음이었다는 사실이 믿기지 않았다. 그때도 지금도 나를 알아봐 주었다는 것이 그저 고마웠다. 생이 준 마지막 기회 같았다.

우리의 발자취를 되돌아볼수록 갇혔던 추억만큼 애달픈 눈물이 흘렀다. 세숫대야에 투명한 액체가 뚝뚝 떨어졌다.

발을 씻다 멈춘 그가 고개를 들었다.

"그동안 줄곧 이러고 산 거예요? 여태… 맞고 살았어요? 이상하다고 생각하면서도 당신이 아니라고 하니까. 그냥 믿어버렸어. 바보 같았어. 내가 더 빨리 눈치챘어야 하는데…. 난 그것도 모르고… 너무 편하게 지냈어."

그의 두 눈에 투명한 눈물이 넘치도록 고여 있었다. 나는 그의 눈물을 손으로 닦아주며 희미하게 웃어 보였다.

"이제 다 끝났어요. 다신 안 돌아가요. 선생님 옆에 있을 거예요."

내 인생에서 가장 찬란했던 한 단락의 주인공이 내 눈앞에 있었다. 흘러버린 시간은 되돌릴 수 없지만, 우리가 다시 만나 함께 있다는 것만으로도 난 충분히 행복했다. 괴물 같은 인간을 향해 폭발한 분노마저 잠재울 만큼 그의 존재는 내게 절대적이었다. 그와 함께 할 미래만 생각하고 싶었다.

"내가 용서 못 해요. 당신 남편이란 작자 가만 안 둘 겁니다."

"그냥 모른 척해 줘요. 더는 엮이고 싶지 않아요. 상대할 가치도 없어요."

"어떻게 그래요? 당신을 이 지경으로 만들었는데. 그런 놈은 가만두면 안 돼요. 다신 그런 짓 못 하게 할 겁니다, 내가."

씩씩거리는 그의 두 눈에서 처음으로 살기를 느꼈다. 남편에게서나 보던 그 눈을 보는 순간 자전거 바구니에 넣어둔 노트를 꺼내올 엄두가 안 났다. 그것까지 보여주고 우리 얘길 듣게 된다면 그땐 정말 무슨 짓을 할지 몰랐다. 인간 같지도 않은 그 괴물 때문에 이 사람이 나빠지는 게 싫었다. 그는 그러면 안 되는 사람이었다.

묻어야 한다고 생각했다. 혼란만 가중할 뿐 어차피 기억도 못

하는 사람에게 잔인한 과거를 꺼낼 필요가 없는 것 같았다. 때가 되면 자연스레 알게 하는 것이 옳다고 판단했다. 받아들일 마음의 여유가 있을 때 하나하나 차근차근 풀어나가는 것도 괜찮은 방법 같았다. 우리에겐 놓쳐버린 시간보다 앞으로 남은 시간이 더 많으니까.

"선생님도 화내니까 무섭네요. 헐크 같아요."

가벼운 내 농담에 일그러진 그의 얼굴이 한층 누그러졌다. 성난 기관차 같던 얼굴도 한결 푸근해지고 무엇보다 살기 그득한 매섭던 눈빛이 다시 선해졌다. 이제야 마음이 놓였다.

"당신이 그렇게 웃으니까 화를 못 내겠어."

완전히 진정된 그는 엉망이 된 내 머리칼을 쓸어주었다.

"당신 머리 잘라야겠다."

얼마나 미울지 안 봐도 뻔해서 연거푸 머리를 매만졌다. 그는 그런 나를 멋진 그림 보듯 바라보았다.

"보기 흉하죠. 목 뒤에 흉터가 있어서 짧은 머릴 해본 적이 없어요."

"당신은 삐뚤어진 머리칼도, 흉터도 예뻐. 그리고 머리카락은 무서울 만큼 빨리 자라. 몇 달 후면 또 자라 있을 텐데 뭔 걱정이야. 진짜 흉한 건 이거지."

내 맘을 편안히 해주려 애쓰던 그는 왼쪽 바지를 걷었다. 종아리에 볼펜만 한 희미한 흉을 보여주었다. 전에 봤을 때 차마 물어보지 못했던 흉터였다.

"꽤 오래됐는데, 교통사고 때 생긴 흉터예요. 확실히 내게 더 크고 흉하죠?"

그날 생긴 흉터 같아서 마음이 애달팠다. 세월의 흔적만큼 희미해진 그의 흉터를 조심히 만졌다.

"아팠겠어요."

"기억도 없어요."

"기억 나는 게 전혀 없어요? 그래도 하나쯤은 있지 않아요?"

혹시나 하는 마음은 질문은 던졌다.

"글쎄. 이상하게 1010이라는 숫자만 기억나요."

그래서 그의 전화번호도 비밀번호도 전부 1010인 건가. 그게 무슨 숫자인지는 나도 짐작이 가질 않는다. 흘러버린 세월 탓인지 그는 잃어버린 기억을 너무도 무덤덤하게 받아들였다. 마치 어떤 계절을 좋아한다는 말처럼 쉽고 편하게 생각하는 것 같았다. 나만 안타깝고 애가 닳았다.

걷은 바지를 다시 내린 그는 벌겋게 까진 내 왼손을 움켜잡았다. 나도 그가 발견해서야 상처가 생긴 걸 알았다.

"약 발라야겠다."

성큼 일어선 그는 팬트리 선반에서 구급상자를 꺼내왔다. 소독약을 바르고 연고를 바른 다음 깔끔하게 밴드를 붙였다. 나는 지금 이깟 상처 따위는 안중에도 없었다. 그는 모르고 나만 아는 비밀에 온통 신경이 붙들려있었다.

“기억이 돌아올 수는 없는 거예요?”

“글쎄요. 그럴 수도 있겠죠.”

“안 궁금해요? 사라진 기억 속에 어떤 일이 있는지…. 어떤 사람이 있는지….”

“난 지금 그딴 기억보단 당신 상처가 더 중요해. 어디 좀 봐요. 또 다친 데 없는지.”

사라진 기억은 안중에도 없는 그는 폭행의 흔적을 찾아서 내 몸 여기저기를 살폈다. 조심스럽게 누르고 만지는 그를 보면서 다시 만난 행운이 아직도 믿기지 않았다. 심장이 기억해서 대책 없이 그토록 끌렸던 걸까? 비록 엇갈린 인연이지만 우리의 심장은 정확히 기억하고 알아봤을지도 몰랐다. 흔히들 말하는 운명처럼.

“선생님은 운명을 믿어요?”

“글쎄요. 하찮은 인연도 운명처럼 느끼면 운명이 되는 게 아닌가. 난 그런 거 같은데.”

“와, 그런 생각은 못 했는데.”

“뭐든 맘먹기 나름인 거 같아요. 내가 공들이고 최선을 다하면 그게 최고가 되는 것처럼 나한테 운명이란 그래요. 근데 또 어떻게 보면 내가 당신한테 막무가내로 끌린 건 운명 같기도 하네. 내가 그런 적이 없는데. 당신을 본 그날부터 제대로 잠을 못

잖으니까."

"난 몰랐어요."

"어떻게 모를 수가 있나? 내가 그렇게 들이댔는데. 뇌물로 쭈쭈바도 먹였잖아."

피식 웃던 그는 다시 말을 이었다.

"아직도 심장이 뛰어. 그날만 생각하면. 병원에서 당신 다시 봤을 때 내가 어땠는지 모르죠? 세상에게 그냥 고마웠어요. 더 열심히 살겠다고 다짐도 했음 말 다한 거 아닌가. 당신 만나고부터 사람들이 물어요. 요즘 좋은 일 있냐고. 그럼 난 그렇다고 대답해요. 열 시간씩 수술장에 서 있어도 피곤한 줄 모르겠어. 수술하고 나왔을 때 당신한테 메시지가 와 있으면 그게 그렇게 좋더라고. 난 그걸 읽고 또 읽곤 해요. 폰 들여다보면서 배시시 웃는 날이 올 줄은 몰랐는데 내가 그러고 있어. 요즘은 하루하루가 마냥 즐겁고 신나. 웬만해선 화도 잘 안 나. 그게 민혜선 효과죠."

맑은 가을하늘처럼 그가 웃으며 날 바라봤다. 바라보는 것만으로도 행복해지는 사람 같았다. 옆에 있으면 뭐든 할 수 있고, 실패해도 훌훌 털고 다시 일어설 수 있는 버팀목 같은 사람이라는 확신이 들었다.

"선생님은 참 유쾌한 사람이에요. 같이 있음, 덩달아 기분이 좋아져요."

"그럼 내 옆에 딱 붙어있어요. 어디 가지 말고."

내 손을 붙든 그가 내 뺨을 어루만졌고, 나는 고개를 끄덕였다.

"아무 생각 말고 한숨 자요. 피곤하겠다."

이부자리를 봐준 그는 덩그러니 나만 남겨두고 나가려 했다. 오늘만은 혼자 있고 싶지 않았다. 비록 혼자 아는 사실이지만 다시 찾은 첫사랑과 몽글한 이 감정을 밤이 새도록 풀고 싶었다. 나는 일어서는 그의 팔을 붙들었다.

"같이 있어 줘요. 혼자 있기 싫어요."

"불편하지 않겠어요?"

"안 불편해요. 옆에 있어 줘요."

"난 좋죠. 당신 옆에 있으면."

입술도 눈도 반달이 된 그가 웃으며 내 옆에 모로 누웠다. 우리는 마주 보고 누워서 서로의 얼굴을 가만히 들여다보았다. 그렇게 보고 싶던 스마일맨이 이렇게 생겼었다니. 베일에 싸인 스마일맨의 생김새를 두고 미라와 매일같이 떠들곤 했는데. 망가진 추억들이 온전히 되돌아왔다. 그는 나의 진짜 첫사랑이므로.

"나한테 와줘서 고마워요."

크림수프처럼 감미로운 그의 목소리가 꿈처럼 귓가를 휘감았다. 뺨을 넌지시 만지던 그는 이마에 키스한 후, 날 끌어안았다. 나는 고개를 들어 그를 바라보았고 나와 충분히 교감한 그는 부드럽게 내 입술을 훔쳤다. 천천히 턱을 훔치고 귓불을, 다음엔 목 아래로 내려와 쇄골을 훔쳤다. 나는 눈을 감고 그의 입술을 온전히 느꼈다. 아름다운 내 첫사랑은 손등으로 가슴골을 쓸더니 입술을 가져와 들썩이는 나의 가슴골에다 깊게 키스했다. 그리고 나를 만졌다.

그의 손길이 지나칠 때마다 조금씩 긴장이 풀렸다. 이젠 익숙해진 그의 숨결과 손길은 조심스럽지만 뜨거웠고, 아찔하고도 다정했다. 나를 들여다보는 고요한 밤을 담은 그의 까만 눈동자를 나도 바라다보았다. 나의 별이 빛나고 있었다.

"매일 밤 생각했어요. 내 방 침대 위에 당신이 누워있는걸. 이젠 아무 데도 못 가."

"그럼, 나 여기 있어도 돼요?"

"당신이 간대도 내가 안 보내."

골몰히 나를 내려다보던 그는 격렬하게 키스했다. 어느 날보다도 강렬하게 돌풍이 휘몰아치듯 그의 숨이 거칠게 입안을 휘감았다. 때론 짐승처럼 거칠게 때론 바닐라 아이스크림처럼 부드럽게 나를 애태웠다. 정신없는 그의 키스를 받으며 나는 그의 머리칼을 부드럽게 움켜쥐었다.

환상적인 그의 몸짓이 유려하게 나를 가졌다. 시간이 멈춘 것 같은 절정의 그 찰나가 또다시 찾아왔다. 어둠 속에서 찬란히 빛을 발하는 영롱한 그 시간. 그것은 마치 또 다른 언어처럼 내게 말을 걸었다. 그와 나만이 알고, 쓸 수 있으며 나눌수록 더더욱 깊어지는. 끈끈한 결속력으로 우리의 영혼 깊숙이 아로새겨진 유희의 언어로 속삭였다.

나는 그날 밤 아름다운 그 언어를 강적으로 좋아하게 되었다. 이제 나는 절대 그를 놓을 수 없다는 걸 깨달았다. 비로소 그의 여자가 된 것 같았다. 서로의 몸을 끈질기게 찾은 우리는 두 번의 절정 후에 지쳐 잠이 들었다.

꿈에 괴물 같은 남편이 나왔다. 화들짝 놀라 눈을 떴는데 남편 대신 그가 있었다. 이불도 제대로 덮지 않고서 곤히 자는 아이 같은 모습에 배시시 혼자 웃었다. 이불을 덮어주고 뭐라도 만들어주고 싶어서 살살 일어나려는데 자는 줄 알았던 그가 팔을 붙들었다.

"어디 가요?"

"조금 더 자요. 식사 다되면 부를게요."

"아무 데도 가지 마요."

"그래도 뭘 먹어야죠."

"싫어. 그냥 내 옆에 있어요. 얼른."

막무가내로 그가 나를 붙드는 바람에 나는 그의 옆에 누웠다. 나를 품에 안은 그는 다시 눈을 감았다. 머지않아 새근거리는 그의 숨소리가 들렸다.

늦은 오후 무렵에야 우린 눈을 떴다.

물을 마시러 주방에 나갔다가 기막힌 광경을 목격한 내 입에

선 비명이 터져 나왔다. 거실이 난잡하게 어질러져 있었다. 소파 쿠션이 갈라져 솜이 창자처럼 튀어나와 있었는데 마치 누군가 겁을 주려 한 듯 칼로 찢은 흔적이 있었다.

내 비명에 놀란 그는 사색이 된 채 달려 나왔다.

"왜 그래. 무슨 일이에요?"

"누가 들어왔었나 봐요."

겁에 질린 나는 힘없이 주저앉았다. 누가 그랬는지 알 것 같아서 더 겁이 났다. 그는 경비실에 전화하고 확인차 내려갔다. CCTV를 확인했지만, 하필 어제 새벽에 CCTV를 교체하는 바람에 건진 건 아무것도 없었다. 하지만 나는 심증이 갔다. 현장이 우리 집 거실에서 본 패턴과 일치했다. 여전히 남편의 손아귀에 잡혀있는 것 같은 더러운 기분은 진흙탕물이 맨다리에 튀었을 때보다 더 불쾌했다.

경찰을 부르려는 그에게 나는 남편인 것 같다는 얘길 어렵사리 꺼냈다. 신중히 듣던 그는 폰을 내려놓았다. 그리고 나를 안심시켰다.

"괜찮아요. 두 번 다시 이런 짓 못 하게 할게요. 내가 어제 너무 곤히 잤어. 내 탓이야."

"미안해요."

"당신이 왜. 걱정 마요. 아무 일 없을 거예요. 생각보다 훨씬 미친놈이네. 도어락부터 바꾸고 집을 옮겨야겠어요."

"정말 괜찮을까요?"

"내가 있잖아. 당연히 괜찮지. 이 자식을 어떻게 할지 고민되네. 맘 같아선 사람 구실 못하게 반쯤 죽여 놓고 싶은데. 가서 담판을 지어야겠어요."

주먹을 꽉 움켜쥔 그는 차 키를 집어 들었다. 깜짝 놀란 나는 그의 팔을 붙들었다. 만나게 해선 안 된다고 경고의 깜빡이가 번쩍였다.

"그런 사람이 싫어서 도망친 건데 선생님이 그러는 거 싫어요. 선생님은 선생님답게 살아야죠."

"하, 갑갑하네. 나답게 사는 게 어떤 건데요? 사랑하는 여자가 두들겨 맞고 공포에 떨어도 등신처럼 가만히 있는 거?"

"아니, 그게 아니라. 나 때문에 선생님이 불미스러운 일에 휘말리는 게 싫어서 그래요. 그런 인간을 때리면 선생님도 똑같은 사람 되는 거잖아요. 선생님이 왜 그래야 하는데요? 나 때문에 나쁜 일 하는 건 안 돼요. 그러다가 손이라도 다치면 어쩌려고 그래요. 사람 살리는 소중한 손이잖아요. 만약 다치기라도 하면. 절대 안 돼요. 그건 내가 못 견딜 것 같아요. 난 선생님 잘못되면 못 살아요."

글썽이던 눈물이 또르르 흘러내렸다. 내 눈물을 본 그는 모든 동작을 멈췄다.

"당신이 그렇게 울면 내가 아무것도 할 수가 없잖아. 미치겠다, 진짜."

"제발 가지 마요. 네에?"

그는 차 키를 도로 내려놓았다. 스윽 뺨을 닦아주며 두 손을 맞잡았다.

"알았어요. 당신이 싫다는 건 안 해. 그러니까 불안해하지 마요."

나는 고개를 끄덕였고 그는 엉망이 된 거실을 훑었다. 미안한 마음이 앞섰던 나는 난장판이 된 거실을 치웠다. 내가 그걸 치우는 게 보기 싫다면서 그는 재활용 봉투에다 몽땅 쓸어 담아버렸다.

"안 되겠다. 이 집에서 당장 데리고 나가야지."

그의 집에 있던 내 러닝화를 신고서 우린 집을 나섰다. 그는 내가 사준 네이비색 셔츠를 입었는데 태어나 처음으로 새 옷 입은 사람처럼 기뻐했다. 보답한다는 핑계 삼아 변변찮은 외투도 없이 무작정 나왔던 내게 그는 집 아래 쇼핑몰에서 흰색 코트를 사주었다. 새 속옷, 새 옷, 새 구두, 새 핸드폰. 모두 새것으로 무장한 다음 그가 데려간 곳은 그의 단골 헤어샵이었다.

제멋대로 잘려 나간 머리칼이 부끄럽지 않도록 디자이너는 재치 있게 분위기를 살렸다. 잘린 머리칼에 자연스레 머릴 맞추다 보니 귀가 훤히 드러나는 숏커트 밖에는 할 수 없다고 했다. 난생처음 짧게 자른 머리는 발에 꽉 끼는 신발처럼 불편하고 어색했는데 그는 보자마자 예쁘다고 호들갑을 떨었다.

"진짜 괜찮아요?"

"정말 예쁘다니까 그러네."

"맞아요. 목선이 이뻐서 잘 어울리시네요. 이목구비도 훨씬 또렷해 보이고요. 커트 잘하셨어요."

카운터 직원이 듣기 좋은 말로 우릴 배웅했다.

목덜미가 휑해서 코트 깃을 세웠다. 상처가 드러난 목덜미에 그는 짧게 입을 맞추고 붉은색 머플러를 사서 목에 둘러주었다.

밥을 먹고 이것저것 필요한 물품들을 사고 근처 공원으로 산책하러 나갔다. 가볍게 걷고 커피를 사서 벤치에 앉았다. 쌀쌀한 날씨 탓에 따뜻한 커피 온기가 좋아서 커피잔을 꽉 쥐다가 그가 내 손을 잡는 바람에 벤치에 커피잔을 내려놓았다.

어딜 가든 손을 잡아주는 그의 애정 어린 스킨십이 과분하다 느껴질 정도로 그는 손잡는 걸 좋아했다. 태생이 따뜻하고 정이 많은 사람 같았다. 그를 낳아준 부모님이 궁금하지 않을 수 없었다. 그의 가족들이 허점투성이인 날 받아들일지도 걱정이었다.

"부모님은 어떤 분이세요?"

"여느 부모처럼 그렇죠. 최근에 많이 늙으셨어요. 생전 안 늙을 것 같더니 내가 나이 먹은 만큼 부모님도 늙는다는 당연한 이치를 철들고야 알았죠."

"절 좋아하실까요?"

"당연하죠. 내가 좋아하는 여잔데."

"아니, 현실적으로…. 선생님은 미혼인데."

어차피 넘어야 하는 산이라 어떤 답이 돌아오더라도 힘차게 넘어갈 자신이 있었다. 모르고 시작한 관계도 아니니까.

그는 중요한 말을 할 때면 하는 습관대로 내 눈을 3초가량 들여다보았다.

"혜선 씨, 우리 부모님 이미 다 알아요. 내가 얘기했어요."

"네?"

"내가 그런 준비도 없이 나랑 살자고 했을까 봐. 나 생각보다 계획적인 사람입니다."

"뭐라, 셔요?"

긴장감에 손에 땀이 차서 슬그머니 손을 뺐더니 그는 아랑곳없이 다시 잡았다.

"좋아하셔요. 사실 처음에는 많이 놀라고 반대하셨죠. 그래도 뭐 어쩌겠어요. 난 물러설 생각이 없고 내 고집 아시니까. 내가 이겼죠. 하나뿐인 아들 홀아비로 늙어 죽을까 봐 걱정이신 거죠. 언제 뵈러 가야죠?"

"음. 나중에요. 완전히 정리되면 그때 가요. 지금은 좀 그래요."

"그때까지 어떻게 기다리지. 자랑하고 싶은데."

그가 너스레를 떨어도 갈 길이 험하고 멀다는 생각에 주눅이

들었다. 위축된 어깨가 그를 신경 쓰이게 한 모양이다. 그는 엉뚱한 일을 하다 들킨 지율처럼 천진난만하고 해맑게 두 눈을 반짝였다.

"방금 좋은 아이디어가 떠올랐어요. 내일 주말이니까 바람 쐬러 갈까요? 가고 싶은 곳 없어요?"

"딱히 생각나는 곳이 없어서."

"가요. 어디든 가서 하룻밤 자고 와요. 그 집에 들어가는 거 싫잖아, 당신."

즉흥적인 여행은 생각보다 더 설레었다. 여행다운 여행을 가본 적이 없었다. 수학여행 외에는 집을 떠나본 적이 없으니까. 고등학교 졸업과 동시에 그 집에 갇혀 살았다. 그나마 숨통 트이게 해주던 시부모까지 교통사고로 급사한 후부터는 말 그대로 감옥이었다. 그때 눈치챘어야 했다. 보험사 직원 앞에서는 오열하고 돌아서서는 웃던 미친놈. 제 부모의 사망보험금으로 벤츠를 뽑고 휘파람을 불던 냉혹한 소시오패스라는 걸.

때리고 폭언을 퍼부을 때마다 그러다 말겠지 하며 1년을 버티고 10년. 그러다 20년이 흘렀다. 생의 절반을 아깝게 허비해 버렸다. 그나저나 가족들이 걱정이다. 아까 새 폰으로 통화했을 때 엄마와 동생은 아직 아무것도 모르는 눈치다. 남편은 가족들에게 본성을 드러내진 않을 것이다. 나를 궁지로 몰려면 여전히 '좋은 사람'이어야 하니까. 그나마 마음이 놓였다.

강릉에 도착한 우린 호텔 체크인을 하고 바다를 보러 나왔다. 늘 거기 있고 늘 말이 없는데도 바다는 바라만 봐도 힐링이 되었다. 바다에서 그를 만났기 때문에 푸른 바다가 더 애틋한지도 몰랐다. 내 마음을 아는지 바다는 끝을 알 수 없는 수평선 너머로 갖은 고통을 던져버리라는 듯 끝없이 푸르렀다.

그와 손을 잡고 해변을 걸었다. 꽤 쌀쌀한 바닷바람이 속을 씻어주었다. 모래에 푹푹 빠지는 부드러운 발의 감촉만큼이나 믿을 수 없는 안락함이 그와 나란히 걷는 길에 함께했다. 믿기지 않을 만큼 행복했다.

"꿈같아요. 내게 일어난 일들이 전부. 선생님을 만나고 내 인생이 달라졌어요. 솔직히 평생 그렇게 살다가 끝날 줄 알았는데…."

벅차오르는 감정은 코끝을 찡하게 만들었다. 쉽게 마르지 않는 눈물은 어느새 뺨을 타고 흘러내렸다. 걸음을 멈춘 그는 나를 마주 보고 섰다. 해변으로 밀려온 하얀 파도가 그의 배경이 되어 찰싹거렸다.

"알고 보니 울보였어."

눈물을 훔쳐주면서 그는 차가운 내 뺨을 더운 손으로 감싼 다음 지그시 나와 눈을 맞춘다. 따듯한 그의 온기가 마음마저 녹였다. 그는 그렇게 오래도록 내 뺨을 데워주었다.

"너무 과분해서요. 나 같은 여자가 선생님 같은 남자를 어떻게 만날 수가 있겠어요."

"무슨 그런 말도 안 되고 재미없는 소릴 해요."

"사실 그렇잖아요. 다들 의아해할 거예요."

"남들 눈이 뭐가 중요해요. 그런 못난 생각은 오늘까지만 해요. 여기 바다에 몽땅 던지고 갑시다. 새로 시작해요, 우리."

"'우리'라는 말 어쩐지 새롭게 들려요. 듣기 좋아요, 무척."

"자, 그럼 어깨 펴고 웃어요. 당신이 웃으면 난 사춘기 소년처럼 가슴이 설레요. 당신 처음 환하게 웃던 날. 그 얼굴 다시 볼 수만 있다면 뭐든 할 수 있을 것 같았어. 웃게 해주고 싶어요, 평생."

나는 한 치의 망설임 없이 그를 바라보며 크게 미소 지었다. 그의 입가에도 섬광 같은 웃음꽃이 만발했다. 그가 손을 내밀었고 나는 그의 손을 잡았다. 깍지를 낀 그가 깊숙한 코트 주머니에 깍지 낀 그 손을 넣었다.

어느덧 해를 삼킨 바다는 하늘과의 경계를 허물고 하나가 되어 잠잠히 흘렀다. 우리는 해변 끝까지 걷다가 근사한 카페에서 뜨거운 커피를 마셨다. 통유리 밖 잠든 바다를 마주 보며 꽁꽁 얼었던 몸을 녹였다.

커피 볶는 향이 좋은 카페는 젊고 예쁜 커플들이 많았다. 우리 건너편에 껴안듯 붙어 앉아있는 한 커플에 눈이 갔다. 뭐든 할 수 있고 꿈도 많을 싱그러운 20대 같았다. 막 피기 시작한 꽃봉

오리 같은 그 애들을 보면서 서글픈 생각이 밀려들었다.

한창 예쁠 저 나이에 내가 이 사람을 만났다면 얼마나 좋았을까. 어긋난 인연 탓에 허무하게 시들어버린 나의 청춘. 제대로 빛도 못 본채 꺼져버린 나의 열정과 순정을 그에게 내어주지 못한 것이 못내 아쉬웠다. 휘몰아치는 아쉬움을 떨칠 수가 없었다.

"우리가 조금 더 일찍 만났으면 참 좋았을 텐데. 뭐든 이룰 수 있을 것 같던 젊은 그 시절에 선생님이 있었다면 난 아마 지금보다 더 나은 내가 되어 있을 것 같아요."

아쉬워하는 내 마음을 알아챈 그가 커피를 마시던 손을 거둬 내 손을 잡았다.

"난 지금의 당신이 좋아. 장대비 쏟아지는 날 덜컥 우산을 내주는 당신이 좋고. 더하고 빼고 계산기 두드리는 법 없이 감정 숨길 줄 모르는 당신도 좋고. 나 주려고 이것저것 담았던 검정비닐을 든 당신 모습도 난 좋았어. 당신은 지금 충분히 멋진 사람이에요. 날 더 열심히 살고 싶게 만드니까. 이루고 싶은 꿈이 있다면 그 꿈 이룰 수 있게 내가 응원할게요. 지금도 늦지 않았으니까 뭐든 해봐요."

고요히 내 눈을 들여다보면서 그는 살갑게 내 뺨을 어루만졌다.

"우리 같이 늙어가요. 출발은 조금 늦었지만 남은 날 동안은 내 옆에서 내 여자로 살아줘요."

"정말 그렇게 될까요?"

"당신은 아무 걱정 마요. 내가 다 알아서 해요."

"네. 믿을게요."

낯설고 비참한 땅에 버려진 날 끌어당긴 그의 세계는 꿈에서도 본 적 없는 세상처럼 평화롭고 따사로웠다. 황홀한 이 순간을 아픈 추억으로 만들지 않겠다고 그의 까만 눈동자가 말하고 있었다. 언젠가 웃으며 오늘을 회상할 그날을 기약하며 나는 그의 어깨에 머리를 떨군다.

6.
살인자의 첫사랑

아내에게서 낯선 냄새가 난다. 외출하면 아직도 뭇 사내들을 뒤돌아보게 만드는 여자임에도 불구하고 지루할 정도로 잠잠하던 터라 낯선 변화에 호기심이 발동했다. 시체처럼 창백한 피부에 색기가 돌았다. 안 바르던 꽃분홍 립스틱의 등장과 못 보던 샌들. 잦은 외출. 백치인 줄 알았던 여자가 제법 머리도 굴린다. 상대가 누군지 궁금했다. 생리대 봉투에 숨겨둔 아이폰 속 내연남의 존재를 나는 쫓고 있었다.

긴장 좀 하라는 뜻으로 아내가 숨겨둔 아이폰을 꺼내 갤럭시와 바꿔치기해두었다. 소스라치게 놀라는 아내의 얼굴은 생각만으로도 짜릿했다. 누굴까? 감히 내 물건에 손댄 간 큰 놈이. 그저 그런 놈이면 소리 소문 없이 죽일 생각이었다. 그런데 이거 참. 뜻밖의 인물이 등장했다. 영화처럼 내 앞에 나타난 놈은 고교 동창 김도훈이었다. 내 인생을 통틀어 제칠 수 없는 유일한 인간.

김도훈의 등장은 홀인원만큼 짜릿했다. 어떻게 끊어낸 인연인데 다시 만난 둘의 질긴 인연이 경이롭기까지 했다.

먼저 놈의 기억이 돌아왔는지 확인해야 했다. 나는 놈의 일터로 향했다. 의사가 돼야만 하는 집안에서 태어난 김도훈이 제 외조부가 지은 병원에서 흰 가운을 입고 위풍당당하게 걸어왔다. 왜 나는 저놈만 보면 마취총을 맞은 짐승처럼 몸이 굳는 것인가. 짜증이 쓰나미처럼 밀려왔다.

마침 도훈과 눈이 마주쳤다. 놈의 눈동자가 흔들리지 않는다. 날 기억 못 하는 게 분명했다. 확인차 도훈을 불렀다.

"저기, 선생님."

놈이 뒤돌았다.

"김명희 씨 보호자 됩니다."

내 앞 병실 문 앞에 적힌 이름을 대충 둘러댔다.

"아, 네."

0.5초 정도 생각하며 놈이 대답했다.

"저희 장모님 잘 부탁드립니다. 제 아내가 마음이 약해서요."

"네. 알겠습니다. 혹시, 절 아십니까? 낯이 익은데."

도훈의 사라진 기억은 돌아오지 않은 것 같았다. 아마 학창 시절 사진첩에서 본 젊은 날의 내 얼굴이 불러일으키는 질문이리라.

"글쎄요. 길에서 한두 번 마주쳤으려나. 초면입니다만."

"아, 그렇군요. 실례했습니다."

그런데 이놈 가까이서 보니 하나도 안 늙었다. 세월은 녀석만 빗겨 간 것 같다. 놈의 잘생긴 이마와 귀를 안 보는 척 다 훑는다. 미스코리아 출신 엄마를 둔 놈의 외모는 늙어도 반짝반짝했다. 어째 놈 앞에 있으려니 위축된다. 늘 그랬다. 김도훈은 태어날 때부터 나를 밟고 태어났다. 놈은 언제나 피라미드 꼭대기에 서 있었다.

피라미드처럼 견고하게 쌓은 놈의 벽은 결코 허물지도 못할 뿐더러 안에서 문을 열어주지 않는 이상, 쉽게 들어가지도 못한다는 걸 나는 살면서 온몸으로 체감했다. 하지만 김도훈은 자신의 화려한 배경을 등에 업고 활보하지 않았다. 답은 의외로 심플했다. 업을 필요가 없을 만큼 잘난 놈이었으니까.

"하실 말씀 더 있으십니까?"

나와 말을 섞고 싶지 않은 티가 역력한 뉘앙스다. 나는 너스레를 떤다.

"아이고. 이런 바쁘신데 제가 눈치 없이 붙들고 있었군요."

"그럼."

내가 먼저 자릴 떠야 하는데 잘난 의사 선생이 내 어깰 치고 앞서갔다.

놈이 가는 곳마다 홍해가 갈라지듯 사람들이 길을 열고 머리를 조아렸다. 위풍당당한 놈의 뒷모습이 거대한 운석처럼 내 가슴을 짓눌렀다. 왜 저놈은 여전히 피라미드 꼭대기에 서 있는 건가.

숨이 막혔다. 나는 신선한 공기를 찾아 비상구 계단을 향해 달렸다. 녀석의 아버지 앞에서 머리를 조아리던 내 부친의 초라한 얼굴이 거대한 발자국이 되어 나를 쫓아왔다.

층계를 미친 듯이 뛰어 올라간 나는 보자기만 한 창을 열어 숨을 가쁘게 내쉬었다. 차가운 공기가 흘러들자 좀 살 것 같았다. 나는 담배를 찾아 물었다.

대기업 사장이던 녀석의 아비는 절대적인 '슈퍼 갑', 협력업체 회사 사장인 내 부친은 아무리 CEO라 하더라도 대기업 대가리와는 잽이 안 되는 게임 오버. 간이라도 빼줄 기세로 내 부친은 늘 녀석의 아비에게 굽실거렸다.

"너는 무조건 김도훈이보다 잘해라. 키도 그놈보다 더 크고. 운동이든 공부든 그놈보다 무조건 잘해. 그래야 내 아들이다."

김도훈의 존재를 모를 때부터 아비란 작자가 내게 주입 시킨 그 말들은 내 뇌리에 화인처럼 깊게 새겨졌다. 어떤 놈인지도 모르면서 놈을 향한 이유 없는 질투와 분노는 사춘기 시절 내 키만큼 쑥쑥 자랐다.

고등학교에 입학하던 날 나는 드디어 놈의 정체를 알았다. 우린 마침내 같은 반이 된 것이다. 소문대로 놈은 난 놈이었다. 선생이란 것들의 입에서 김도훈이란 이름이 커피를 마시거나 담배를 꼬나 물때마다 줄기차게 오르내렸다. 억 소리 나는 집안만큼 외모도 성적도 악 소리 터져 나오게 월등했다.

놈과 맞닥뜨리면 알아서 눈을 내리깔게 만드는 힘도 있었다. 놈이 풍기는 아우라는 살벌하게 아름다웠다.

딱 봐도 나는 패배자였다. 키도 나보다 더 컸고, 운동도 공부도 녀석이 더 잘했다. 심지어 나보다 오줌발도 더 굵고 힘찼다. 당연히 인기도 녀석이 많았다. 김도훈은 보란 듯이 나를 앞서갔다. 모두가 놈을 동경했고 사랑했다. 놈은 세상을 쉽게 살았다.

내게 실망한 아비란 작자는 모질게 매질을 했다. 성인이 되면 이 꼰대를 치워야겠다고 다짐하며 괴롭던 그 시간을 깡으로 버텼다. 망한 공장 위로 도로가 뚫린다는 소식을 전해 들은 날 나는 브레이크 고장으로 둔갑한 교통사고로 마침 두 노친네를 한 방에 보내버렸다.

멍청한 아내는 노친의 장례식에서 신기할 만큼 엄청난 눈물을 쏟았다. 방패막이가 되어줄 두 인간이 사라진 것에 대한 두려움 때문이었겠지. 나는 그런 놈이다. 맘먹은 일은 언제든지 어떻게든 해치우는, 겁 없고 멋진 놈.

나는 자신 있었다. 강해지는 맷집만큼 놈을 향한 분노도 눈덩이처럼 커졌고 어떻게든 놈을 꺾고 싶었다. 나는 좋은 때를 기다렸다.

그러던 어느 날 민혜선이 나타났다. 고고한 놈의 가슴에다 삽

시간에 불을 지른 순정.

우리보다 한 살 어린 그 소녀를 김도훈은 자신의 써니(SUN)라 불렀다. 궁금해서 놈의 가방을 훔쳤다. 그 잘난 김도훈이 거창한 로맨스를 찍고 있었다. 다이어리에 온통 써니라는 이름뿐이었다.

사내놈이 여자한테 미치면 어떻게 되는지를 적나라하게 보여주는 장문들이 넘쳐났다. 당장 고백하면 넘어올 조건을 두루 갖추고도 남은 놈이 뒤에 숨어서 키다리 아저씨 노릇이나 하는 꼴이 우스웠다. 첫눈 오는 날이 D-day라는 유치한 계획에 배꼽 빠지도록 웃었다.

그 시절의 아내를 바라만 보다가 집으로 돌아가는 놈의 뒷모습을 보면서 등신 같다고 생각했다. 오만하리만치 자신감 넘치던 놈의 그런 눈빛은 난생처음 봤다. 좋아서 어쩔 줄 모르던 그 웃음은 또 어떻고. 남부러울 것 없는 놈의 나약함을 훔쳐보는 것도 꽤 재미나는 오락거리였다.

수단과 방법을 가리지 않고 민혜선을 절대 못 갖게 해야 한다. 반드시 그래야 한다. 그것은 나의 위대한 숙원이 되었다.

어떡하다 김도훈이 아내같이 별 볼 일 없는 계집에게 빠졌는지 아직도 내 인생 통틀어 가장 불가사의한 일로 남아있다. 손만 까닥하면 몸을 던질 계집애들이 서울에서 동대구까지 줄 세우고도 남을 만큼 넘쳐나던 놈이 하필 민혜선이라니. 다이아몬드처럼 빛나는 아내의 눈은 아무짝에도 쓸모없는 액세서리일 뿐이다. 착해빠진 마음의 창이라는 그 눈이 나는 제일 싫다. 단언컨대 여자 보는 취향만큼은 내가 더 월등했다.

고백하자면 놈의 태양이 민혜선이라면 나의 태양, 아니 신은 민혜선의 언니 민혜신이었다. 민혜신은 민혜선과는 본질적으로 다른 인간이었다. 마음을 뺏길 수밖에 없는 이 세상 유일무이한 여자. 아름다운 껍데기처럼 영혼도 아름다운 존재.

1998년 10월 12일 아직도 그날의 바람을 기억한다. 그날 나는 여전히 신이를 뒤쫓고 있었고 여느 날처럼 신이는 이어폰을 끼고 내 앞에 가고 있었다. 같은 공간에 있는 것만으로도 마음이 무진장 평화로웠다. 가로등 불빛의 영역을 벗어난 지점에서 신이가 슬그머니 나오기 전까지 말이다.

지레 놀란 나는 뒷걸음질 쳤고, 나의 신은 바짝 다가와 까치발을 하더니 대뜸 내게 키스했다. 죽을 만큼 심장이 요동쳤다. 2년 가까이 그림자만 밟게 해주던 첫사랑이 입술을 내주었다.

보들보들한 입술의 촉감. 꿈결 같던 숨결. 로션 향에 섞인 살냄새. 살인만큼 강렬한 첫 키스의 추억은 내 영혼을 도둑질했다. 황홀경에 빠져서 정신을 못 차릴 때쯤 신이 야속하게 입술을 떼버렸다.

"봉신 새끼! 등신 같이 늙어 죽을 때까지 따라만 다닐 거야? 니가 할 수 있는 걸 하란 말야. 니가 잘하는 걸. 더 열렬히. 그럼 혹시 누가 알아? 다음엔 더 좋은 걸 줄지.”

“내가 잘하는 거? 그게 뭐지?”

“난 나랑 똑같은 애가 숨 쉬고 걸어 다니는 게 끔찍이도 싫어. 넌 어떻게 생각해? 잘 생각해봐.”

깡충깡충 멀어지는 신이의 뒷모습을 멍하니 바라보면서 골이 터지도록 고뇌했다. 신이와 똑같은 애라. 집에 돌아가서야 알아들었다. 이 등신아. 그건 민혜선이지. 쌍둥이가 없으면 좋겠다는 소리잖아. 그렇다면 내가 잘하는 것이 무엇인가? 또 골에 피나도록 생각했다.

그 해답은 신이 김도훈을 가슴에 품은 잔혹한 진실을 알았을 때 얻고 말았다. 뭐든 해치는 것. 홧김에 지나가는 개새끼를 두 마리나 돌로 쳐 죽였다. 그래도 분은 풀리지 않았다. 술에 취해 날마다 훈계하던 동네 주정뱅이의 우유에다 주사기로 농약을 찔러넣었다. 내가 잘하는 걸 더 열렬히.

뭣도 모르고 우유를 마신 주정뱅이는 병원에 실려 가 위세척을 받았다. 아쉽게도 목숨은 건졌지만, 다행히 놈은 사람 구실 못하고 살았다. 노동이 완전히 헛되지는 않았다. 애꿎은 우유 배달원만 죽어라 경찰서를 들락거렸다. 어디에나 눈이 있는 지금과는 달리 지지리도 못사는 그때 그 동네에는 CCTV 하나 없었기 때문에 완전범죄가 가능했다. 살기 좋은 시절이었다.

아름다운 시절이 뼈저리게 그리웠지만 정신을 차려야 한다.

추억에 젖어 살기에는 현실이 너무 빡빡했다. 신이의 소원도 아직 완성하지 못했다. 게다가 막강한 적군이 눈을 부라리고 있다. 아내가 뛰쳐나간 뒤 김도훈이 치타처럼 빠르게 움직이기 시작했다. 내가 하는 사업에 딴지를 걸었다. 신나게 내 뒤를 팠겠지. 그러다 기획부동산 투자로 해먹은 내 정황을 포착한 것이고.

중국 자본까지 들어온 이번 프로젝트를 놈이 망치기로 작정한 모양이다. 투자금만 200억이 넘는 제주도 리조트 건을 놈이 공중분해 시키려 했다. 남의 아내나 탐하는 모자란 놈이 내 밥줄을 끊고 있었다. 이번 건은 빠져나가기 힘들다고 김 사장이 분통을 터트렸다.

고두홍 정신 바짝 차려. 나는 자아 성찰의 의미로 내 뺨을 후려쳤다. 그래도 성이 안 풀려서 아내가 덮고 자던 베개와 이불을 갈기갈기 찢어발겼다. 옷도 모조리 다. 그제야 속이 좀 풀리는데 전화벨이 요란하게 울렸다. 사업파트너 김 사장이다.

[내빼는 것도 힘들겠어. 우리 둘 출국금지 당했어. 미치겠네. 이제 어쩔 거야?]

아뿔싸. 꽁꽁 언 동태로 머릴 한 대 얻어맞은 기분이다.

"남은 돈은?"

[공동 비밀계좌에 있지.]

"그거 오만 원권으로 몽땅 인출 해 놔. 당장."

[그 많은 돈을?]

"추적 들어오면 계좌 파는 거 우스워. 돈이 있어야 변호사라도 구할 거 아냐."

[아, 씨팔. 이번 건은 내가 좀 찝찝하다고 했잖아. 제주도에 공들인 게 얼만데. 아까워 죽겠네 썅. 가만 보니까 의도적으로 고 사장을 겨냥한 모양이던데. 누구한테 뭐 밉보인 거 있어? 그게 누구든 가서 싹싹 빌어봐. 좀.]

뚝-

지랄하네. 나는 전화를 끊었다. 죽으면 죽었지 김도훈에게 비는 것은 안 될 일이다. 차라리 손목을 잘라버리는 게 낫다. 골치 아프게 생겼다. 나를 악으로 여긴 도훈은 추적을 쉽게 멈추지 않을 것이다. 그놈은 지긋지긋한 구석이 있었다. 한번 물면 숨통을 끊어놔야 목을 놔주는 표범처럼 뭘 해도 반드시 끝을 보는 지랄 같은 면이 있었다. 포기라는 걸 모르던 무식한 놈. 일이 꼬인다. 나이 사십에 콩밥 먹게 생겼다.

답답함에 담배를 찾는데 집에 누가 왔다. 짜증 나게 초인종을 누른다. 어떤 새끼야! 화면을 들여다본 나는 눈을 의심했다. 어라, 놈이 찾아왔다. 잘난 의사 선생. 문을 열었다. 삐딱하게 선 나를 빤히 쳐다본다. 당최 속을 읽을 수 없는 놈.

"누구, 시죠?"

난 알면서도 모르는 척.

"고두홍 씨?"

"그렇습니다만."

"민혜선 씨 일 때문에 왔습니다. 잠깐 얘기 좀 할 수 있을까요?"

"제 아내를 아십니까? 어떻게 아시죠?"

뭐라 말하나 보자. 기 싸움이라도 하듯 나는 놈의 눈빛을 그대로 받아냈다. 시간이 흐를수록 놈의 눈빛이 묘하게 돌변했다.

"당신 나 알잖아. 지난번 병원 복도에서 우리 만난 거 같은데. 아닙니까? 그때도 다 알고 온 거 아닌가. 내가 누군지?"

연극은 여기까지.

"아무리 개념이 없다지만 상간남 주제에 염치도 없어. 여길 어디라고 오실까."

"지난번 병원에서 이상하다 했었는데 다 알고 온 거였어. 자신을 밝힐 용기도 없는 못난 놈이라니 이거 실망인데."

기선 제압하는 놈의 아우라에 하마터면 뒤로 물러설 뻔했다. 여긴 내 구역인데. 나는 고개를 뻣뻣하게 치켜들었다.

"뭐래는 거야. 이 새끼가!"

놈은 당당히 현관으로 들어섰다.

"아니 근데 이 새끼가 여기가 어디라고 발을 들여!"

"그럼 광고라도 할까? 지금 그 목소리라면 온 동네가 듣고도 남을 것 같은데."

"아, 썅."

지금까지 쌓아온 좋은 사람의 이미지를 이깟 놈 때문에 무너트릴 순 없었다. 나는 어쩔 수 없이 놈을 들여놓기로 허락하고 말았다. 느닷없이 인생이 꽈배기처럼 꼬이고 있다.

"날 찾아온 목적이 뭐야?"

"그만 놔줘. 남자답게."

"남자답게? 허. 내가 듣던 말 중 제일 웃긴 말인데. 남자답게 어떤 미친놈이 제 여편네를 놔주나. 상간남 새끼한테."

"당신이 그런 말 할 자격이 있나. 힘없는 여잘 때리는 쓰레기가 할 소리는 아닌 것 같은데."

"잘난 척하지 마. 이 새끼야. 니가 대단하다고 생각하나 본데. 그래봐야 넌 남의 아내나 탐하는 더러운 불륜남이야. 뭘 알고 지껄여. 세상에 한 번 까봐? 요즘 사람들이 이런 얘기 환장하잖아."

"그래 어디 한번 까봐. 누가 먼저 죽는지 보는 것도 재밌겠는데. 그래봐야 넌 사기꾼에 힘없는 아내나 패는 인간 말종이잖아. 매 맞은 아내랑 바람난 불륜남이 차라리 낫지 않겠어? 그래도 난 의사고 넌 사기꾼인데."

신랄한 놈의 언변 때문에 잠깐 헷갈렸다. 내가 인간 말종 같아서.

"지랄하네. 그래서 내가 민혜선을 못 놓는 거야. 니가 자꾸 잘난 척하니까. 그 옛날에도 지금도 변함없는 사실. 피라미드 꼭대기에 사는 잘난 네놈이 단 하나 못 가진 게 바로 민혜선이잖아,

내 아내. 히히.”

놈을 꺾은 성취감에 웃음이 실실 나왔다.

“무슨 소릴 하는 거야!”

당당하기만 하던 놈의 잘난 낯짝이 찌그러진 깡통처럼 순식간에 일그러졌다. 본격적인 쇼타임이다.

“기억 안 나지? 대가리에 지우개가 들어있어서 내가 뭔 소릴 하는지 아무것도 모르겠지?”

“누구야 넌!”

“너는 모르고 나만 아는 얘기 해줄까?”

“너, 뭐야!”

“옛날에 써니라는 김도훈이의 태양이 살았는데 내가 그 태양을 훔쳐 왔네. 근데 바보 같은 김도훈이는 써니라는 태양을 기억도 못 한다나 어쩐다나. 이 대목에선 눈물을 흘려야 하는데. 데리고 살아보니까 별것도 없는 백치가 뭐가 좋다고 그 난리를 쳤는지.”

“그게 다 무슨 소리야!”

“잘 생각해봐. 찬찬히 추억을 곱씹어보라고. 네가 잃어버린 네 첫사랑. 니가 써니라 불러대던 태양이 민혜선이야, 병신아.”

“뭐?”

입 아프게 쑤셔대도 기억이 깜깜한 김도훈의 얼굴은 점점 파리하게 질려갈 뿐 다른 반응은 없었다. 그걸 보는 내내 아드레날린이 솟구쳤다. 내가 이 재미난 걸 보려고 백치를 끼고 산 건 아닌데. 일석이조다. 완벽한 놈의 허점을 쑤셔 놈을 괴롭히는 쾌락이 이토록 클 줄이야.

“푸. 기억 안 나지? 대가리 박살 나도록 머릴 한 번 굴려봐. 또 누가 알아. 오늘 밤에라도 생각날지.”

기도라도 할 생각이다. 놈의 기억이 얼른 돌아와서 놈이 고통 속에 신음하는 꼴을 두 눈으로 볼 수 있도록 말이다. 그래야 살 맛 날 테니까. 약을 이렇게나 올리는데도 놈의 주먹이 왜 이토록 잠잠한지 손이 근질근질하다.

“뭐해 안 때리고?”

네가 때려야 나도 칠 거 아냐. 그래야 정당방위로 한 건 하지.

“착각하지 마. 난 너랑 달라. ‘진짜 주먹’이라는 게 어떤 건지 보여줄게. 넌 앞으로 대한민국에서 통장 하나도 만들기 어려울 거야. 죽을 때까지 취업도 안 될 거고 어쩌면 감옥에서 소리 소문 없이 죽을지도 모르지. 운이 좋아 살아난대도 넌 어디 가든 인간 대접은 못 받고 살 거야. 비참하게 밑바닥 인생을 살다가 태어난 걸 후회하게 될 날이 올 거야. 그걸 어떻게 아냐고. 내가 그렇게 만들 거니까.”

“이 새끼가!”

성질이 난 내가 주먹을 힘껏 날렸다. 단박에 내 주먹을 막은 놈이 나를 노려본다.

"원한다면 맞아줄게. 감당할 자신 있으면 쳐봐."

놈의 위험한 경고였다. 김 사장의 통화가 생각난다. 여러모로 불리한 상황이다. 한발 후퇴.

"이 새끼…."

나는 슬그머니 주먹을 내렸다. 자존심이 지하로 곤두박질쳤다.

"그 사람 놔줘. 그래야 니가 살아."

"로맨티시스트 나셨네. 남이 씹던 껌을 씹고 싶냐? 더러운 새끼."

제발 때려라. 제발. 놈의 주먹을 기다리는데 놈의 인내심은 상줄 만큼 강했다. 부르르 떨리는 주먹을 절대 쓰지 않았다.

"씹던 껌은 너야. 이 쓰레기야. 난 내 입으로 뱉은 말은 꼭 지키는 놈이야. 다시 말해두겠는데. 그 사람 건드리지 마. 그 사람 가족들도 손대지 마. 그랬다간 넌 내 손에 죽어. 과거가 어땠든, 기억이 안 나도 상관없어. 이젠 내 여자니까. 내 말 명심해."

미친 새끼가 사람 속을 뒤집고 문을 나선다.

"야! 거기서!"

맨발로 뛰쳐나갔다가 하필 엘리베이터에서 내린 옆집 여자를 마주쳤다. 눈이 휘둥그레져서는 내 발을 쳐다보곤 질색한다. 엘리베이터가 닫히고 놈은 갔다. 제길.

"오랜만입니다. 급하게 나오느라…. 어디 다녀오시나 봐요?"

"네. 혜선 씨는 어디 갔나 봐요?"

"아, 친정에 갔어요. 장모님이 워낙 우리 집사람을 의지해서 제가 며칠 있다 오라고 했죠."

"아무리 급해도 신발은 신고 다니세요. 보기 그렇네요."

바퀴벌레 보듯 경멸하며 홱 돌아선다. 대외적인 이미지만 아니면 문을 열고 들어가는 시건방진 저년의 목이라도 따고 싶다. 이 모든 게 백치 때문이다. 내 인생이 삐끗하기 시작한 건 아직도 본인의 죄를 모르는 그 백치 탓이다.

7.
언니의 다이어리 속 비밀의 활자들

술에 잔뜩 취해 들어온 그는 표정이 안 좋았다. 내게서 뭔가를 찾으려는 사람처럼 아련한 눈동자로 날 바라봤다. 코트를 받아 들고 느슨하게 풀어진 그의 셔츠를 바라보며 나는 잠자코 기다렸다.

"나한테 감추는 거 있죠? 나는 모르고 당신은 아는."

"네?"

"당신이 내 첫사랑이라는 말, 맞아요?"

감격스러워 환호성이라도 질러야 하는데 마냥 기뻐할 수 없었다. 그의 상태로 보아 그의 머릿속은 여전히 깜깜하게 불이 꺼진 것 같았다. 그렇다면 출처는 한 곳뿐이다. 내 인생에서, 아니 지구 밖으로 던져버리고 싶은 인간의 입. 언제 터질지 모를 무시무시한 시한폭탄을 만났다는 생각만으로도 심장이 벌렁거렸다.

"남편, 만났어요?"

"당신 집에 갔었어요. 우리 문제 끝맺으려고."

"선생님 괜찮아요? 어디 다친 데 없어요? 거긴 왜 가고 그래요."

악마를 만났다는 다급함에 나는 그의 몸을 정신없이 훑었다. 안절부절못하는 내 팔을 붙든 그는 도리어 침착하게 날 진정시켰다. 어쩜 이리도 침착할 수 있을까.

"아무 일 없었어요. 당신이 싫어하는 행동은 안 해요. 오늘이 내 인생에서 가장 인내심이 필요한 날이었지만 잘 참았어요. 자, 아무도 다친 사람 없으니까. 이제 말해봐요. 나만 모르는 우리의 인연. 그 자식 말이 사실인지 알아야겠어요."

원하는 걸 듣기 전에는 끝날 것 같지 않은 단호한 그의 태도를 보며 나는 집을 나올 때 가져왔던 수첩을 꺼내 보였다. 겉표지의 이니셜부터 마지막 장까지 찬찬히 훑어보면서 그는 자필을 알아보았다. 캐릭터도 확인하며 자신이 쓴 것임을 확인했지만 처음 보는 물건처럼 괴로워했다.

"서진독서실 앞에서 교통사고가 났죠? 그날 첫눈이 왔어요. 1년 가까이 선생님은 제게 이런 수첩을 몰래 건넸고, 우린 첫눈 오는 날 만나기로 했죠. 난 기다렸고 사고가 난 선생님은 당연히 올 수 없었죠. 그 자리에 남편이 온 거고…. 그래서 난 남편이 이 수첩의 주인인 줄 알았어요. 물론 남편도 그리 말했고요."

"분명 내가 쓴 게 맞는데 기억이 안 나…. 미안해요."

내가 우려하던 대로 그는 끊어진 기억을 이으려 안간힘을 썼다. 남편이 불을 지른 끔찍한 행위는 말하지 못했다. 그는 이미 충분히 괴로워했다.

"그럼 고두홍은 어떻게 알고 그 자리에 왔죠? 당신과 나만 아는 비밀이었다면서."

"그게. 선생님 가방을 훔쳤대요. 거기 다이어리에 적혀있었다고 들었어요."

"그래서 그때 뭘 했는지 아무런 흔적도 없었구나. 거기 왜 갔는지 몰라서 답답했거든요. 당신 얘기는 아무한테도 말 안 했나 봐요. 친한 친구 놈조차 몰랐으니까. 그만큼 당신이 좋았나 봐요. 난 원래 진짜 좋은 게 있으면 완전히 내 것이 될 때까지 꼭꼭 숨겨 놓거든요. 누가 눈길 주는 것조차 싫어서. 근데 당신은 왜 말 안 했어요?"

"말하면요? 기억도 못 하는 선생님한테 그 얘길 해봤자 좋을 거 없잖아요. 안 좋은 기억이 섞여 있다면 덮는 것도 좋을 거라 생각했어요. 이렇게 만났는데 지난 기억이 뭐가 중요하겠어요? 난 아무 상관 없어요. 지금이 좋아요."

"그래도 난 찾고 싶어요. 내가 사랑했던 열여덟의 당신은 어땠는지 궁금해. 노력할게요. 기억을 찾을 수 있도록."

그는 그날 이후 날마다 빛바랜 수첩을 들여다보면서 그의 약속대로 최선을 다해 노력했다. 고등학교 졸업앨범과 그때 찍은 사진들을 틈틈이 들여다보고 고교 동창을 만나 그때의 추억담을 듣기도 했다. 끈질긴 그의 노력에도 불구하고 안타깝게도 기억은 돌아오지 않았지만, 남편과 그가 같은 고교 동창이란 사실을 알게 되었다.

졸업앨범에서 남편의 얼굴을 찾았다. 그때 그 시절 첫사랑의 이름으로 내 앞에 나타났던 그 모습이었다. 기억 속에서만 존재하는 풋풋한 소년의 얼굴. 멋모르고 행복했던 그 시절의 우리 곁을 악마가 맴돌고 있었다니 생각할수록 소름 끼쳤다.

그의 고집 때문에 이사 준비를 하면서 날마다 변호사를 만났다. 새집으로 가서 새로 시작하자는 그의 제안을 나는 받아들였다.

재판에서 한 번도 져본 적 없다는 변호사는 인정사정없이 전투를 준비했다. 변호사가 준비한 서류에 사인하면서도 괴물 같은 인간과의 관계가 이깟 서류로 끝날 수 있을지 확신이 안 섰다.

변호사가 계속해서 증거 얘기를 했다. 놈의 폭행을 입증할 만한 확실한 증거. 고민하다 문득 박살 난 선인장에서 나온 카메라가 떠올랐다. 그 카메라에 샌드백처럼 날 다루던 장면은 물론 집안을 엉망으로 만든 일 하며 가엾은 방울이를 죽이고 코코를 다치게 한 증거도 있을 터였다. 어떻게든 그 영상을 손에 넣어야 한다.

고두홍이란 인간의 실체를 완전히 까발려서 완벽하게 짓밟아 버리고 싶다는 욕망이 끓는 물처럼 들끓었다. 그러려면 우선 집에 들어가야 하는데. 안전하게 집이 비는 시간을 기다리자. 머릿속에 온통 집에 들어갈 궁리로 가득 찬 그때 마트 앞 횡단보도에서 신호를 기다리는데 눈에 익은 봉고차 한 대가 신호를 받고 섰다.

문 박사. 세상의 문이란 문은 전부 땁니다. 010-1234-109X

차량에 대문짝만하게 박힌 광고문구를 보면서 머릿속에 불이 번쩍했다. 남편의 서재 문고리를 교체하러 왔을 때 봤던 상호였다. 서재! 그래 남편의 서재에 뭐가 있을지 모른다. 철저하게 잠글 정도라면 그 안에 들어가면 뭐라도 건질 수 있을 것만 같았다.

폰을 열어 포털 창을 열었다. 잠긴 문 여는 법. 이중 잠근 방문. 엔터. 일이 술술 풀리려는지 원하던 정보가 흘러넘쳤다. 서재의 잠금장치가 손잡이와 키박스가 분리되어 있는 모티스락이라는 것을 알아냈다.

장도 보지 않고 그의 집으로 들어와 방문 앞에 섰다. 손잡이와 키박스가 분리되어 있는 모티스락이다. 남편의 서재처럼. 실핀이나 카드로는 절대 열리지 않고, 열쇠를 분실 시 키박스를 통째로 교체하거나 키박스를 분리해 열쇠를 복사하는 방법뿐이라고 했다. 키박스를 선불리 박살 냈다가는 문이 열리지 않는다는 주의사항도 읽었다.

교체도 열쇠 복사도 필요 없다. 박살 내는 것도 안 된다. 그렇다면 키박스 전체를 해체하면 되는 것이다. 들어가기만 하면 되는 거니까. 몇 번의 검색 끝에 알아냈다. 고맙게도 해체 방법이 동영상으로 친절하게 설명돼 있었다.

나사만 잘 빼면 되는 작업이라 드라이버로 차근차근 따라 해봤더니 시간은 꽤 걸렸지만 문을 열었다. 처음 걸린 시간은 총 15분. 다시 복구하고 해체하고 시간을 5분으로 줄일 때까지 반복적으로 연습했다. 이제 집에만 들어가면 된다. 남편이 집에 없는 시간을 노려야 하는데. 어떻게 집에 들어가야 할까. 숨 쉴 새도 없이 머리를 굴리는 사이 혜진에게 전화가 왔다.

[언니! '티파니' 의사야?]

혜진은 금방이라도 숨이 넘어갈 것처럼 다급했다.

"너 그건 어떻게 알았어?"

[그럼 맞네. 큰일 났어. 형부한테 어떡하다 들킨 거야?]

"갑자기 그게 무슨 소리야?"

[지율 아빠 병원 게시판 좀 봐. 지금 난리도 아냐.]

"갑자기 게시판은 왜?"

[글이 하나 올라왔는데 아무래도 언니랑 그 의사 얘기 같애. 글쓴이는 형부 같고. 그러게 내가 얼른 정리하라고 했잖아.]

스피커폰으로 돌린 다음 인터넷 창을 띄워 병원 게시판을 열었다. 제목부터 눈에 띄는 폭발적인 조회 수의 글이 있었다.

'불륜남 의사 K는 누구인가?'

글을 요약하자면 이 병원에 근무 중인 의사 K 씨가 환자였던 유부녀와 부적절한 관계로 가족이 고통받고 있다는 익명의 제보였다. 익명이라지만 남편이 썼다는데 내 남은 인생을 걸 수도 있었다.

의사 K에 눈먼 아내가 남편의 발을 화분 조각으로 찌른 후 집을 나갔다는 줄거리는 구체적이고도 자극적이라 당사자인 나조차도 날 욕했다. 날뛰는 남편의 필력에 박수를 칠뻔했다. 상황을 보니 벌써 다른 게시판까지 불길처럼 번진 것 같았다. 그의 신상이 털리는 건 시간문제였다.

그를 추락시키겠다는 남편의 계획이 훤히 내다보였다. 내가 가정폭력의 피해자건 남편이 사이코든 어쨌든 그와 나는 부적절한 관계가 맞으므로 나는 아무런 반박도 할 수 없었다. 진짜 이 인간을 죽여야 끝이 나려나. 나는 신경질적으로 화면을 껐다.

"이 인간이 진짜."

[맞지?]

"어. 맞는 거 같아."

[와, 그럼 언니의 '티파니'는 핏속까지 오리지널이네. 지율 아빠한테 들었는데 그 선생 지율 아빠 병원 이사장 외손자래. 언니 알고 만난 거야?]

혜진의 목소리는 무지개다리를 건너는 것처럼 가볍고 경쾌했다. 집 앞 마트에서 세제 한 박스가 당첨됐을 때보다 오십 배는 더 흥분한 소리 음절에 내 기분마저 경쾌해지다 정신을 차렸다.

"아니. 그런 거 몰랐어."

[어쩐지 그 비싼 귀걸이를 사준다 했어. 와, 울 언니 대박이야. 똥파릴까 봐 잠이 안 오더만 이건 뭐 백조야 뭐야 완전 매머드급이잖아.]

차분히 다시 읽으려고 목록으로 들어갔더니 방금 전까지 있었던 남편의 글이 감쪽같이 사라졌다. 다시 접속해도 없다.

"어? 게시판 글이 사라졌어."

[진짜? 그새 지웠나 보다. 그 병원 실세가 티파닌데 위에서 그걸 가만두고 보겠어? 와 개꿀.]

들뜬 혜진의 목소리 너머 공동현관 벨 소리가 들렸다.

[어머, 형부 울 집에 왔어. 지율 아빠가 오늘 병원 데리고 간다고 했는데 지금 가나 봐. 언니 잠깐만. 자기야. 형부 왔어. 자기가 내려가 봐.]

전화기 건너가 부산스러웠다.

[어, 언니 말해.]

"병원은 왜 가는데?"

[언니가 발 찔렀다며. 계속 병원 다니나 봐. 지율 아빠 휴무니까 내가 따라가라고 했어. 찜찜해서. 형부 진단서도 끊었다던데 도대체 일이 어떻게 돌아가고 있는 거야?]

나처럼 남편도 움직이고 있다고 생각하자 괘씸해서 울화통이 터졌다. 복잡하고 지저분한 내 상황에 머리가 찌릿했다.

"많이, 다쳤대?"

[걱정할 거면서 왜 찔렀대? 도대체 뭔 짓을 하고 다니는 거야. 진짜 이혼할 거야? 그럼 엄마도 곧 알게 될 텐데.]

그때 섬광처럼 불현듯 떠올랐다. 현재 집이 비었다는 것.

"혜진아 나중에 얘기하고 우선 부탁 좀 하자. 집에서 뭘 가져올 게 있는데 니 형부 좀 붙들어 줘. 지금은 서로 봐서 좋을 게 없잖아."

[미친다, 진짜. 알았어. 지율 아빠한테 병원 갔다 형부랑 울 집으로 오라고 할게.]

"어느 병원이야? 집에서 멀어?"

[쇼핑몰 사거리에 있는 바른정형외과야. 차로 20분. 물리치료도 할 거야. 어, 언니 지율 아빠 지금 나가. 형부는 아래서 기다리나 봐. 집에 안 오네. 끊어.]

"그래, 전화할게."

왕복 40분에 주차하고 진료에 물리치료까지 하면 빠듯하게 잡아도 1시간 20분 정도의 여유가 있는 계산이 섰다. 혜진이 떠들어대던 그의 배경은 잊은 지 오래다. 나는 오로지 한 가지만 생각했다. 지금 집으로 가서 증거가 될 만한 것을 찾아야 한다. 서둘러 겉옷만 걸치고 용감하게 일어섰다.

안전하게 1시간 20분으로 타이머를 설정한 뒤 택시를 타고 집으로 향했다. 다행히도 도어락 비밀번호가 그대로다. 띠디디디. 문이 열렸다. 다신 오고 싶지 않던 집에 발을 들였다. 불안한 공기는 익숙하면서도 긴장을 불러일으켰다.

먼저 집 안 구석구석을 살폈다. 감시카메라가 설치돼 있을 만한 침실 액자 뒤나 벽시계부터 탁상시계, 스탠드 안까지 의심 가는 곳을 샅샅이 뒤졌지만 어디에도 카메라는 없었다. 한 눈치 하는 그 인간이 벌써 치웠을 것이다. 현관 신발장 공구함에서 드라이버를 꺼냈다.

남편의 서재 앞에 비장하게 섰다. 내가 가보지 못한 곳. 앞에만 서도 오금이 저리는 곳에 들어가기 위해 철저히 연습한 대로 드라이버로 신속하게 해체하기 시작했다. 나사를 돌리고 빼고 집중하고 마지막 나사를 돌려 빼면서 타이머를 확인한다. 38분 남았다.

문이 열렸다. 맘만 먹으면 이렇게 쉽게 열리는 문인데 여태껏 열 엄두를 내지 못했다. 오랜 시간 남편의 폭력에 길들여지다 보니 열면 정말 죽는 줄 알았다.

막상 문이 열렸는데도 남편의 섬뜩한 영역 안으로 발을 들이기가 쉽지 않았다. 분명 낮인데도 창을 완전히 가린 블라인드 때문에 서재는 밤처럼 캄캄했다. 불을 켠다. 기분 탓인지 음침한 기운과 케케묵은 냄새마저 나는 것 같았다.

이사 올 때부터 남편은 이 방을 공개하지 않았다. 원래는 사무실에 두던 물건들을 동업자가 생기면서 옮긴다고 했다. 자신의 물건을 함부로 만지는 김 사장의 목을 조를까 봐 옮긴다고. 나 또한 목이 졸리고 싶지 않으면 알아서 하라는 말까지 친절하게 덧붙였다.

서재에는 뜻밖에도 책이 많았다. 한 벽면을 온전히 점령한 검정 전면책장에는 살인과 범죄에 관한 법의학책들과 기괴한 제목의 스릴러소설들 그리고 인체해부학에 관련된 전문 서적이 꽂혀 있었다. 도대체 이런 책들은 언제 다 모은 걸까. 읽기는 했나.

부동산 일을 하면서 정작 부동산에 관한 책은 단 한 권도 없는 것이 의아하기만 했다. 20년 산 남편의 독서 취향을 오늘에서야 알다니. 여러모로 알다가도 모를 인간이다. 생각할수록 소름이 돋았다.

물증이 될 만한 것이면 뭐든 찾아야 했다. 본능적으로 책상 서랍에 손을 뻗었다. 비밀의 방답게 굳게 잠겨있다. 잠긴 서랍을 세게 흔드는데 책상 위 재떨이가 떨어졌다. 천둥소리 같은 엄청난 소음에 지레 놀라 쭈그려 앉았다.

손을 뻗어 재떨이를 줍는데 책상 안쪽에서 뭔가 반짝이는 걸 발견했다. 은색 열쇠가 좌석처럼 책상 밑에 테이프로 고정되어 있었다. 손을 뻗어 열쇠를 손에 넣었다.

금방이라도 저 문을 열고 남편이 들어올 것만 같았다. 조마조마한 심장은 금방이라도 폭발할 것처럼 발광했다. 숨을 가다듬고 조심스레 열쇠를 끼운다. 역시 돌아간다. 드르륵 서랍이 열렸다.

첫 번째로 내가 발견한 건 처음 보는 보험증서다. 보험 계약자는 김춘희. 엄마다. 그리고 보장받는 피보험자는 고두홍. 남편이다. 사망 시 5억 원을 받는 계약이 주였다. 후들후들 손이 떨렸다. 나도 모르는 엄마의 생명보험이라니. 엄마는 왜 내게 아무 말 하지 않았을까. 보나 마나 엄마를 잘 구슬렸겠지. 그리고 두 번째는 절로 손길이 가는 강렬한 붉은색 상자가 보인다.

뭔가 중요한 물품을 보관한 상자 같다. 타이머 26분. 빨라지는 맥박을 느끼며 상자를 연다. 여는 순간 기분이 이상했다. 십자수가 새겨진 녹색 다이어리가 들어있었다. 기억이 희미하지만 내가 언니에게 선물했던 다이어리랑 비슷한 거 같았다.

만약 그게 맞다면 둘이 함께 찍은 스티커사진이 맨 앞장에 붙어있을 터였다. 숨죽이며 다이어리에 첫 장을 넘겼다. 숨이 턱 막혔다. 약간 뿌옇게 변했지만 둘의 얼굴이 선명한 스티커사진이 붙어있다. 이게 왜. 바짝 긴장한 신경은 마음 한 귀퉁이에서 집요하게 날 괴롭히던 질문을 긁는다.

내가 집을 나오던 날 남편은 왜 언니의 이름을 불렀을까?

서재에 빼곡히 들어찬 살벌한 책 제목들이 눈에 밟힌다. 설마 이 인간이 언니를 죽인 건가. 등허리에 쫙 소름이 돋았다. 숨이 가빠졌다. 그때 난데없이 전화벨이 울렸다. 하마터면 소릴 지를 뻔했다. 놀란 심장을 달래며 액정을 확인한다. 혜진이다. 나는 한숨 돌리며 통화버튼을 눌렀다.

"어, 혜진아."

[언니 아직 집이야?]

"어."

[형부 곧 집에 도착할 거야.]

"뭐? 벌써!"

두려움에 후들후들 손이 떨렸다. 물증을 찾지 못했지만 시간이 없다. 해체된 키박스를 보면 내가 온 걸 알 테니 빨리 도망쳐야 한다. 재빨리 다이어리를 꺼내고 상자 뚜껑을 닫았다.

[몰라 병원 근처까지 갔다 왔나 봐. 집에 간다면서 갔대. 지율 아빤 들어왔어. 빨랑 나와.]

"그래. 끊어."

얼마나 긴장했던지 손이 마음대로 움직이지 않았다. 열쇠는 무시한다. 키박스 전체를 파손했으니 이깟 서랍 열쇠는 의미 없다. 숨을 크게 쉬고 다이어리를 가방 안에 집어넣었다. 한시름 놓고 현관문을 열었다. 그런데 남편이 서 있다. 내 눈앞에. 미치광이의 눈으로 나를 노려본다.

"뭘 가지러 왔을까?"

"옷, 옷이요."

"우리 마누라 거짓말도 늘었어."

"비켜요."

목덜미에 오소소 소름이 돋았다. 나는 어떻게든 집 밖으로 나가려고 기를 썼다. 얼굴이 일그러진 남편은 복도 끝 서재 문 상태를 발견하고 눈을 희번덕거렸다.

"울 마누라 문도 따고 도둑질도 배웠네. 뭘 훔쳤을까?"

"도둑질은 당신이 전문이잖아. 악."

순식간에 복부에 박힌 남편의 핵 주먹에 주저앉고 말았다. 놈이 그 신을 신고 있다. 뱀이 그려진 스니커즈. 지율의 얘기가 떠올라 머리칼이 쭈뼛 섰다. 고통을 삼키는 나를 집안으로 밀어 넣었다. 문이 닫히자 본격적으로 발길질을 해댔다. 최대한 몸을 둥글게 말아봐도 억센 힘은 여린 살을 뚫고 박혔다. 헉 소리를 토해낼 만큼 고통스럽다.

"간도 크게 이혼 소장을 보냈더라. 내가 이대로 당하고만 있을 줄 알았나 본데. 나랑 20년이나 살아놓고 아직도 몰라. 내가 어떤 놈인지!"

퍽퍽.

"윽!"

삐비비비. 삐비비비. 타이머 소리가 귀청을 때렸다.

"허! 이건 또 뭐야. 철저하게 준비하셨네."

놈이 내 폰을 가져가려던 찰나 초인종 소리와 핸드폰 벨 소리가 동시에 울렸다. 절호의 기회다.

"살려주세요! 살려주세요!"

나는 있는 힘을 다해 소리치고 현관문을 발로 찼다. 놀란 남편이 내 입을 틀어막았다.

"언니! 언니 안에 있어? 형부! 형부!"

격양된 혜진의 목소리가 문밖에서 들려왔다. 살았다는 생각에 안도감이 들었다. 동생은 쾅쾅쾅 문을 두드린다.

"언니! 나 혜진이야! 무슨 일이야!"

쾅쾅쾅! 문을 부술 기세다. 깡다구 있는 혜진은 저대로 물러나진 않을 것이다. 지율과 지효의 엄마가 되면서 동생은 강단 있는 엄마로 점점 강해지고 있었다. 나처럼 남편을 두려워하지도 않을 것이다.

쾅쾅쾅!

"경찰이죠! 여기 좀 와주세요."

혜진의 목소리를 엿듣던 남편은 망설임 없이 자신의 눈을 주먹으로 치고 내가 열어둔 공구함에서 못을 집어 제 얼굴을 긁었다. 검붉은 피가 놈의 얼굴에서 주르륵 흘러내렸다. 신음을 삼키던 미치광이는 문을 열었다. 찬바람과 함께 혜진이 달려들어 왔다.

"언니!"

바닥에 고꾸라진 나는 남편을 노려보는 걸 멈추지 않았다. 나를 만지는 동생의 손길이 느껴졌다. 나는 동생의 손을 잡았다.

"처제."

혜진은 그제야 남편을 올려다보았다. 당연히 놀랄 타이밍.

"헉! 형부! 얼굴이…. 둘이 싸웠어요?"

겁에 질리고 놀란 혜진은 날 쳐다본 채 입을 닫았다. 믿을 수 없다는 표정으로 겨우 숨만 쉬고 있었다.

"진아, 아니야. 난 손댄 적 없어. 미친놈. 니가 그러고도 사람이야?"

"저 봐. 언니가 그놈한테 단단히 미쳤나 봐. 내가 아무리 사정해도 내 말을 안 들어. 처제. 난 이 사람 없으면 못 사는 거 알잖아."

악어의 눈물이 뚝뚝.

"아무리 그래도 언니가 그럴 리가 없는데."

혜진은 무척 혼란스러워했다.

"진아 내 말 좀 들어 봐. 다 거짓말이야. 저걸로 긁은 거야. 제 손으로 직접."

놈의 신발 근처에 떨어진 피 묻은 못을 가리켰다. 남편의 스니커즈를 본 혜진도 나와 같은 생각을 품었을 것이다. 동생의 얼굴에 한 점 의혹이 피어올랐다.

"처제 내가 미치지 않고서야 내 얼굴에 이런 짓을 하겠어?"

"넌 미친놈이잖아."

"언닌 가만있어 봐. 형부 지율이 유치원 근처엔 왜 가셨어요?"

한창 연극 중인 남편의 얼굴에 당혹감이 스쳤다.

"아닌데. 그날 난 제주도에 있었어."

"그날요? 난 언제라곤 얘기 안 했는데. 그날이 언젠데요?"

남편의 왼쪽 눈까풀이 파르르 떨렸다. 급격한 신경의 변화가 일어나고 있었다.

"갑자기 처제까지 왜 이래?"

"그날이 아마 12월 8일이죠? 죽은 고양이들 눕혀놓으니까 좋았어요? 애들 유치원 앞에?"

"죽은 고양이 새끼 얘기가 여기서 왜 나와! 썅!"

"대박이네. 진짜. 혹시 사이코예요? 그 상처 언니가 그런 거 아니죠? 혼자 쇼한 거죠?"

남편의 눈에 미치광이의 살기가 서서히 번지고 있었다.

"어머. 눈빛 좀 봐. 울 지율이가 말하던 눈이 바로 저 눈이구나. 소름. 언냐, 이 집에서 당장 나가자."

혜진이 부축할 때 나는 보았다. 놈이 검지를 까닥, 까닥하는 걸. 위험신호다. 동생이 다칠까 봐 조바심이 났다. 뭐라도 해야 했다. 나는 재빨리 폰을 주워 동영상 버튼을 눌렀다.

"때려봐. 증거로 제출할 테니까."

빨간 불이 깜빡이는 액정을 들이밀자 노려보는 것 외에는 놈은 아무것도 하지 않았다.

"와. 나 치려고요? 손만 까딱해봐요. 고양이 죽인 미친놈이 누군지 우리 맘 카페에 공개할 테니까. 언니 데려갈게요."

"처제. 그건 아니지."

남편이 앞을 막아서자 동생이 앞으로 나섰다.

"어. 따라오지 마세요. 그땐 나도 가만 안 있어요."

"처제. 오해야."

"처제 처제 하지 마세요. 그거야 언니랑 좋을 때 얘기죠. 나도 이렇게 소름 끼치는데 같이 산 언니는 오죽했겠어요?"

"참나. 건 오해라니까 그러네."

철저히 이미지 관리 중인 소시오패스는 허리춤에 두 손을 얹고 얼굴을 붉혔다. 끓어오르는 광폭한 폭력을 어떻게 꾹꾹 참고 있는지 그저 놀라울 따름이었다.

엘리베이터를 타고 완전히 그 인간의 영역에서 벗어날 때까지 온몸이 말도 못 하게 떨렸다.

"세상에. 도대체 이게 무슨 일이야? 솔직히 말해봐. 저 인간 진짜 소시오패스야? 아까 그 눈빛만 생각하면 지금도 소름이 돋아. 사이코 눈깔 봤어?"

"근데 넌 어떻게 온 거야?"

"언니한테 해코지할까 봐 부리나케 달려왔지."

"그래도 동생밖에 없네."

"그걸 아는 사람이 여태 왜 숨겼대? 저 인간 상태 말야."

"처음엔 나만 참으면 될 줄 알았지. 맞는 것도 점점 이골이 나기도 했고."

이렇게 된 마당에 더는 숨기고 싶지 않았다.

"그럼, 여태 맞고 산 거야?"

"그랬지."

"미친 새끼. 왜 가만있었어! 언니가 엄마가 없어 동생이 없어. 얘기했어야지."

"그러다 괜찮을 줄 알았어. 그땐 너무 어렸었고. 엄마도 아빠 때문에 계속 힘들었잖아."

"와, 어쩜 감쪽같이 속았네. 생각할수록 괘씸해 미치겠네, 진짜."

길을 걷다 말고 혜진은 우리 집 창을 올려다보며 씩씩거렸다. 분을 못 이겨 눈물까지 글썽이는 동생의 소매를 잡아당겼다.

"진아, 언니 괜찮아. 피곤하다. 쉬고 싶어."

"괜찮긴 뭐가 괜찮아. 소 새끼 같은 게 저 덩치로…. 때릴 때가 어딨다고."

글썽이던 눈물이 기어이 떨어진 혜진은 참았던 눈물을 펑펑 쏟았다.

"맞고 산다는 여자들 얘기 들을 때마다 미쳤다고 맞고 사냐고 한심하다고 했는데 우리 언니가 맞고 살 줄은 몰랐어. 지금 시대가 어느 시댄데 여잘 때려."

코가 맹맹해져서는 뚱뚱한 패딩 주머니에서 휴지를 찾아 코를 닦았다. 누가 애 엄마 아니랄까 봐 주머니에 없는 게 없다.

"언니 미안해. 그동안 얼마나 짜증 났을까. 내가 멋도 모르고 저 인간 편을 들었잖아. 내가 미친년이지. 그깟 돈이 뭐라고. 내 언니 패는 놈인 줄도 모르고 벨도 없이 살살거렸잖아."

"괜찮아. 말 안 한 내가 잘못했지."

"아냐, 언닌 잘못 없어. 나 같아도 그랬을 것 같애…. 일단 울 집으로 가. 가서 좀 자고 병원 가보자."

"아냐. 불편해. 그 사람 집으로 갈게."

"왜애? 나랑 가."

동생은 애처럼 내 팔을 붙들고 늘어졌다. 나는 동생의 손을 꾹 잡으며 설득했다.

"저 인간하고 멀리 떨어져 있고 싶어서 그래."

그제야 단념한 혜진은 고개를 끄덕였다. 엄마를 닮은 눈으로 나를 보면서 애들에게 하는 것처럼 내 손을 잡으며 확인했다.

"괜찮겠어? 그 의사도 알아. 언니 이런 거?"

"어, 알아. 그러니까 넌 아무 걱정 마. 저 인간이 찾아오면 절대 만나주지 말고. 생각보다 훨씬 더 무서운 인간이야."

"걱정 마. 내가 바보냐. 언니나 조심해. 아무 생각 말고 그 의사 쌤 꽉 잡아. 지율 아빠한테 들어보니까 평판도 좋고 실력도 좋다더라. 집안까지 빵빵한 데 그런 사람이 언니 좋다면야 나는 좋지. 엄마한테도 타이밍 봐서 내가 얘기 잘할 테니까. 당분간은 비밀로 하자. 안 그럼 골치 아파져."

"뭐라고 할 건데?"

"저 인간의 실체를 까발려야지. 얼마나 무서운 놈인지. 그리고 언니가 만나는 사람이 얼마나 괜찮은 사람인지 엄마를 설득해야지."

"엄마 충격받을 텐데."

"충격받는다고 숨길 걸 숨겨야지. 언니 인생이 달린 일인데. 일단 언닌 확실히 이혼 준비부터 해."

"진아, 진짜 조심해야 해. 지율이랑 지효도 늘 같이 다니고. 김서방도 조심하라 해. 무슨 짓 할까 봐 걱정돼서 그래."

"괜찮아. 원래 저런 놈들이 집구석에서 마누라는 패도 밖에서는 함부로 못 해. 허튼짓하기만 해봐 경찰에 신고할 테니까. 걱정하지 말고 얼른 가."

"암튼 조심하고."

"꼭 전화해. 난 무조건 언니 편이야."

대로변으로 나와 택시를 탔다. 목숨처럼 움켜쥐었던 가방에서 언니의 다이어리를 꺼내 열었다. 판도라의 상자 안에서 비밀의 활자가 발작하듯 튀어나왔다.

98. 3. 17

숨이 막힌다. 이렇게 살 거면서 왜 맘대로 날 낳았을까. 그것도 쌍둥이로. 무책임의 극치다. 나로 인해 집구석에 볕 들길 바라는 엄마 아빠의 기대 만땅인 눈빛을 볼 때마다 살의를 느낀다. 이렇게밖에 못 살아놓고 왜 내가 햇살이 되길 바라는지 둘의 무능력함에 화가 난다.

짜증 난다. 학교에서도 집에서도 맘 편히 쉴 수가 없다.

나는 모범생 민혜신으로 살아야 한다. 아무도 모른다. 나 같은 인간은 절대 모범생으로 단 1초도 살 수 없다는 걸. 이렇게라도 써서 갈겨야 숨통이 트인다.

답답하다. 벗어나고 싶다. 뒷집 고양이라도 죽여야겠다.

다이어리를 쥔 손이 후들거린다. 정말 민혜신 맞나? 분명 언니의 필체가 맞는데. 믿기지 않아 몇 장 더 읽어도 결과는 같았다. 기가 막혔다. 우리 집안의 내밀한 속사정까지 속속들이 적힌 일기는 언니가 쓴 것이 확실했다.

꿈에도 몰랐던 언니의 속내를 훔쳐본 순간 햇살 가득한 낮이 사라졌다. 주위가 온통 새까맸다. 우리 가족의 자랑이자 평생의 그리움이 된 언니의 참모습을 믿을 수 없었다. 언니는 우리 모두를 속이고 있었다. 이중적인 삶을 살았던 언니는 남편과 같은 소시오패스였다.

어릴 적부터 나와는 달리 모든 분야에서 월등했던 언니는 당연히 집안의 자랑이었고 부모님은 그런 언니를 어딜 가든 자랑스러워했다. 만약 이 사실을 엄마가 안다면 생각만 해도 끔찍하다. 계속해서 읽기가 두려웠지만 나는 다음 장을 넘긴다.

98. 4. 11

이상한 놈이 눈에 들어온다. 나를 따라다니는 여느 놈들과는 다른 놈. 그놈이 내 주위를 맴돈 지는 꽤 되었다. 이제는 내가 다니는 학원까지 등록했다.

학원 2층 복도 끝. 늘 같은 자리에 서 있는 그놈은 표정이 없다. 언제나 서늘한 그늘에 서 있는 나와 비슷하다.

오늘 학원 봉고차에 동네 똥개가 치여 죽었다. 관리 아저씨는 물풍선처럼 터진 똥개의 사체를 재빨리 옮겼지만, 아스팔트 위는 온통 검붉은 피투성이였다. 손을 문질러보고 싶었다. 아직 따끈따끈할 텐데. 상상만으로도 전율이 돋아 행복했다.

입술에 경련이 일 듯 웃음이 샜다. 그때 나는 보았다. 인상을 찌푸리고 슬퍼하는 수많은 얼굴 중에 나처럼 비릿하게 웃는 놈의 얼굴을. 우린 눈이 마주쳤다. 한눈에 알아본 것이다. 놈과 나는 같은 종족임을.

담임이 미술선생과 바람을 피운다는 비밀을 안 것보다 오백 배는 더 신선했다. 담임의 보온병에다 몰래 콘돔을 쑤셔 넣었을 때보다 신이 났다. 나를 이기려 발악하는 만년 2등에게 시험 당일 설사약을 먹일 때만큼 기뻤다.

서로를 알아본 그날 이후 놈은 내게 혈서를 쓰고 죽은 고양이들을 일렬로 눕혀 내게 헌신했다. 아무것도 모르는 현진은 겁에 질려 길길이 날뛰었다. 쿵작을 맞춰주는 일도 이젠 슬슬 질린다. 캐나다로 지금 당장 차버리고 싶지만 부자라서 참는다.

창밖으로 놈의 그림자가 보인다. 나는 부러 커튼도 치지 않고 자주 창가에 서 있다. 놈에게 주는 선물이다. 그러면 놈은 셔터를 누른다. 번쩍하는 플래시 때문에 안다. 나를 찍고 있다는걸.

창밖에 서 있던 놈이 남편일까?

아빠가 쫓아 나가면 어느새 사라지고 없었던 검은 그림자.

98. 9. 13

오늘 학원비를 받으러 엄마 가게에 갔다.

갔다가 못 들어가고 밖에 서 있었다. 가게 안에서 신선한 객기를 부리는 '갈치년' 때문이다. 갈치 색 립스틱을 바른 화냥년.

엄마의 반찬을 먹고 식중독에 걸렸다면서 가게에서 난동을 부리는 갈치년의 말과 행동은 쌍스럽기 그지없었다. 순진한 엄마는 나라 팔아먹은 죄인마냥 고개를 땅속 깊이 처박을 기세로 울먹였다.

"죄송합니다."

저 쌍년이. 욕이 절로 나왔다. 딱 봐도 갈치년의 술수고 냄새나는 음모였다. 어제 식중독 걸렸다는 인간의 몰골치고는 너무 멀쩡하고 차림이 화려했다. 목적은 돈.

바보처럼 착한 엄마를 협박해 결국 돈을 뜯어 갔다. 갈치에게 건넨 그 돈이 힘겹게 맞춰 놓은 가겟세라는 걸 나는 단박에 알아봤다. 저 돈이 비면 내 학원비며 교재비가 위태해진다는 걸 모르면 민혜신이 아니라 엄마 닮아 물러터진 민혜선이다.

나는 숨죽이며 갈치를 따라나섰다. 갈치는 지갑이 두툼해져 기분이 좋아 보였다. 주머니에서 껌도 꺼내 질근질근 씹었다.

갈치는 가파르기로 소문난 68계단을 올라가야 나오는 다 쓰러져 가는 하림빌라에 살았다. 아무리 살림이 빈곤하기로서니 벼룩의 간을 빼먹다니 용서할 수가 없었다. 교육이 필요했다. 갈치의 집을 알아낸 후 조용히 물러갔다.

검정 후드티를 뒤집어쓰고 1등 먹었다고 아빠에게 뜯어낸 나이키 운동화의 끈을 꽉 조여 매고 다시 돌아왔다. 오늘 실패하면 내일 다시 올 생각이었다.

갈치가 나타나길 기다리며 가로등이 비켜 간 어둑한 담벼락에 기대서서 한참을 기다렸다. 하늘과 가까운 산동네라 밤하늘의 별이 총총했다.

어디 좋은 데 가려는지 보라색 투피스를 차려입은 갈치가 나왔다. 싸구려 향수 냄새가 진동했다. 콧노래를 흥얼거리며 뾰족구두로 위태로이 계단을 내려섰다. 주저 없이 나는 갈치의 등을 발로 툭 밀었다.

"으아악!"

갈치의 비명이 밤하늘을 찢어질 듯 울렸다.

데굴 쿵쿵. 괴상한 신음을 남발하며 신나게 가파른 계단을 굴렀다. 보는 내내 가슴이 들썩들썩했다. 아드레날린이 솟구쳤다. 널브러진 갈치는 쥐 죽은 듯 조용했다. 싸구려 향수 냄새와 비릿한 피 냄새가 폐부를 찔렀다. 갈치의 핸드백을 낚아채 지갑을 꺼냈다. 엄마에게서 뜯어낸 현금이 뭉텅이로 들어있었다. 돈은 가지고 지갑은 버렸다. 갑자기 배가 고팠다. 김치볶음밥을 먹어야겠다.

말문이 막혔다. 전교 1등 모범생 언니가 이런 짓을 하다니. 도무지 믿기지 않았다. 계속해서 비인간적인 행동을 일삼는 언니의 글들이 이어졌다. 그러다 한 페이지에서 또 다른 캐릭터가 등장했다.

98. 11. 25.

오늘 101번 버스에서 키 크고 잘생긴 놈을 만났다. 눈을 뗄 수 없는 그놈은 소문이 자자한 놈이었다. 김도훈. 이름이 착착 입에 달라붙는다. 가까이서 본 건 처음이라 얼굴이 뚫어지도록 쳐다봤다. 세상은 불공평했다. 공부도 잘하고 집에 돈도 많다는데 얼굴이 지나치게 잘났다. 모든 걸 다 가진 이상적인 남자다.

어처구니없게도 그놈은 나를 동생 혜선이로 착각하는 것 같았다. 덜떨어진 동생이 흘린 수첩을 주워 내게 건넸다. 모든 놈들은 내게 끌리는데 유독 그 잘생긴 놈만 예외였다.

왜 하필 내가 아니고 민혜선이지? 뱃속에서부터 내 것을 뺏어 먹더니 크는 내내 걸림돌이다.

병신!!! 여왕벌을 못 알아보다니! 성질이 난다.

굴비처럼 잘 엮여서 내 인생이 업그레이드되면 좋겠는데. 짱. 멍청하고 덜렁대는 기집애가 뭐가 좋다고.

혹시 그놈이 혜선이에게 고백할까 봐 선수를 쳤다. 겁 많고 잘 속는 동생에게 나는 겁에 질린 얼굴로 개뻥을 쳤다.

"놈이 나를 따라다녀 아무 짓도 안 하고 그냥 내 뒤를 쫓아. 너도 조심해."

푸하. 이 얼마나 스릴 넘치는 대사인가! 뭐 전부 거짓말은 아니다. 웬 놈이 따라다니는 건 맞으니까. 그때부터 동생의 몽유병이 심해진 것 같기도 하다.

동생이 몽유상태일 때 내가 아프게 해도 등신 같은 동생은 모른다. 지난번에는 밖에 나가 뒈지라고 문을 열어 주었더니 어떻게 넘어졌는지 목뒤가 찢어졌다. 그때 죽을 수도 있었는데 생각할수록 아깝다. 밤새도록 동생을 찾아다닌 엄마 때문에 운 좋게 살았다.

나와 똑같은 인간이 또 있다는 것만으로도 스트레스다. 그 등신과 얼굴을 마주칠 때마다 소 눈깔처럼 빛나는 눈깔을 빼버리고 싶다.

민혜선이 그때 내 인생에서 사라졌더라면 내가 더 많은 걸 누리고 김도훈도 나를 좋아했을 텐데. 여러모로 짜증 나는 년이다. 민폐 민혜선. 내 눈앞에서 없어졌으면 좋겠다.

다이어리를 덮었다. 기억 속 잠들어 있는 그리운 언니의 모습이 흉측한 괴물처럼 뒤틀렸다. 목뒤 상처를 만졌다. 언니가 일부러 그랬다는 사실이 믿기지 않았다. 내가 없어지길 줄곧 바랐다는 언니의 진심이 두개골을 치는 것 같았다.

쌍둥이지만 언니가 간절히 원했기에 꼬박꼬박 언니 대접을 해줬었다. 해마다 돌아오는 생일 케이크의 초조차 당연한 듯 언니 몫이었는데. 내가 뭘 잘못했을까. 내 삶 전체가 뒤틀리는 것 같다.

언니가 그를 알았고, 마음에 두고 있었다는 것 또한 놀라지 않을 수 없었다. 도대체 내가 알던 언니의 모습은 뭔가. 모든 게 뒤죽박죽이다. 언니의 비밀을 차라리 모르는 게 좋을뻔했다. 머리가 아파 왔다.

쓰라린 통증 중에도 무엇보다 창밖 너머 그놈이 궁금했다. 현진이 말한 그 사이코는 우리 창을 훔쳐보고 있었다. 그놈이 집안으로 침입해 언니를 죽였을까? 소시오패스 남편이 소시오패스 언니를 마음에 둔 것일까? 그래서 언니의 기일에 죽은 고양이들로 언니를 추모한 걸까? 생각만으로도 심장이 아팠다.

그의 집에 도착한 나는 이사 때문에 정신없이 쌓인 상자들을 뒤졌다. 그의 졸업앨범을 찾아 남편의 사진을 현진에게 보여줄 생각이었다. 층층이 쌓인 상자를 열다가 미처 못 봤던 신발 박스를 발견했다. 낯익은 그것은 남편의 스니커즈와 같은 뱀이 그려진 명품 스니커즈였다. 지율이 봤다던 남편의 그 운동화. 순간 심장이 철렁 내려앉았다. 팔다리에 힘이 빠져 자리에 주저앉았다.

많고 많은 신발 중에 왜 하필 같은 신발이 있는 걸까? 평소 같았으면 그냥 넘겼겠으나 지금은 상황이 달랐다. 모든 게 의심스러웠다. 설마…. 둘은 체격도 엇비슷하고 같은 고등학교까지 졸업했다. 언니의 다이어리에 등장하기도 했으니까. 어쩌면 그도 용의자일지 모른다. 게다가 그는 기억까지 잃었다. 그간 나를 스쳤던 미지의 두려움들이 거대한 해일처럼 몰려왔다. 마침 퇴근한 그가 돌아왔다.

"뭐 찾아요?"

여기저기 흩어진 상자들을 보며 그가 물었다. 나는 내가 찾은 신발 상자를 물끄러미 쳐다보고 있었다.

"여깄었구나."

그는 신발이 담긴 상자를 아무렇지 않게 집어 들었다.

"선생님, 거예요?"

어느 때보다도 유심히 그의 표정을 관찰했다. 숨소리 하나하나까지.

"환자 보호자가 선물한 거예요. 내 취향이 아니라서 잊고 있었는데. 이렇게 또 나오네."

"그럼 신은 적 없어요?"

"아직요. 필요한 사람 있으면 줘요."

그는 옷을 갈아입고 분주하게 서재를 정리했다. 버릴 책과 가져갈 책을 분류하는 작업을 하느라 신발에는 관심도 없었다. 그의 말처럼 신발은 신은 흔적 없이 깨끗했다. 맘먹고 닦아놓은 걸까? 아니면 내가 너무 예민한가? 같은 신발 때문에 그를 의심하다니. 하던 일이나 마무리 짓자. 현진에게 연락을 넣고 졸업앨범을 챙겨서 약속 장소로 향했다.

한적한 카페에서 현진을 만났다. 커피가 식기 전에 나는 물었다.

"현진아, 일전에 말했던 남자애 있잖아. 언니한테 혈서 쓰고 죽은 고양이 일렬로 눕혀놨다는. 혹시 얘야?"

남편의 얼굴이 나온 페이지를 펼쳐서 보였다. 곰곰이 들여다보던 현진은 고개를 갸우뚱했다.

"글쎄. 기억이 잘 안 나네. 갑자기 왜?"

"언니 다이어리를 찾았는데 꼭 그 남자애 얘기 같아서. 우리 방 창을 보고 있었더라고. 혹시 그 애가 언니를 죽인 범인이 아닐까 하는 생각이 들어서."

"뭐? 진짜? 걔가?"

"확실한 건 아냐…."

"혜선아, 있지. 고양이 죽이는 거랑 사람 죽이는 거랑은 완전 다른 거잖아. 창문 너머로 혜신일 훔쳐보고 있었다고 해도 설마 집까지 들어가서 그랬을까? 진짜 미치지 않고서야."

"그렇지. 그런데 난 자꾸 범인이 근처에 있다는 생각이 들어."

불안한 마음에 엄지에 붙인 밴드를 만지작거렸다. 오늘 아침 이사 준비 중에 생긴 상처였다. 커피를 마시다가 나를 무심코 보던 현진은 마시던 커피잔을 탁 내려놓았다.

"어. 맞다! 손에 흉터가 있었어. 엄지랑 검지에 흉터가 진하게 있었어. 꼭 반지 낀 것처럼. 난 처음에 무슨 특이한 반지 낀 줄 알고 유심히 봤었는데 흉터여서 놀랐던 기억이 있어. 너 손보다가 갑자기 생각났어."

손이 후들거려서 답을 하지 못했다. 남편이다. 엄지와 검지의 선명한 흉터가 그리 말했다. 남편이 정말 언니를 따라다녔다면 그래서 살인까지 저질렀다면 그런 끔찍한 인간과 나는 20년이나 살았다.

손에 힘이 쭉 빠졌다. 손에 쥔 가방을 자꾸 떨어트렸다. 현진을 보내고 찬 바람을 맞으며 오래도록 그 길에 섰다. 처음부터 잘못된 거였다. 남편이 사랑했던 건 오래전부터 언니였다. 남편이 언니를 살해한 범인은 아닐지 몰라도 언니를 사랑했던 건 틀림없는 사실이다. 도대체 왜 나랑 결혼했을까? 내가 처한 상황이 지독히도 끔찍해서 심장이 떨렸다. 얼마나 놀랐던지 전화가 울리는지도 몰랐다. 액정을 확인했다. 엄마다.

"엄마."

[바쁘니?]

"괜찮아 왜 엄마?"

[뭐 꼭 용건이 있어야 전화하나. 우리 딸 목소리 듣고 싶어서 전화했지.]

엄마는 아직 아무것도 모르는 모양이다. 상황이 정리되면 얘기해야지.

"아, 미안 엄마. 전화 잘했어."

[넌 별일 없지?]

"응. 잘 지내지. 엄마도 아픈 데 없지?"

[그럼 엄마야 잘 지내지.]

전화기 너머 엄마의 목소릴 들으니 마음이 더 서글퍼졌다.

"엄마, 언니는 엄마한테 어떤 딸이었어?"

[갑자기, 신이는 왜?]

뜬금없는 질문에 엄마는 많이 놀란 것 같았다. 덜 아문 상처의 밴드를 억지로 떼는 것 같아서 언니 얘기를 꺼낸 적이 없었으니까. 하긴 이제 와 언니가 어떤 인간이든 그게 다 무슨 소용일까.

언니는 이미 죽고 없는데. 언니의 비밀은 영원히 묻어두는 편이 나을 것 같았다. 엄마가 기억하는 모범생 어여쁜 딸로 기억되게 해주고 싶었다. 엄마의 남은 생이 더는 불행해지길 원치 않았다.

"그냥 언니 생각이 나서…. 엄마 있잖아. 혹시 언니 죽인 범인 우리가 아는 사람일까?"

[얘가 무슨 소릴 하는 거야.]

좀처럼 목소릴 높인 적 없는 엄마는 이번만큼은 꽤 흥분했다. 겁에 질린 것 같기도 했다. 엄마를 위해서라도 언니를 죽인 범인이 남편이 아니어야 했다. 흔히 겹치는 우연에서 비롯된 오해일 뿐이길 바랐다.

대화의 방향을 전환하고자 나는 서재에서 발견한 엄마의 이름으로 된 보험증서를 떠올렸다.

"그렇지. 말도 안 되는 소리지. 신경 쓰지 마. 참, 엄마. 고 서방이 혹시 생명보험 들어줬어?"

[작년에 들었지. 보험은 왜?]

"그 사람이 뭐라면서 보험 넣자고 했어?"

[뭐라긴. 혹시라도 아프면 안 되니까 보험은 하나 있어야 한다고 했지. 니 아버지 때가 생각나서 얼마나 고맙던지….]

그래서 사망보험금을 5억이나 넣고 수익자를 본인으로 했을까. 순진한 엄마 때문에 마음이 쓰라렸다. 몸도 마음도 깡마른 엄마를 떠올리며 나는 남편의 무서운 본심을 힘겹게 삼켰다. 그때까지만 해도 나는 행복했었다. 적어도 그날까진 그랬다.

다음날, 아침.

온몸이 땀으로 흥건한 채 그는 눈을 떴다. 평소라면 모닝 키스를 먼저 했을 그가 불안함이 깃든 눈빛으로 내 손을 힘주어 잡았다.

"꿈에서 내가 당신 목을 찌르는 꿈을 꿨어요. 지금도 손이 떨려. 피가 너무 많이 났어. 생각하기도 싫은 끔찍한 악몽이었어요."

"네에? 내 목을요?"

순간 매서운 한기가 등줄기를 타고 내렸다.

"한 가지 이상한 건. 분명 당신 얼굴인데 느낌이 좀 달랐어요. 뭐랄까. 꼭 다른 사람처럼. 참 이상한 꿈이죠?"

손가락 마디부터 어깨까지 오돌토돌한 소름이 돋아났다. 나도 모르게 그의 손에서 슬며시 손을 뺐다. 왜 난 언니가 살해당한 장면을 상상하게 되는 걸까. 단지 곤두선 신경 때문인 걸까. 그를 믿어야 하는데. 그가 그럴 리가 없는데. 몹쓸 추측은 사람을 병들게 했다. 어젯밤까지만 해도 평온했던 일상이 하루아침에 지옥이 돼버렸다.

"왜 그래요? 안색이 안 좋아요."

날 바라보는 그의 눈은 걱정이 가득했다. 나는 팔짱 끼듯 양팔에 돋아난 소름을 훑으며 한 걸음 물러나 그를 바라봤다.

"실은 나한테 쌍둥이 언니가 있었어요. 오래전에 살해당했다던 그 언니가 쌍둥이였어요."

"아…."

그가 놀랐다는 건 말하지 않아도 알았다. 온갖 감정이 뒤섞인 그의 얼굴이 나를 바라보고 있었다.

"왜 내가 그런 꿈을 꾼 걸까요? 하필, 왜 내가…."

고개를 푹 숙인 채 그는 한동안 말없이 앉아있었다. 침묵하는 그 시간 동안 어쩌면 그도 나와 같은 생각을 하고 있을지 몰랐다. 잃어버린 기억 속에 잠든 잔인한 진실 같은 것. 그도 모르고, 나도 모르지만, 그의 뇌 어디쯤 숨죽이며 잠들어 있는 그의 무서운 행적 같은 것 말이다.

어디까지나 짐작일 뿐이지만 난 맥박이 빨라졌고, 그는 매끈한 미간을 구기며 골몰했다. 어색한 침묵이 우리를 갈랐다. 고통스러운 아침이었다.

서로에게 께름칙한 아침은 분주한 이사를 하느라 빠르게 지나갔다. 나는 이제 그도 믿을 수 없었다. 내 생의 구원자라고 믿어 의심치 않았던 그를. 내 남은 생을 올인하고 싶었던 그 남자를 의심하기 시작했다. 악마보다 더한 인간인 남편과 같은 선상에서.

8.
기억이 삼켜버린 소년의 태양

"컨타(contamination)도 모르는 놈이 무슨 수술을 하겠다고! 당장 나가!"

무의식적으로 안경을 들어 올리는 인턴을 내쫓았다. 수술방에서 살다시피 하는 외과의가 되면서 강박적으로 내가 행하려 한 것은 어떤 상황에서도 얼굴을 만지지 않는다는 것이다. 평소 얼굴을 만지는 습관이 행여 수술실에서도 무의식적으로 이어질까 봐 나는 일상에서도 얼굴을 만지는 일은 금기처럼 지켜왔다. 그런 내가 손을 뻗어 만져보고 싶은 얼굴이 생겼다. 그녀의 동그란 이마를, 반짝이는 두 눈을, 물처럼 흐르는 콧날과 인중을, 선홍색으로 물든 청초한 입술을 만지고 싶다.

삶이 달라졌다. 퇴근 후 집에 들어서면 날 기다리는 그녀가 있다. 아무도 없는 적막한 집을 들어서던 예전과 달리 따스한 불이 켜져 있고 구수한 밥 냄새가 난다. 누구를 만나도 쓸쓸하던. 차디찬 바람이 드나들던 가슴에 뚫린 원인 모를 그 구멍을 그녀가 너무도 쉽게 막아버렸다. 이유는 알 수 없다. 그녀가 가진 그 힘이 무엇인지. 보이지도 들리지도 않지만 자석의 힘이 엄연히 존재하는 것처럼 우리 둘 사이에 불가항력적 자력이 존재할지도.

무한으로 끌어당기는 그 힘이 난 두렵기도 하다. 어느 날 갑자기 그녀가 내 앞에 나타난 것처럼 흔적도 없이 사라질까 봐. 퇴근길에 통화를 하면서도 엘리베이터를 타고 현관을 열 때까지 늘 가슴이 조마조마하다. 문을 열었을 때 그녀가 가버리고 없을까 봐 나는 항상 가슴을 졸인다.

심호흡을 하고 문을 열었다.

"나, 왔어요."

복도를 지나 거실로 들어서 보지만 그녀는 없다. 가슴이 철렁하다가 서재 안의 인기척에 웃음 짓는다. 서재로 들어서자 분주히 무언가를 찾는 그녀의 모습이 보인다.

"뭐 찾아요?"

깜짝 놀라며 몸을 떠는 그녀를 보고 미안한 마음이 들었다. 주눅 들고 불안해하는 것이 몸에 밴 그녀이기에 나는 사소한 것 하나에도 신경이 쓰인다.

"어, 왔어요?"

가방만 내려놓고 곧바로 그녀에게 갔다.

"업무방해죄, 명예훼손죄, 폭행죄, 공갈협박죄, 사기죄. 사기죄는 가중처벌 대상이라 구속을 면하긴 어려울 거예요. 놈은 끝났어요. 그리고 접근금지명령이 떨어졌어요. 이제 당신 못 건드려요."

"애써줘서. 고마워요."

"그럼 이리 와요."

따스한 체온을 기대하며 두 팔을 벌렸다. 평소와는 달리 조심성 있게 안기는 그녀를 당겨 안았다. 노곤함이 눈 녹듯 사라졌다. 없었을 땐 어떻게 살았나 싶은 만큼 자그맣고 뜨거운 이 품이 나의 우주가 되어버렸다.

내가 애정하는 투명하고 반짝이는 눈을 들여다보며 살포시 입술을 부딪쳤다. 입술을 열고 날 받아들여야 하는데 그럴 마음이 없어 보였다. 가벼운 입맞춤으로 애틋한 여운을 남긴다. 어색한 표정으로 머리카락을 쓸어 넘긴다. 그 하얀 손이 부드러운 머리카락을 쓸어 넘기면 바람이 꽃을 흔드는 것처럼 가슴속을 헤집는 에델바이스 향이 사방으로 흐트러진다. 지금처럼. 그럼 나는 사춘기 소년처럼 심장이 두근거리고 그녀를 안고 싶다. 어김없이 몸이 뜨거워졌다.

그녀의 가느다란 허리를 끌어안았다. 적당히 둥그렇게 부푼 그녀의 가슴이 심장에 닿았다. 원피스 안에 고이 숨겨진 그녀의 아름다운 능선을 곧 만날 생각에 심장이 요동쳤다. 숨이 가빠졌다. 맥박이 뛰는 그녀의 목 언저리에 부드럽게 키스하면서 그녀의 원피스 첫 번째 단추를 풀었다. 한데 그녀가 고개를 돌렸다. 날 거부했다.

"오늘은 싫어요."

두 번째 원피스 단추에서 손을 멈추고 거칠어진 숨결을 잠재웠다. 그녀의 살냄새를 깊게 들이마신 다음 널브러진 이성을 찾아 그녀를 바라봤다. 바람에 물결치듯 눈빛이 흔들리고 있었다. 그 눈에 담긴 공포는 어디서 비롯된 것일까.

"몸이 좀 안 좋아요."

"어디가요?"

들뜬 열이 단박에 식었다. 그녀의 이마를 짚어 체온을 확인했다. 다행히 열은 없다.

"가벼운 몸살인 것 같아요. 저기, 엄마 집에 며칠 다녀올게요."

"같이 갈까요? 우리 얘기해야죠, 이제."

"다음에요. 이번엔 저 혼자 다녀올게요."

"지금?"

"네."

나는 또 그녀의 등을 본다.

끔찍한 꿈을 꾼 이후, 그녀와의 관계가 소홀해졌다. 난 여전히 그녀의 숨소리만 들어도 그녀를 안고 싶지만 그녀는 의도적으로 날 피하는 느낌이 든다. 무엇을 상상하는 걸까.

어쩌다 꾼 흔해 빠진 꿈이라 넘길 수도 있었지만 그러기엔 그녀의 반응이 지나쳤다. 꿈이 현실처럼 생생하다는 것 또한 꺼림칙했다. 마치 기억에서 밀어낸 영상처럼 소름 끼쳤다. 나도 모르는 기억이 존재할까 봐 슬쩍 겁이 나기도 했다. 이렇게 답답한 적이 없었다. 기억을 잃은 이후로 처음이다. 내가 낯선 건.

지워진 기억 속의 나는 어떤 모습이었을까?

정신과 동기를 찾아갔다. 해리성 기억상실. 뇌 손상 없이 기억을 잃은 건. 분명 사고 직전 극심한 스트레스가 원인일 가능성이 크다고 정신과 동기가 말했다. 몸이 감당하지 못하는 고통을 뇌가 스스로 지운 거라고. 아마 불길에 휩싸인 독서실을 보고 큰 충격을 받았을 것이다. 그 안에 그녀가 있음을 나는 알고 있었으니.

기억이 다시 돌아오는 케이스도 간혹 있지만 어떤 자극이 필요한지는 증명된 게 없다고 했다. 잦은 면담과 기억이 끊어진 지점 즉 사고 난 장소를 방문해보는 것이 어떻겠냐고 권유했다. 그 노력은 그녀가 지워진 기억 속에 존재한다는 사실을 알던 날부터 남몰래 시행했다. 그곳을 방문하고 있었다.

서진 스터디 카페.

서진 독서실에서 상호만 변경되었을 뿐 그곳은 도태된 도시의 흉물처럼 낡고 촌스러웠다. 그곳만 시간이 멈춘 것처럼 보였다. 주위를 둘러보고 기억을 쥐어 짜내 보아도 역시 별다른 소득이 없었다. 아쉬운 마음으로 차에 올랐다. 시동을 켜는데 소금처럼 하얀 결정체가 드문드문 휘날렸다. 점점 시야를 가려서 와이퍼를 켰다. 첫눈이다. 신호를 받고 서서 차창 밖으로 흩날리는 하얀 눈을 감상했다.

금방이라도 세상을 온통 하얗게 뒤덮을 기세로 눈발은 점점 굵어졌다. 같이 보면 좋을 텐데 마음이 쓰라렸다. 전화를 걸었다. 받지 않았다.

거리를 걷던 이들은 신이 나서 약속이나 한 듯 하늘을 올려다보았다. 통화를 하거나 사진을 찍으며 하나같이 기분 좋게 웃었다. 모두 아이가 된 듯했다. 웃을 때 4살짜리 아이 같은 천진한 그 얼굴이 시야를 가로막았다. 해맑은 그녀의 웃음소리가 흩날리는 눈발처럼 귓가를 파고들었다. 이젠 안 보고는 못 살겠다. 답답함에 차창을 내렸다.

고장이라도 난 건지 대각선 인도 끝 가로등 중 하나가 깜빡거린다. 점멸하는 노란 불빛에 맞춰 머리 깊숙한 곳을 송곳으로 찌르는 것처럼 신경이 거슬린다. 그때 갑자기 도로로 뛰어든 웬 사람 때문에 급정거를 했다. 빵! 성난 클랙슨 소리가 도로를 점령했다. 몸이 휘청했다. 심장이 창밖으로 튀어나온 것만 같다. 화들짝 놀란 나는 차창으로 고개를 내밀며 소릴 쳤다.

"이봐요! 갑자기 그렇게 튀어나오면 어쩝니까! 죽고 싶어요!"

"아이고, 미안합니다!"

연거푸 고개를 숙이며 손을 들어 올린 사내는 무단횡단으로 급히 도로를 건넜다. 목숨이 두 개라도 되는 줄 아나. 하루라도 더 살고 싶어 애쓰는 아픈 내 환자들이 떠올랐다. 놀란 가슴을 진정시키며 사내가 다급히 건너간 곳을 흘깃 쳐다보았다. 하나 약국이라는 대형 간판이 불을 밝히고 있었다. 어디서 본 것 같은 기시감. 내가 이곳을 온 적이 있었던가. 도무지 고개를 돌릴 수가 없을 만큼 강력한 끌림이 차를 세우게 했다.

횡단보도를 건너 그 약국 앞에 섰다. 나도 모르게 저벅저벅 두 발이 움직인다. 시선은 깜빡깜빡이는 가로등 불빛에 고정되어있다. 차가운 겨울바람이 목덜미를 스치고 달아났다. 흩날리는 차가운 눈이 얼굴을 할퀸다. 마음이 요동친다. 둔탁한 둔기로 머릴 가격당한 것처럼 머리가 깨질 듯이 아프다.

불규칙적인 호흡과 비정상적으로 날뛰는 맥박. 쏟아지는 흰 눈을 맞으며 점멸하는 노란 가로등 불빛을 바라본다. 까마득한 기억 저편에서 아지랑이처럼 꿈틀거리는 기억의 파편들이 흑백의 파노라마처럼 펼쳐졌다. 심장이 두근거린다. 해묵은 안개가 걷히고 하나의 얼굴이 나를 바라본다. 칠흑 같은 머릿속에 불이 번쩍!

써니!

아, 써니! 그 애가 지나다니는 골목길의 두 번째 가로등은 불안하게 늘 깜빡거렸다. 101. 내 머릿속에 가시처럼 박힌 숫자. 1010이 아니라 101이었다. 101번 버스에서 그 애를 처음 봤다.

카키색 책가방을 끌어안고 꼬박꼬박 졸고 있었다.

손에는 손바닥만 한 수첩을 쥐고 있었는데 얼핏 들여다보니 나름 정리한 영어 숙어와 단어 수첩인 듯했다. 형광색으로 정신없이 도배된 수첩을 보는데 피식 웃음이 샜다.

그 아이는 내가 버스를 탈 때마다 늘 졸고 있었다. 흑갈색 머리칼 속에 얼굴을 파묻은 채로 가끔은 창문에 머리를 박아가며 열렬히 졸았다. 머리칼 속에 숨겨진 얼굴이 궁금하기도 했다. 그런 모습을 여러 날 보다 보니 자꾸 눈이 갔다.

신기했던 건 그렇게 졸다가도 하나약국 앞에서 귀신같이 깨서는 내렸다. 그러던 그날, 맨 뒷좌석 창가에 앉아 그 애는 여전히 졸고 있었다. 술 냄새 풍기는 아저씨가 탔는데 많고 많은 자리 중에 하필 그 애의 옆자리에 앉으려 했다.

사내놈들끼리만 아는 본능적 육감이라는 게 있다. 그 애가 위험하다. 나는 쏜살같이 달려가 그 자리에 내가 먼저 앉았다. 내게 한바탕 퍼붓던 놈을 매섭게 노려보자 알아서 꼬랑지를 내린다. 정수리가 휑한 머리를 긁적이며 혀 꼬부라지는 소리를 내뱉던 놈은 다른 자리에 가서 눌러 찌그러졌다.

아무것도 모르는 그 애는 참 잘도 잤다. 창가에 머리를 콕콕 찍으며 한 번씩 놀라 깨면 창밖을 확인하고는 다시 잤다. 그러다 내 어깨 위로 가볍게 콕. 낙하하는 별처럼 그 애의 작은 머리가 내 어깨 위로 떨어졌다. 순간 흑갈색 머리카락에 감춰진 그 애의 솜사탕 같은 뽀얀 얼굴이 드러났다. 마치 암흑을 뚫고 찬란한 태양이 얼굴을 드러낸 것처럼 그렇게.

심정지가 온 줄 알았다. 그 애였다. 얼마 전 종로에서 로드킬 당한 피투성이 유기견을 도로에 뛰어들어 안고 나온 그 소녀. 그때 나는 바로 옆 차선 차 안에 있었는데 무모할 정도로 용감하다고 생각했었다. 운 좋게 신호가 바뀌어서 망정이지 아찔한 순간이었다.

쓰레기 더미에 던져질 너덜너덜한 사체를 끌어안고 우는 그 모습이 인상 깊었다. 의사가 되겠다고 맘먹은 내 안에 자리한 생명의 잣대가 심하게 요동치고 있었다. 살리는 것만 생각했지 죽은 것에 대한 존엄은 생각지도 않았다. 짧은 순간이었지만 묵직한 울림이 심장으로 전해졌다. 그 길을 지나칠 때면 그 소녀가 하릴없이 떠올랐다. 심장 속에 강렬하게 박혀버린 잊기 힘든 그 얼굴이 한 번 더 보고 싶었다.

내가 오십 번은 돌려 본 <Once Upon A Time In America>의 어린 데보라, 제니퍼 코넬리를 닮은 얼굴. 잡티 하나 없이 투명한 피부, 짙은 눈썹과 풍성한 긴 속눈썹. 발레를 추는 어린 데보라를 누들스가 숨죽여 훔쳐봤던 것처럼 나는 내 어깨 위에 기댄 그 애의 얼굴을 꼼짝없이 훔쳐봤다.

만져보고 싶었지만 그럴 수 없었고, 그래서도 안 된다고 요란한 경고등을 켠 이성이 힘겹게 붙들었다. 살면서 세 손가락 안에 손꼽힐 만큼 괴롭고 또 경이로운 순간이었다. 그저 시간이 멈추기를 바라는 허망한 기대 속에서 도둑처럼 바라만 보았다. 쿵쿵쿵. 눈치 없는 이놈의 심장은 기를 쓰고 쿵쾅거리고 야속한 시간은 빠르게 흘렀다.

이렇게 만날 줄은 꿈에도 몰랐다. 어떻게 이 우연을 인연으로 만들어야 하나 심도 있게 고민했다. 머리 좋다는 소릴 듣고 자랐는데 뾰족한 수가 떠오르지 않았다. 하나약국이 가까워지자 심장은 더 난리를 쳤다. 총체적 난국이었다.

오늘따라 그 애는 깰 기미가 없어 보인다. 나는 "아저씨 내려요!"라고 외친 다음 그 애를 가볍게 흔들어 깨웠다. 얼굴이 화끈거려 얼굴을 마주 볼 자신이 없었다. 고개를 푹 숙이고 능청스럽게 자는 척했다. 다행히 그 애는 옆에서 졸고 있는 나 따위는 관심도 없었다. 창밖 하나약국 간판을 보고는 냅다 내리기에 바빴다.

슬쩍 고개를 든 다음 창밖의 그 애를 또다시 훔쳐봤다. 기지개를 켜며 불을 밝힌 하나약국의 대형 간판을 배경 삼아 타박타박 걸었다. 겨울바람에 흑갈색 머리카락이 물결처럼 출렁였다. 붉은색 머플러 속에 얼굴을 파묻고서 외투 주머니에 손을 찔러넣었다. 마치 미숙한 내 심장을 간지럽히는 듯 재채기가 났다. 미련과 아쉬움이 남았다.

운이 좋았던 탓인지 행운을 발견했다. 그 애가 늘 손에 쥐고 있던 작고 네모난 수첩이 떨어져 있었다.

M.H.S. 그 애의 이름으로 추정되는 이니셜이 적힌 수첩을 첫 장부터 넘겼다. 오밀조밀한 이목구비처럼 필체도 제법 세련되고 귀엽다. S는 짐작대로 형광펜을 사랑하는 듯했다. 이럴 거면 차라리 형광펜으로 필기를 하지. 정리가 엉망이다. 제대로 된 걸 주고 싶었다. 예를 들면 나의 노하우가 담긴 핵심 노트 같은 것. 생각만으로 가슴이 부풀었다.

홀가분하게 수능을 치르고 나는 본격적으로 그 애를 찾았다. 다음 날도 그다음 날도 그 시간이면 나는 어김없이 101번 버스를 기다렸다. 그 애가 없으면 내려서 한 정거장을 걸어가 다시 탔다. 집요한 기다림은 과히 성과가 있었다. 드디어 그 애가 탔다. 수첩을 돌려주고 싶어서 따라 내렸다.

"저기."

걸음을 멈추고 그 애가 뒤돌았다. 기껏 용기를 내서 수첩을 내밀었는데 마치 처음 보는 물건인 듯 시큰둥하다. 수첩 대신 내 얼굴을 뚫어져라 쳐다본다. 손도 얼굴도 민망했다.

"지난번 버스에서 두고 내렸어요."

"아…."

그 애는 께름직한 얼굴로 주춤하다 받았다. 기이한 기분이 전신을 훑고 발끝에 모였다. 이상하게 전과 느낌이 달랐다. 분명 얼굴은 그 애가 맞는데 눈빛이, 분위기가 판이하게 달랐다. 내

짝을 알아보는 수컷의 육감이다. 크게 당황한 나는 먼저 뒤돌아 가버렸다.

나중에야 알았다. 내가 수첩을 건넨 그 애는 수첩 주인과 일란성 쌍둥이라는 걸.

죽도록 공부하느라 몰랐는데 둘은 우리 학교 인근 여고의 유명한 쌍둥이 자매였다. 남고에서 유명한 이유는 단 하나. 육감적으로 가슴이 크다거나 절로 고개가 돌아갈 만큼 예뻐야 하는데 자매는 후자에 가까웠다.

칼날처럼 서늘한 애가 첫째 민혜신이고, 햇살처럼 따사로운 수첩 주인이 둘째 민혜선이라고 했다. 나의 S의 이름이 바로 민혜선인 것이다. S는 늘 머리를 풀었고, 언니는 늘 묶었다. S는 독서실에 다녔고, 언니는 단과학원에 다닌다고 했다.

나는 틈틈이 독서실로 그 애를 보러 갔고 내 핵심 노트를 몰래 전달할 곳으로 그 독서실을 택했다. 장소 특성상 안전하고 내밀한 곳이니까 최적의 장소라 생각했다.

당장이라도 고백하고 싶었지만 거절할까 봐 겁이 났다. 그렇게 쉽게 끝날 인연이 될 순 없었다. 내 걸로 만들고 싶었다. 나만 만지고, 나만 안을 수 있는 내 짝으로 점찍었다. 신중하게 공을 들이고 마음을 얻어야 그 마음을 가질 것 같았다.

페이지마다 컷 만화를 그리며 설렘을 대신했다. 매일같이 그리웠다. 그 애의 반짝이는 눈동자를 잊을 수 없어 잠들기 힘들었다. 고개를 들면 대한민국 하늘 어디에나 그 애의 얼굴이 있었다. 우리 집 천장에도, 화장실 거울에도, 식탁 위 반찬 위에도, 그 얼굴이 온종일 따라다녔다. 그래 그때 그랬었다. 미련스럽게도 좋았다.

숨 막히도록 그리운 날이면 천진난만한 아이처럼 웃는 그 얼굴이 꿈으로 찾아왔다. 빙하도 녹일 입술로 내게 입을 맞췄다. 꿈은 현실 같았다. 하루는 가슴이 터질 것 같아서 밤이슬을 맞으며 그 애가 사는 동네를 찾아갔다.

먼발치에서라도 슬쩍 보고 돌아올 계획이었다. 먼젓번에도 집 근처 슈퍼에서 과자를 사서 나오는 그 앨 본적이 있었기에 나는 또 그 우연을 기대했다.

하나약국 오른쪽 백 미터 거리에 동키치킨을 끼고 돌면 시작되는 골목길로 나는 들어섰다. 본격적으로 어둠이 시작되는 지점을 올라가다 보면 불안정하게 깜빡이는 가로등이 보였다. 거길 지나서 두 번째 골목길로 들어서면 보이는 회색 벽돌집 2층에 그 애가 살았다. 그 애가 사는 집은 지대가 낮아서 마음먹고 본다면 건너편 골목에서도 잘 보였다.

익숙하게 거길 지나치는데 느닷없이 그 애가 성큼성큼 걸어왔다. 발과 심장이 얼어붙어서 전봇대처럼 꼼짝없이 서 있었다. 꼭 나를 보고 걸어오는 것 같았다. 정확히 내 코앞에서 멈춰서서는 나를 빤히 올려다보았다.

휙~

한차례 바람이 불었다.

그 애의 샴푸 냄새인지 모를 향이 코끝을 파고들었다. 언젠가 맡아 본 적 있는 에델바이스 꽃향기를 닮은 향은 제대로 나를 자극했다. 바람이 준 그 향기는 잠 못 들고 사랑에 빠진 내 심장을 혹사시켰다. 우리가 서 있는 그곳만 봄이었다. 현기증이 날 만큼 심장이 날뛰었다.

아무 말 없이 날 보고 선 그 애를 나는 어쩌지 못해 바라만 보고 있었다. 깜빡깜빡 점멸하는 노란 가로등 불빛 아래 서 있는 나의 태양은 달빛도 밀어낼 만큼 아름다웠다. 뚝뚝 떨어지는 붉은 꽃잎처럼 대지를 적시는 그 애의 찬란한 빛은 내 영혼을 강탈해갔다. 손을 뻗어 연약하지만 뜨거운 그 몸을 끌어안고 싶었다. 반쯤 열린 선홍빛 입술을 훔치고 먼동이 틀 때까지 매혹적인 그 숨결을 붙들고 싶었다. 그래야 내가 살 수 있었다.

내가 뭐라도 하려는 그때 고요한 침묵을 찢는 소란한 발소리가 어둠을 갈랐다.

"혜선아! 선아!"

그 애의 이름을 부르며 누군가 허겁지겁 달려왔다. 잠옷 차림의 남녀는 정황상 그 애의 부모 같았다. 나와 눈을 마주치기도 전에 그 애 아빠는 재빨리 그 애의 팔을 낚아채 곧장 등에 업었다.

"아이고! 고맙습니다. 하마터면 또 다칠뻔했네요."

나는 아무것도 한 것이 없는데 그 애의 엄마는 내게 꾸벅 인사를 했다. 한숨 돌리며 돌아서는 엄마의 맨발을 보았다. 신발을 신을 겨를도 없이 허겁지겁 그 애를 찾아 쫓아 내려온 것처럼 보였다. 마음이 뭉클했다.

집으로 돌아오는 길에 곰곰이 이성적으로 생각했다. 외출복이라고는 보기 힘든 파자마. 나를 바라보는 듯 보였지만 초점 없는 흐린 눈빛. 마치 꿈을 꾸는 것 같은 기묘한 표정. 그 애는 수면보행증, 즉 몽유병을 앓고 있었다. 그 때문에 버스에서 매일같이 졸았던 건가. 그 애를 지켜주고 싶었다. 그래서 밤이면 그 애를 찾아갔다. 혹시 모를 위험으로부터 나의 태양을 지키기 위해.

해가 잘 들 것 같던 큰 창 너머에 그 애가 있었다. 같지만 다른 얼굴도. 그래 큰 창.

또다시 흐릿해지는 기억. 뒤죽박죽 흩어진 기억의 조각들. 메스꺼움을 동반한 두통이 몸을 괴롭혔다. 이깟 통증쯤은 얼마든지 참을 수 있었다. 그녀를 찾았으므로.

열아홉의 끝자락 발광하는 내 심장을 가져간 소녀.

민혜선. 나의 써니.

죽을 만큼 그녀가 보고 싶었다. 이제는 여인이 된 나의 첫사랑을 생은 고맙게도 다시 내 앞에 데려다주었다. 교복을 입은 그녀의 앳된 모습이 심장에 새긴 타투처럼 고스란히 남아있었다. 생각해 보면 그때도 지금도 나는 여전히 설레었다. 어쩌면 등대에서 잠들었던 나의 심장이 본능적으로 그녀를 알아보고 눈을 떴는지도. 우리가 처음 만났던. 엄밀히 따지고 보면 다시 만났던 그날.

그녀는 무리 지어 피어있는 장미정원 속에 홀로 핀 들꽃 같은 여자였다. 자꾸만 눈이 가고 이름을 알고 싶은 매혹적인 들꽃. 수수한 옷차림에 화장기 없는 얼굴이었지만 유독 빛나는 눈을 가진 여자라 생각했다.

단아한 얼굴과 내가 좋아하는 향이 나던 여자, 무더운 여름인데도 차가운 바람을 끌어안고 있었다. 내리는 비를 바라보는 그녀의 옆모습과 탄성처럼 내뱉던 가느다란 숨소리가 무척이나 신경 쓰였다. 그러다 빗물처럼 뚝뚝 눈물을 흘렸을 때 나는 이상하게 가슴이 아팠다. 일면식도 없던 그녀의 손을 잡아주고 싶었다.

코맹맹이 소리로 내게 질문하던 그녀가 나를 바라봤을 때 당혹스럽게도 심장이 내려앉았다. 기이한 순간이었다. 모든 것이, 우주의 섭리가 그러했다. 그래서 나는 그녀에게 키스했다. 눈물로 촉촉이 젖은 그 입술에 입술을 포개는 순간 알았다. 우리가 지독한 사랑에 빠질 거라는 걸. 그 키스는 단순한 키스가 아니었다. 육체적 욕망에 사로잡힌 키스가 아니라 그건 내 영혼이 그녀의 영혼과 조우한 운명적인 순간이었다.

노을 진 그 등대에서 돌아서던 그녀의 등을 떠올리며 가슴앓

이하며 지내던 어느 날, 그녀가 다시, 다시 내 앞에 나타났다. 나는 룰을 깨버렸다. 내 환자인 그녀가 남편이 있는 걸 알면서도 다가갔다. 내가 포기할 수 없었던 건. 그녀가 행복해 보이지 않았기 때문이다. 뜨거운 태양 아래 있어도 그녀가 끌어안고 있던 차가운 바람을 어찌 모를 수 있을까.

나를 밀어내는 그녀를 보면서 몇 번이고 그만두자 다짐하면서도 사람 맘이란 게 참, 뜻대로 되지 않았다. 잊으려 하면 더 애틋해지고 돌아서려 하면 질긴 미련이 남아서. 아직 시작도 못 해 본마음이 억울해서, 넘쳐서, 미칠 것처럼 그녀를 안고 싶어서, 그만둘 수 없었다.

살면서 내 맘대로 안되는 게 사람 마음이란 걸 처음 깨달았다. 그 마음 하나 얻을 수 있다면 뭐든 하고 싶었다. 무서울 정도로 그녀가 좋았다. 인간 같지도 않은 놈이 갖기엔 너무 아까운 여자였다. 처음부터 내 것이었던 그녀를 놈이 훔쳐 간 것이다. 내가 빼앗은 것이 아니라. 우리가 아깝게 놓친 지난 세월만큼 놈을 향한 분노가 치밀었다.

오늘처럼 첫눈이 내리던 그날, 나와 그녀의 D-day.

진부하지만 백 송이의 장미꽃다발을 들고서 약속 장소인 독서실로 부리나케 달려갔다. 한껏 멋도 내고 향수도 뿌렸다. 만나자마자 무조건 키스부터 밀어붙일 꿈에 부풀어 양치를 열 번도 넘게 했던 기억이 난다.

목적지가 다가올수록 점점 사이렌 소리가 크게 들렸다. 요동치는 내 심장 소리만큼이나.

"아이구. 저런. 불이 났나 보네."

기사 아저씨의 불길한 시선을 따라 창밖으로 고개를 돌렸다. 목적지인 건너편 독서실이 불길에 휩싸이고 있었다. 백 미터는 더 가야 유턴하는 곳이 나왔다. 그때까지 기다릴 수 없었다. 마음이 다급했다. 뜨거운 불길 속에 그 애가 있다고 생각하자 눈앞이 깜깜했다. 욕지기가 솟구쳤다.

"차 세워요! 어서!"

지갑을 던지고 무작정 택시에서 내렸다.

"이봐 학생! 위험해!"

쏜살같이 달렸다. 얼음 같은 바람이 얼굴을 때렸다. 차가운 눈이 시야를 막았다. 눈 부신 빛이 사납게 달려들었다.

빠아앙!

쿵!

무서운 적막.

몸이 부서지는 충격과 함께 의식을 잃었다. 병원에서 눈을 떴을 땐 내가 거길 왜 갔는지 아무것도 기억나지 않았다. 그렇게 나의 써니는 감쪽같이 지워졌다.

기억이 삼켰다, 나의 태양을. 나의 우주가 사라졌다.

가슴이 아렸다. 쓰라린 눈물이 날카롭게 뺨을 베고 심장으로 뚝뚝 떨어졌다. 아프다는 말로는 부족한 극심한 고통이 심장을 파먹었다.

아악!

발악하듯 고함을 질렀다. 발화의 시작은 도서관 주인의 난로였지만 하필 그 시각에 불이 났다는 것이 의심스러웠다.

'영웅이 구해낸 십 대 소녀. 운 좋게 화마 속에서 탈출.'

그날 일간지의 한 꼭지를 차지한 기사 속, 영웅의 탈을 쓴 삐뚤어진 미치광이를 떠올렸다. 놈의 방화일지도 모른다는 추측이 들쑥날쑥한 기억처럼 머릿속을 비집고 나왔다. 만약 내 짐작이 맞다면 내 손으로 놈의 숨통을 끊어버릴 것이다.

코트 주머니 안에서 폰이 얄팍한 몸을 떨었다. 본가에서 걸려온 전화다. 사고 이후, 매년 눈이 내리면 어김없이 안부를 물으신다. 흥분을 가라앉히고 통화버튼을 눌렀다.

"네. 아버지."

[눈이 오는구나. 운전 조심하고.]

"또 어머니가 전화해보라고 하셨죠. 늘 눈이 내리면 걱정하시잖아요. 아직까지도."

[윤석아, 그걸 잘 아는 놈이 먼저 전화라도 한 통 하면 어디 손가락이라도 부러지냐.]

"바빴어요."

[그래. 바빠야지….]

본론으로 들어가기 전 아버지는 습관처럼 한 뜸을 들인다.

['게시판 사건' 말이다.]

예측했던 레퍼토리다.

"네."

[다행히 법무팀에서 잘 해결했다고 들었다만. 법무팀에서 가져온 신상 명세서를 보니 글쓴이가 예전 거래처 고 사장 아들이더구나. 고두홍이라고. 그 녀석 아내를 네가 뺏은 것이냐? 아들아. 시끄러운 건 문제가 있는 게야. 일이든 사람이든.]

"아뇨. 처음부터 제 여자였습니다. 아버지, 저, 기억이 돌아왔어요."

[그게 정말이냐!]

"네. 제가 그놈을 죽일지도 모르겠습니다."

[도훈아! 그게 무슨 소리냐. 네가 누굴 죽여?]

"놈이 그 여자의 인생을 죽였어요. 그때 그 애는…. 하…."

바라보기에도 아까웠던 여린 그 얼굴이 눈앞을 가로막았다. 눈앞에 있는 듯 선명한 그녀의 모습에 정신을 차릴 수 없었다. 내 우주였던 그녀의 인생을 망친 놈을 어떻게 용서할 수 있을까. 갈기갈기 찢어 태워도 분이 안 풀렸다. 놈이 숨 쉬는 한 더러워진 공기는 결코 정화될 수 없다. 놈은 반드시 죗값을 치러야 한다. 그녀가 고통받은 만큼 철저하게.

[아들아. 잃었던 기억을 한꺼번에 찾았으니 혼란스러울 수 있어. 화

도 나겠지. 그렇다 한들 다 지난 일이다. 인생 힘들게 가지 말거라. 과거 때문에 현재를 망치는 어리석은 짓은 하지 말아야지. 그래야 네 사람도 지키는 게다.]

아버지의 목소리가 이명처럼 귓가를 어지러이 울렸다. 식을 줄 모르는 무서운 분노는 세상을 뒤덮은 흰 눈만큼 가슴속에 겹겹이 쌓여갔다. 우선 그녀를 곁에 둬야 한다. 그녀가 내 손을 뿌리쳐도 이젠 내가 안 된다. 다신 놓치고 싶지 않다. 놈은 그 뒤였다.

소년의 심장으로 돌아온 나는 그 시절의 추억을 떠올리며 삼각 커피 우유를 샀다. 티파니에 들러 미리 골라둔 반지도 가져왔다. 기나긴 세월 속에서도 지지 않던 나의 태양을 찾아 무작정 떠나려던 그때 기억의 조각 하나가 기습적으로 심연을 찢고 나왔다.

불꽃처럼 적나라하게 흩뿌려지는 붉은 핏방울의 강렬함….

우두커니 허공을 바라보며 얼어붙고 말았다. 불순물처럼 부유하는 기막힌 광경을 차마 볼 수 없어 나는 눈을 감아버렸다. 망연자실한 내 얼굴 위로 빌어먹을 차가운 눈이 부서지듯 내려앉았다.

9.
잠든 기억이 나를 부를 때

아침을 먹은 엄마는 부산하게 움직였다. 외출복으로 갈아입고서 누군가를 기다리는 것처럼 현관 앞을 서성였다. 여전히 남편의 실체를 부정하는 엄마는 혜진의 설득에도 불구하고 악마를 맹목적으로 믿었다. 불쌍한 남편을 접근 금지할 만큼 대단한 사람과 내가 바람이 났다는 것에만 초점을 맞춘 못마땅한 상태였다. 사이비 교주에게 눈먼 교인처럼 말이 안 통했다.

답답했지만 엄마도 시간이 필요하리라 생각했다. 충격을 흡수하고 받아들이기까지 사람마다 필요한 시간이 제각각 다른 법이니까.

"엄마, 누구 기다려? 약속 있어?"

"어, 누굴 좀 불렀다."

"누구?"

안절부절 어쩔 줄 몰라 하는 엄마 곁으로 다가갔다. 주름진 엄마의 얼굴은 예측할 수 없는 불안과 혹시 모를 기대가 엉망으로 뒤엉켜있었다. 엄마의 딸이라면 누구나 알 만한 낯익은 그 표정이 떨어질 듯 흔들리는 간판을 바라보는 것처럼 불안했다.

어제 그의 서재를 뒤적이던 내 모습이 저랬을까. 나는 도대체 무얼 찾고 있었을까. 그가 나쁜 사람이라는, 더 나아가 범인이라는 증거? 그를 사랑하는 만큼 맹목적인 의구심도 재빠르게 증폭되었다. 막연한 의심은 그와의 관계를 멀찍이 떨어트려 놓은 일등 공신이 되었다.

솔직히 말하면 그로부터 도망친 것이었다. 언니를 살해한 범인일지도 모른다는 의심을 하면서도 나는 여전히 그에게 자석처럼 끌린다는 사실이 참기 어려웠다. 그를 떠올리면 몸이 먼저 반응했다. 그렇게 될 수밖에 없는 화학반응처럼 황홀한 불꽃이 일었다. 내 맘대로 안되는 원초적 욕망이 진정 부끄러웠다.

초인종 소리를 듣던 엄마는 황급히 문을 열었다. 칼바람과 함께 들어선 서늘한 얼굴을 보는 순간 번개가 내리꽂힌 듯 등줄기에 오소소 소름이 돋았다.

"장모님. 저 왔습니다."

파괴자의 등장에 꼼짝달싹도 할 수 없었다. 발이 얼어붙었다.

"어서 오게."

"엄마…."

"혜진이가 하도 이상한 소릴 하길래 내가 믿을 수가 있어야지. 부부간의 문제는 부부끼리 풀어야지. 남은 모른다."

"엄마!"

"후회할 짓 하지 말고. 너도 엄마 말 들어. 고 서방 혜선이랑 얘기 잘하게."

엄마는 남편의 팔을 다독인 후 서둘러 문을 나섰다. 나는 색 바랜 엄마의 남색 패딩이 문밖으로 사라지는 것을 멍하니 응시하며 슬금슬금 뒷걸음질 쳤다. 질리도록 봐온 조악한 놈의 미소가 평화롭던 일상을 깨부수기 시작했다.

"마눌. 오랜만이야."

"가, 가까이 오지 마. 소리 지를 거야."

"이러기야? 같이 살 맞대고 산 세월이 있는데. 이러면 섭하지."

등줄기에 돋아난 소름은 두드러기처럼 우둘투둘 몸 전체로 번졌다.

"여긴 왜 온 거야?"

"장모님한테 내가 부탁을 했지. 순진한 우리 김춘희 씨가 아직도 날 믿더라고."

"미친 새끼. 엄마 앞으로 사망보험금 든 거 다 봤어. 너 내가 가만 안 둘 거야!"

"어떻게?"

"넌 지금 접근금지명령 어긴 거야. 경찰에 신고할 거야. 그럼 넌 현행범으로 체포돼."

후들거리는 손으로 전화기를 집어 들었다. 손이 너무 떨려서 아무것도 눌러지지 않았다.

"우리 마누라. 무서운가 봐. 바들바들 떨고 있네. 그러게 그렇게 겁날 짓은 왜 하고 지랄이야? 업무방해죄, 명예훼손죄, 폭행죄, 공갈협박죄, 그리고 가중처벌 사기죄? 바람 난 건 넌데 왜 내가 고발당해야 할까. 마누라랑 상간한 새끼가 내 앞길을 막질 않나. 바람난 여편네가 내 물건을 훔쳐 가질 않나. 내가 요즘 밤에 잠이 안 와. 어!"

바득바득 이를 갈던 놈이 내 머리채를 휘감아 잡아당겨 얼굴을 마주 본다. 피부가 벗겨질 것처럼 고통스럽다.

"으윽. 놔! 미친놈아!"

"배 터지게 고소장 받았으니까 너도 뭔가 줘야지. 내 다이어리 어딨어!"

"그게 왜 당신 거야. 그거 어디서 났어?"

"훔쳤어. 신이 가방에서."

언니의 이름을 발음하는 것조차 구역질 났다. 나는 죽을힘을 다해 남편의 손을 깨물었다. 내 이가 깊이 박힐수록 고통을 참지 못한 놈은 머리채를 놓았다. 억센 손아귀에서 벗어난 나는 벌떡 일어서서 간격을 벌렸다.

"미친 새끼! 언니 때문에 나랑 결혼했지? 내가 언니랑 똑같아서?"

눈을 번쩍이던 놈은 고개를 치켜들고 기분 나쁘게 실실거렸다.

"우리 마누라 똑똑해졌네. 이제 좀 데리고 살만하겠어."

차츰 드러나는 진실에 다리가 휘청했다. 나는 벽을 붙들고 섰다. 남편은 보란 듯이 어깨를 당당히 펴고 허리를 곧추세웠다. 그 기세에 밀릴 일은 오늘은 없었다.

"웃기지 마. 너랑은 절대 못 살아. 너랑은 이제 끝이야."

"어떡하지. 난 이제 너랑 정말 살고 싶어졌는데."

놈은 째려보는 나를 보며 싱긋 웃는다.

"진작 좀 이렇게 하지 그랬어? 그럼 맞고는 안 살았을 텐데."

"닥쳐. 이 개새끼야!"

손에 잡히는 대로 죄다 집어 던졌다. 요리조리 잘도 피하던 놈은 깔깔 웃어젖혔다.

"마눌. 봤어, 다이어리?"

악마의 얼굴을 드러낸 놈이 징그럽게 웃으며 담배를 꺼냈다. 나는 마음을 굳건히 다졌다. 사람이 아니라 생각하니 수년간 날 압박하던 두려움도 거짓말처럼 잠잠해졌다. 정말 묻고 싶었던 말, 내가 해야 하는 말. 답을 들어야 하는 그 말을 내뱉는다.

"니가, 죽였니, 우리 언니?"

휘이-

남편은 짧게 휘파람을 불었다. 비장한 표정으로 담배를 물고는 라이터를 꺼내 불을 붙인다. 라이터 불꽃에 움찔한 나는 도망치듯 뒷걸음질 쳤다. 양 볼이 움푹 파이도록 깊게 빤 다음 연기를 길게 내뿜기를 반복한다. 묵직한 침묵이 나를 질식시키는 것만 같다. 꽁꽁 감춰둔 검은 비밀을 토해내는 것처럼 연기는 지독히도 매웠다.

"정말 알고 싶어?"

남편이 빤히 나를 쳐다본다. 혹시라도 그의 이름이 불쑥 튀어나올까 봐 심장이 다 쪼그라들었다.

"후회하지 마."

놈의 얼굴에 미스터리한 그림자가 짙게 드리웠다. 숨 막히는 기다림을 연출한 놈이 기분 나쁘게 실실거렸다.

"당장 말해!"

"너잖아."

"뭐래는 거야."

생각지도 못한 소릴 지껄이는 통에 사고가 멈춰버렸다. 도대체 무슨 속셈인지 나는 놈을 힘껏 노려보았다. 거의 다 태운 담배를 화분에 비벼 끈 놈이 시선을 내게 돌린다. 빨갛게 충혈된 악마의 안구가 지옥 불처럼 사납게 이글거렸다.

"백치 같은 년. 니 아비가 뭣 때문에 현장을 쑥대밭으로 만들었겠어? 다른 딸년을 보호하려고 그런 거야. 니 아비와 혜신이

DNA 외에는 다른 DNA는 발견되지 않았잖아. 범인이 완전범죄를 저질렀다고? 웃기지 마. 니들이 쌍둥이라 그런 거야. DNA가 같으니까."

"무슨 헛소리야. 미쳤어?"

터무니없는 소린데도 느낌이 안 좋았다. 모든 공기가 차단된 곳에 갇힌 것 같다. 숨이 막힌다. 이게 아닌데. 내가 생각했던 시나리오는 절대 이럴 수 없는데. 혈관 안의 모든 피가 서서히 빠져나가는 것처럼 심장이 저리고 어지러웠다.

"니가 혜신이 목을 가위로 찔렀잖아. 그날 밤에."

"거짓말하지 마!"

"너 몽유병 있잖아. 니 아비가 그 꼴을 보고 놀라 나자빠지는 꼴을 봤어야 하는데. 쯧쯧."

한때 앓았던 몽유병 얘기에 심장에 가시가 찔린 듯 따끔했다.

"뭐? 니가 그걸 어떻게 알아?"

"내가 민혜신을 따라다녔잖아. 그날을 어떻게 잊겠어. 너희 방 창문을 내가 날마다 보고 있었는데. 니들은 커튼도 잘 안 쳤잖아. 그날도 거기 숨어서 혜신일 기다렸는데 참 재미난 걸 목격했지. 원래는 신이가 널 죽일 생각이었어, 그날. 나한테 조용히 귀띔해줬었거든. 재미난 걸 구경하러 오라고. 우린 같은 영혼을 공유한 소울메이트니까."

놈은 어울리지 않게 감상에 젖어 들었다. 목이 멘 목소리가 소름 끼치도록 어울리지 않았다.

“몽유병으로 방을 돌아다니던 니가 창가에 섰는데 신이가 널 때리고 별짓을 다 해도 넌 백치처럼 모르더라. 그때였어. 신이 가위를 들고 니 머리카락을 한 움큼 자르고는 니 손에 가위를 쥐여줬지. 그리고 니 손을 잡고 니 배를 찌르려는데 김춘희 씨가 그걸 봤는지 방으로 달려들어 왔고, 놀랬는지 어쨌는지 한바탕 육탄전을 벌이다가 니가 살겠다고 혜신이 목을 가위로 찔렀어. 그때 매끈한 혜신이 목에서 뿜어져 나오던 붉은 피를 아직도 잊을 수가 없어. 피가 막 튀는데 무지 슬픈데. 썅! 기막히게 아름다웠어. 아, 혹시 이런 날이 올까 봐 내가 찍어둔 사진도 있어. 혜신일 찍는 게 유일한 내 낙이었거든. 보너스로 재밌는 거 하나 알려줄까? 신이 사진을 폰 배경 화면으로 해놔도 병신 같은 니네 식구들은 다 넌 줄 알더란 말이지. 여고 시절 너 말야.”

남편의 까만 액정을 밀어내면 등장하는 앳된 얼굴이 내가 아니라 언니였다는 것도 지금은 중요치 않았다. 내가 궁금한 건 따로 있었다. 놈의 말이 사실인지 확인해야 했다.

“내가 보고 싶은 걸 보여줘. 그딴 얘기 말고. 어서.”

“똥줄 탄다 이거지. 보자, 백치 폴더가 어딨더라.”

남편은 자신의 폰을 꺼냈다. 손에 달고 살던 놈의 폰에서 불길한 기류가 흘러나왔다.

“찾았다. 널 위한 선물.”

놈은 액정화면을 보며 기괴한 웃음을 흘린다. 폰을 만지작거리며 이상한 노랫말을 흥얼거린다. 원하는 것을 찾았는지 입가를 맴돌던 기괴한 웃음은 눈가까지 번져 번들거렸다. 고개를 들고 거리낌 없이 폰을 건넨다.

"똑똑히 봐. 니가 무슨 짓을 했는지."

떨리는 손으로 폰을 받았다. 작은 화면에는 스릴러영화의 스틸컷이 담겨있었다. 잠옷을 입은 내가 우아하게 목선을 드러낸 언니의 매끈한 목을 찌르고 있었다. 언니의 붉은 피를 뒤집어쓴 잔인하고 끔찍한 몰골의 나는 심장이 죽은 좀비 같았다. 엄마가 나를 부둥켜안고 있고 아빠가 달려들어 왔다. 아비규환이었을 그날 밤의 참혹한 광경이 잔혹한 그림처럼 펼쳐졌다. 후들후들 손이 떨려 폰을 떨어트리고 말았다.

"그날 밤 나는 영혼을 잃었어. 니년 때문에."

"아니야!"

믿을 수 없어 자세히 들여다보아도 스릴러의 살인자는 내가 확실했다. 내가 힘겹게 지켜온 안락한 세계가 와르르 무너져 내렸다. 나는 가쁜 숨을 몰아쉬며 털썩 주저앉았다.

"말도 안 돼."

"기가 막히지? 찰나였어. 신이의 숨통이 끊어진 시간은 고작 1분도 안 됐어. 나의 신이 내 눈앞에서 허무하게 죽었는데 병신같이 나는 아무것도 할 수가 없었어. 누구든지 죽일 수 있다고 자신했는데 유일하게 죽이고 싶지 않던 인간이 내 눈앞에서 비참하게 죽어갈 때 난 무슨 생각을 했을까?"

넋이 나간 내 앞에 쭈그리고 앉은 남편이 낮게 신음하듯 내뱉었다. 이건 정말 말도 안 되는 일이었다. 정신을 차릴 수가 없었다.

"그때부터 난 널 어떻게 죽일지 두고두고 고민했어. 내가 잘하는 일을 하기로 결심한 거지. 가장 효율적이고도 가장 고통스럽게 눈엣가시 같은 존재를 한꺼번에 해결할 수 있는 방법. 얼어 죽을 놈의 D-day! 첫눈 오는 날. 그날이 제일 적당했어. 놈이 널 만나러 간다는 야무진 계획을 이용하기로 한 거지. 놈이 보는 앞에서 널 불태워 죽이는 계획을 야심 차게 세우고 차근차근 준비했어. 그때 방화 사건만 죽어라 판 게 백 건이 넘어. 난 준비성이 철저한 놈이거든. 눈만 오면 다 끝나는 일이었어. 잘난 김도훈이 고통스러워하는 모습을 상상하면서 일기예보만 죽어라 봤지."

말을 끊은 남편은 독백하는 연극배우처럼 고뇌하는 얼굴로 나를 본다. 내가 쳐다볼 때까지. 기어이 눈을 맞추고는 잔인한 다음 대사들을 잘근잘근 씹어 뱉었다.

"드디어 첫눈이 내렸어. 칠칠맞은 독서실 주인 년의 기름 난로를 이용해서 아름답게 불을 질렀어. 근데 너도 알다시피 그놈이 내 눈앞에서 교통사고를 당했잖아. 그래서 계획을 수정했지. 몸도 머리도 민첩하게 움직였어. 김도훈이한테서 뺏고 싶은 맘도 있었지만, 무엇보다 널 고통스럽게 하고 싶었어. 혜신인 그렇게 허무하게 죽었는데 넌 한큐에 가면 너무 억울하잖아. 정작 살인자 년은 아무것도 모르고 죄책감도 없이 잘 먹고 잘사는 꼴을 내가 도무지 볼 수가 있어야지. 나 그런 놈 아니잖아. 물론 가끔 착각하기도 했지. 니가 머리를 묶고 창밖을 쳐다볼 때 말야. 꼭 혜신이 같았거든. 그때 혜신이가 창밖을 쳐다보곤 했었어. 나 보란 듯이. 특유의 그 무표정한 얼굴로 나를 유혹하는 것 같았거든."

웃는 것도 우는 것도 끔찍이 싫어했던 남편의 속마음이 이제야 이해가 됐다. 내가 머리를 묶고 무표정한 얼굴로 창밖을 바라볼 때면 낯설게 느껴졌던 남편의 눈빛이 왜 그토록 아련했는지 깨달을수록 가슴이 쓰라렸다.

같은 탯줄에서 태어난 언니는 죽어서까지 내 인생을 지배하고 있었다. 낮에는 그림자처럼 밤에는 까만 어둠으로 내려앉아 완벽하게 나를 속박하고 있었다. 내 영혼을 짓밟았다. 그런 언니를 내가 죽였다. 시간이 지날수록 기막힌 그 사실은 점차 내 숨구멍에 고통의 못을 박고 또 박았다.

언니의 실체가 어떻든, 같은 양수 안에서 살고, 한날 태어나 우린 닮은 듯 다르게 부딪히며 살았다. 열여덟 제대로 피지도 못한 언니의 생을 내가 꺾어버렸다. 엄마의 자랑이자 아빠의 전부였던 딸을. 내 손으로 직접.

“언니…. 미안해.”

“지랄하네. 신나게 쑤셔 죽여 놓고 미안은. 더 말해줄까? 매일 엉망이던 집구석도 니가 그런 거야. 스트레스를 왕창 받고 잠든 날이면 몽유병으로 집안을 개판으로 만들더라니까. 넌 참 손이 많이 가는 여자야.”

“아니야…. 그럴 리가 없어. 몽유병은 없어졌어.”

언니가 죽은 그날 이후 엄마는 싫다던 나를 병원에 데려갔다. 몽유병을 호전시키는 약을 1년 동안 먹었고 몽유병은 자연스럽게 없어졌다. 그런데 또다시 그랬다니 믿을 수가 없었다.

이 상황을 맘껏 즐기던 남편은 콧노래를 부르며 동영상을 틀었다. 나는 멍한 눈을 영상에 고정시켰다. 영상 속에는 또 내가 등장했다. 거실 소파 쿠션을 찢고 옷들을 흩트리는 나…. 영상을 볼수록 집안에서 일어났던 끔찍한 사건들이 재빠르게 뇌리를 스쳐 갔다.

“그럼 혹시… 방울… 이도… 내가… 그랬니?”

제발 아니기를 바라며 놈의 얼굴만 쳐다보았다. 생각만으로도 너무 끔찍해서 눈물이 솟구쳤다.

“아쉽게도 건 내 작품. 니가 그랬으면 좋아죽을 뻔했는데 희한하게 넌 살아있는 생물은 손도 안 대더란 말이지. 넌 심성이 약해빠진 인간이라 신이처럼 아름답지 못해서 그런 거야. 니가 자식새끼처럼 키우던 그 개새끼는 죽어 마땅했어. 내 새끼는 죽고 없는데 감히 개새끼 따위가 그 자릴 차지해? 허, 어림도 없지. 옆집 고양이 새끼도 그렇고. 나만 보면 발톱을 세웠잖아. 그 털은 또 오죽했냐. 고개 빳빳이 쳐들고 다니는 오만한 옆집 년을 봐서라도 그래야 옳았어."

놈은 자신의 업적을 자랑하듯 내가 자식처럼 키웠던 방울이를 난도질하고, 축 늘어진 코코를 세탁실로 던져넣는 동영상을 실실 웃으며 보여주었다.

"아악!"

차마 눈 뜨고는 볼 수 없어 나는 비명을 질렀다. 팔다리가 후들후들 떨리고 숨이 헐떡거렸다. 저런 인간과 지금껏 어떻게 살았는지 온몸에 한기가 들어서 몸이 바르르 떨렸다.

"순진한 척하지 마. 어쨌든 혜신일 죽인 건 너잖아. 그게 정당방위였대도 니가 죽였어."

거머리처럼 들러붙는 소름 돋는 사실은 바뀔 수 없는 진실이었다. 환장할 지경에 나는 입을 틀어막았다.

생각할수록 죽고 싶었다. 내 얼굴을 볼 때마다 아빠와 엄마는 무슨 생각을 했을까. 아빠가 알코올 중독에 빠진 것도 언니를 살해한 끔찍한 내 모습을 지우기 위한 아빠만의 살아남는 방법이었다는 걸 이제야 알았다. 맨정신으로는 단 1초도 견딜 수가 없어서 죽어라 술을 마셨던 거였다. 지우고 싶어서 괴로워서. 속이 울렁거렸다.

“또 누가 알아. 이번엔 니가 죽고 못 사는 김도훈의 목을 찌를지.”

나를 조롱하며 징그럽게 키득거려도 아무렇지 않았다. 정말 내가 그럴지도 모른다는 두려움에 사로잡혀 나는 화석처럼 굳어 버렸다. 모두 남편의 소행이라 믿었던 끔찍한 그 일 중 내 손을 거친 일도 있다는 사실은 중요한 사건 하나를 끄집어내었다. 난장판이 된 그의 거실.

“그 사람 집에 쳐들어온 적 있어? 사실대로 말해줘.”

“미쳤냐. 내가 거길 들어가게? 김도훈이는 사돈에 팔촌까지 돈과 권력으로 똘똘 뭉친 집안이야. 일을 어렵게 만들면 하수지. 그런 집안에서 곱게 자란 놈이 니가 친언닐 죽인 살인자라는 사실을 알면 참 재밌어지겠지?”

그날 거실을 떠올리고 언니를 추억할수록 오장육부가 발칵 뒤집혔다. 욕지기가 솟구쳤다. 화장실로 달려간 나는 전부 토해 버렸다. 이 사실을 꿈에도 모를 그 사람의 선한 얼굴이 눈앞에서 아른거렸다. 말도 안 되게 그를 의심했던 순간들도 어김없이 되살아났다.

“너도 나랑 같은 과가 될 수 있어. 혜신이가 그랬듯이 너도 똑같이 되는 거야. 피에 집착하고 살인에 목말라하는 영혼이 아름다운 그런 인간. 쌍둥이는 원래 모든 걸 다 나누는 법이잖아. 그놈 옆에서 고고한 척 그러지 말고 니가 있어야 할 곳으로 돌아와. 그래야 김도훈이 살아."

그래야 김도훈이 살아…. 윙윙. 귓속이며 머릿속이 빙빙 돌았다. 모든 벽이 좁아지면서 점점 내 몸을 가두려 했다. 현기증이 몰려왔다. 식은땀이 흘렀다. 남편의 히죽이는 얼굴이 비틀어졌다.

"엄마, 어젯밤에 내가 도둑을 죽이는 꿈을 꿨어. 언니가 죽으려고 그런 꿈을 꿨나 봐."

언니가 주검으로 발견된 날 나는 엄마에게 울먹이며 말했었다.

그날 엄마의 얼굴에서 쉴 새 없이 떨어지던 투명한 눈물이 지금 내 눈에서 떨어졌다. 방울방울 떨어지는 눈물을 삼킬수록 엄마 아빠의 원망도 함께 삼키는 것 같았다.

바보같이 그런 줄도 모르고 매일같이 언니를 추억하고 언니의 살인범을 저주했었다. 언젠가부터 내 눈길을 피하던 아빠의 쓸쓸한 얼굴과 마음껏 행복하지 못했던 엄마의 주름진 얼굴이 희뿌연 시야를 가렸다.

"언제 알게 될까, 매일매일 기대했어. 20년이나 걸렸다는 게 놀라울 뿐이야. 어때 지금 창자가 끊어질 듯 아파? 숨쉬기도 힘들고 세상이 무너지는 것 같아? 꼭 그래야 할 거야. 그날 나의 신이 네 손에 죽던 날 내가 그렇게 아팠거든. 그렇게 힘들었는데. 내가 지금 할 수 있는 거라곤 고양이 새끼들이나 죽여서 신이를 추모하는 것뿐이잖아. 이보다 더 초라할 수가 없어. 넌 맞을만해서 맞은 거야. 이제 알겠어?"

"고두홍. 착각하지 마. 내가 언닐 그렇게 만들었다고 해서 니가 날 때릴 권리는 없었어. 어떤 이유로든 니가 저지른 폭력은 정당화될 수 없어. 내 인생을 네 멋대로 망가트리고 짓밟을 수는 없는 거야! 넌 그럴 자격이 없어! 넌 언니한테도 나한테도 아무것도 아니야! 넌 그냥 폭력에 굶주린 미치광이일 뿐이야!"

"칫. 아주 지랄발광을 해라."

헛웃음을 짓던 놈은 지루한 표정으로 머리를 긁적였다.

"차라리 그때 밝히지 그랬어. 내가 언닐 죽인 살인자라고 우리 부모가 숨겨도 당신이 내가 범인이라고 밝혔으면 좋을 뻔했어. 차라리 그때가 나아. 지금은…."

잃고 싶지 않은 게 있었다. 빛바랜 추억도 막연한 허상도 아닌 얼어붙은 내 손을 잡아주는 김도훈이란 따스한 사람. 그의 온기를 다신 느낄 수 없다고 생각하는 것만으로도 얼음 속에 던져진 것처럼 춥고 괴로웠다. 허물어진 심장 속에 차디찬 비가 내리쳤다.

"헛소리 집어치우고 민혜선 잘 생각해. 정신 똑바로 차리고 생각하라고. 넌 아직 내 아내고, 난 아직 널 데리고 살 용의가 있어. 나랑 같이 집으로 돌아가면 김도훈은 영원히 모르게 돼. 니가 제 피붙이를 죽인 살인자라는 사실을. 예전으로 돌아가는 거야. 어때?"

기억상실증에 걸리기라도 했는지 놈은 헛소리를 지껄였다. 단 하루도 좋은 날이 없었다. 돌처럼 단단한 주먹이 몸 곳곳으로 날아 박힐 때마다 오늘은 빨리 끝나면 좋겠다는 생각으로 죽음 같은 고통의 시간을 악착같이 버텼다.

여자 피부는 고와야 한다며 어렸을 적부터 로션을 꼼꼼히 발라주던 엄마의 손길이 닿은 내 몸 곳곳에는 시퍼런 멍이 안 핀 곳이 없었다. 물놀이도 목욕탕도 발길을 끊었고, 폭염이 기승을 부리던 불볕더위에도 멍을 감추기 위해 긴소매를 입고 엄마를 만나기도 했다. 시집 잘 간 딸이 행복하게 잘 살아서 좋다는 엄마의 밝은 얼굴을 보면서 남편이 무섭다는 말을 아프게 삼키며 지옥 같은 그 집으로 되돌아왔다.

무릎 꿇고 두 손 모아 빌어 보기도 하고, 입에 맞는 음식을 끊임없이 만들어 주기도 하면서 어떻게든 모진 주먹을 피해 보고자 안 해 본 짓이 없었다. 내 몸에서 살다 간 아이의 죽음조차 내 맘대로 애도하지 못하면서 그렇게 숨죽이며 살았다.

다시 그 지옥으로 걸어 들어가는 생각만으로도 구역질이 났다. 놈의 썩어 빠진 욕망이 훤히 들여다보였다.

"나랑 살고 싶은 게 아니라 내가 그 사람한테 가는 게 싫은 거겠지. 결국 널 위한 거잖아."

"우리 좋았던 날도 있었잖아. 니가 김도훈일 잘 설득해. 나는 죄가 없다고. 그럼 모든 게 다 끝나. 우리 예전처럼 돌아가자. 여기가 싫으면 어디 먼 데 가서 살자. 나, 돈도 많아."

착각 속에 빠진 미치광이가 더러운 손을 내밀었다. 내가 뿌리치자 징그러운 손으로 날 만지려 한다. 바퀴벌레 수천 마리가 피부를 뒤덮은 것처럼 소름 돋고 죽을 만큼 싫었다. 모든 신경이 날카롭게 살아 날뛰었다. 피가 거꾸로 솟았다.

"꺼져! 내 몸에 손대지 마. 난 니가 싫어. 벌레보다 징그럽고 끔찍해. 니가 불을 지른 그 독서실에서 차라리 나오지 말았어야 했어. 다시 돌아간다면 너와 사느니 뜨거운 그 불 속에서 타죽을 거야. 너랑은 절대 못살아!"

"민혜선! 잘 생각해. 이 영상만 있으면 니 인생은 이제 끝이야!"

협박하는 악마의 뒤를 본 순간 날렵한 창이 날아와 박힌 것처럼 심장이 아렸다. 악마의 등 뒤로 핏기가 사라진 엄마의 파리한 얼굴이 보였다. 언제부터 저기 있었던 걸까.

"어, 엄, 엄, 마…."

"이게 다 무슨 소리냐…."

바들바들 떨리는 엄마의 손에서 검은 비닐이 탁 떨어졌다. 엄마의 체구만큼이나 자그마한 주황색 귤이 와르르 쏟아졌다. 휘청이던 엄마마저 모래성처럼 힘없이 무너져내렸다.

"엄마!"

나는 재빨리 달려갔다.

"엄마, 눈 좀 떠봐…. 응?"

엄마의 얼굴 가까이에서 애원하듯 말을 건넸다. 엄마는 대답이 없었다. 엄마를 살려야 한다. 정신을 차리고 그가 틈틈이 알려준 응급처치 방법을 생각해냈다. 혼절한 엄마의 다리를 높여 뇌에 혈류를 가게 하고, 고개를 옆으로 돌려 기도가 막히는 걸 예방했다.

침착하려 애쓰는 나를 놈이 갑자기 밀쳐냈다. 미동 없는 엄마의 얼굴에 얼굴을 들이밀었다.

"김춘희 씨 이렇게 가버리면 안 되는데. 아, 썅. 보험 든 지 아직 2년도 안 됐는데. 이것 참 곤란하네. 김춘희 씨. 일어나봅시다. 예!"

나는 엄마의 얼굴을 향해 겁박하는 놈의 얼굴에 침을 뱉었다. 킥킥대며 얼굴을 감싸던 놈이 실성한 것처럼 방방 날뛰었다.

"그래. 이래야지. 신이처럼 진즉에 이랬어야지. 내가 지금 얼마나 행복한지 알아? 죽은 신이가 다시 살아 돌아온 기분이야. 신아, 나 미칠 것 같아."

황홀경에 빠진 악마의 얼굴은 낯설고도 끔찍했다. 인간이 얼마나 악하면 저럴 수 있을까. 놈은 제대로 미쳐버렸다.

"미친 새끼! 여기서 당장 꺼져!"

눈에 보이는 엄마의 폰을 잡아 들었다. 119를 부르려는 내 팔

목을 왈칵 휘어잡은 놈이 내게 얼굴을 밀착시켰다. 담배에 찌든 놈의 고약한 숨결이 코끝에 닿았다. 역겨워서 구토가 일었다.

"어떡할 거야? 이 노친네 살리고 싶으면 대답 잘해. 나랑 살 거야, 말 거야?"

놈의 게임이 시작됐다. 침착하자. 우선 엄마부터 살려야 했다. 지금 이 순간만 언니가 되면 되는 것이다. 놈이 원하는 대로. 그깟 연극쯤 얼마든지 할 수 있었다.

나는 악마의 양쪽 뺨을 차례대로 후려쳤다. 놈의 고개가 돌아갈 만큼 제대로 쳐올렸다. 손자국으로 시뻘게진 놈이 제 뺨을 매만졌다. 놈의 눈동자에 광기가 희번덕거렸다. 서늘한 한기를 참으며 나는 그럴듯한 대사를 내뱉었다.

"병신새끼야. 보채지 좀 마. 우선 엄마부터 살리자. 그럼 니가 원하는 대로 해줄게. 알겠지?"

"그럼 키스해줘. 그때처럼."

놀란 가슴이 무너져 내렸다. 물러설 기미가 없는 놈은 내 입술을 기다리며 눈을 번쩍였다. 뭔가를 기대하는 놈의 입술을 물어뜯고 싶었지만 힘겹게 참았다. 구역질이 치밀었지만 침을 삼켰다. 손톱이 주먹을 파고들 때까지 불끈 쥐면서 놈과 입을 맞췄다. 두렵고 끔찍함을 견디다 못한 눈물 한줄기가 주르륵 흘러내렸다. 신음을 내뱉던 놈이 내 입술을 질끈 깨물었다. 비릿한 피맛이 입안을 맴돌았다. 침착하게 입술을 떼고 의연하게 입술을 적시는 피를 삼켰다.

“집으로 가서 기다려. 내가 곧 갈게.”

“바뀐 번호 찍어. 얼른.”

나는 번호를 찍었고, 내 폰에 전화가 울리는 걸 확인한 놈은 만족한 듯 통화를 종료했다.

“맘 바뀌기 전에 빨리 꺼져!”

“알겠어. 신아, 명심해. 난 잃을 게 없는 놈이란 걸.”

놈의 뒷모습이 문밖으로 나가는 걸 보며 나는 무너지듯 엎어졌다. 바들바들 떨리는 손으로 더럽혀진 입술을 닦고 폰을 집어 들었다.

“엄마…. 조금만 기다려.”

뿌옇게 흐려지는 눈을 닦으며 119 버튼을 누르려는데 얼음 같은 엄마의 손이 내 손을 슬며시 움켜잡았다.

“선아.”

“엄마! 깼어? 괜찮아?”

“엄만 괜찮다.”

눈을 뜬 엄마는 금방이라도 꺼져버릴 촛불처럼 희미하게 숨쉬고 있었다. 그나마 다행인 건 새파랗게 질렸던 엄마의 얼굴에 조금씩 혈색이 돌고 있었다. 얼음 같은 엄마의 손을 주무르며 온갖 풍파를 담은 엄마의 눈을 바라보았다. 무슨 말부터 꺼내야 할지 충격으로 닫혀버린 입은 좀처럼 열리지 않았다. 죄스러워 엄마의 얼굴을 똑바로 볼 수조차 없었다. 고개를 푹 숙이고 띄엄띄엄 말을 뱉었다.

"엄마… 왜 말 안 했어? 내가 언닐 그렇게 만들었다는 거. 왜 숨겼어… 왜…. 흑흑. 엄마 미안해… 정말 미안해… 흑."

악착같이 참았던 눈물이 끊임없이 흘렀다. 용서해 달라고 말하는 것조차 힘이 들었다. 엄마는 어떻게 기막힌 이 일을 받아들이고 가슴에 묻었을까. 그을음으로 가득할 엄마의 가슴속에서 탄내가 나는 것 같았다.

"그러지 마라. 다 지난 일이다. 너만 잘살면 돼. 엄마는 그거면 된다."

목이 쉰 목소리로 엄마는 내 손을 쓰다듬었다. 앙상한 손가락이 느껴질 때마다 쓰라린 맘은 더 화끈거렸다. 날 볼 때마다 괜찮냐고, 밤에 잠은 잘 자는지 물었던 엄마의 목소리가 머릿속을 왱왱거렸다.

"그럴 수 없어. 흑…. 어떻게 아무렇지 않게 살아. 내가 언닐 그렇게 만들었는데. 아직도 가끔 언니가 꿈에 나와. 얼마나 날 원망했겠어. 바보같이 난 그것도 모르고. 두려움에 떨며 살았어. 지난 20년 동안."

"다 지난 일이다. 더는 얘기 말고 잊어라. 무덤까지 안고 가고 싶었던 일인데 어쩌다가 일이 이 지경이 됐는지… 엄마는 그놈이 널 그렇게 만들었다는 게 도무지 참을 수가 없구나… 그놈이 불을 질렀다니…. 고두홍 이 육시랄 놈.”

가까스로 울음을 삼킨 엄마는 금방이라도 쓰러질 듯 간신히 숨을 내쉬었다.

“짐승만도 못한 놈. 짧은 머릴 그렇게도 싫어하던 네가 머릴 잘랐을 때부터 이상하다 하면서도 설마 했다. 그놈이 내 귀한 새끼를 데려다가 그렇게도 오랫동안 모질게 때렸다니. 에미가 돼서 그것도 모르고…. 미안하다, 엄마가 못 알아봐서. 혜진이가 그렇게 얘기해도 에미라는 게 뭐에 씌었는지 육시랄 놈 편을 들었다. 내가 미쳤지. 이 찢어 죽여도 시원치 않을 놈!”

엄마는 제 가슴을 쿵쿵 치면서 소리죽여 끙끙 울먹였다. 금방이라도 혼절할 것 같은 힘없는 엄마를 보자 퍼뜩 정신이 들었다. 엄마까지 잃을 순 없었다. 나는 다급히 엄마를 다독였다.

“엄마 난 괜찮아. 그러니까 엄마도 잊어.”

눈에 핏줄이 다 터진 엄마는 힘겹게 고개를 가로저었다. 안간힘을 짜내듯 일어나 앉은 엄마는 완강히 나를 붙들었다.

“선아, 잘 들어. 넌 아무것도 모르는 거다. 남은 인생 의사 선생이랑 행복하게 살아. 진이한테 듣기로는 사람 참 점잖고 평판도 좋다던데. 그런 사람이라면 엄마는 안심이다. 지난 일은 다 잊고 사랑받고 살아. 힘들었던 거 아팠던 거 좋은 사람하고 살다 보면 다 잊혀진다.”

애써 웃음 짓는 엄마를 봐서라도 고개를 끄덕여야 하는데 그럴 수가 없었다.

“그래서 안 되는 거야. 그 사람이 너무 좋은 사람이라서.”

사람을 죽인 손으로 사람을 살리는 그 사람을 만지고 그 사람을 위해 밥을 할 순 없었다. 낯짝 두꺼운 얼굴로 뻔뻔스럽게 그를 욕심 내는 건 못 할 짓이었다. 안 될 일이다.

“왜 못해! 그건 잠결에 너도 모르게 한 짓인데. 그리고 그건 정당방위였다. 그날 신이가 널 또 괴롭혔어. 네가 아끼는 샤프도 부러뜨려놓고 네 가방에 김칫국물을 쏟아놓고 네 속을 뒤집었지. 착해빠진 너는 두말없이 가방을 빨고 앉았더라. 그렇게 스트레스를 받은 날이면 네가 증상이 심해져서 엄마는 그날 잠도 못 자고 너희 방을 주시했었다. 그런데 신이가 널. 제 쌍둥이 동생인 널 가위로 해치려는 걸 봤다. 넌 잠결에 도둑이 들었다고 생각했는지 신이와 몸싸움을 하다가 가위로 신이 목을 찌른 거다. 순식간에 일어난 일이었다. 아마 네가 신일 그렇게 만들지 않았다면 그날 네가 잘못됐을 거다. 엄마는 알고 있었다. 모범생인 큰딸이 무서운 애란 걸…. 다 내가 죄가 많아서 생긴 일이다.”

“엄마. 아냐. 엄만 아무 잘못 없어. 그게 왜 엄마 탓이야, 아냐.”

“자식새끼 잘못되면 다 부모 탓이지. 누굴 탓하겠니. 내가 잘못 키워서, 내가 복이 없어서 그런 거를. 신아, 눈 딱 감고 그냥 가서 살아. 쓸데없는 맘 먹지 말고.”

"엄마. 난 그럴 수 없어…."

"엄마 소원이다. 응?"

엄마가 원하는 건 여전히 내 행복뿐이었다. 언제나 그랬듯이 늘 받기만 하고 준 게 없었다. 포도를 그렇게 좋아하면서도 온전한 포도 한 송이를 제대로 먹어 본 적 없던 엄마. 씻다가 떨어진 포도 몇 알로 잘 먹었다 우릴 속이던 엄마였다. 엄마는 항상 배부르게 우릴 사랑했고, 엄마를 향한 내 사랑은 지독히도 가난했다. 단전을 찌르는 뼈아픈 그 사실을 늘 한발 뒤늦게 깨닫는 내가 가슴 아리도록 부끄러웠다.

"정말 미안해…."

"선아, 괜찮다. 나쁜 꿈을 꾼 거라고 생각하자. 다 지난 일이잖니. 엄마는 그동안 네가 어떻게 살았을지 그게 더 마음이 아프구나. 세상에 얼마나 아프고 외로웠을까…. 엄마가 미안해. 엄마는 알아야 하는데. 자식새끼가 말 안 해도 알았어야 했는데…."

눈물로 엉망이 된 엄마는 가슴 깊이 날 끌어안았다. 잊었던 엄마의 냄새가 코끝을 파고들었다. 심장으로 전해지던 지고지순한 엄마의 사랑은 얼어붙은 내 심장을 녹였다. 내가 무슨 잘못을 저질러도 두 팔 벌려 날 품어주던 엄마의 품은 이랬다. 늘 한결같았다. 그 사실을 매번 잊어먹는 나는 철없는 어린아이처럼 엄마의 품을 더 깊숙이 파고들었다.

❄❄❄

연락 좀 해요. 제발.

그에게서 온 메시지를 지웠다. 아무렇지 않게 그의 얼굴을 볼 용기가 없었다. 아무 이상 없다는 엄마의 검사 결과를 확인하고 병원을 나왔다. 병원으로 혜진이 오고 있으니 내가 없어도 괜찮을 터였다.

치유됐던 몽유병은 결혼생활의 과도한 스트레스와 불안감으로 인해 일어난 것 같다고 정신과 의사가 말해주었다. 간단한 알약 한 알로 치료할 수 있다며 걱정된다면 복용하라고 처방전을 써주었다.

차라리 몰랐으면 좋았을걸. 시간이 묻어버린 잔인한 그 일을 영원히 묻어두고 살았으면 더 좋았을 뻔했다. 끔찍한 그 고통을 잊는 데에는 얼마간의 시간이 필요할지도 미지수였다. 새로운 장소에 가거나 누군가에게 털어놓는 것도 고통을 덜어내는 방법이라고 의사는 알려주었다.

어디로 가야 하나. 돌아갈 곳 없는 나는 시끄러운 세상 속에 홀로 쓸쓸히 서 있었다. 연기처럼 증발해버리면 좋겠다는 부질없는 생각마저 들었다. 막막함에 하늘을 올려다보았다. 하얗고 차가운 눈이 얼굴 위로 툭 떨어졌다. 첫눈이다. 내 마음처럼 어지러이 대기를 흩날리며 누군가의 가슴을 두드리고 있었다. 마음이 쓰라렸다. 이번 첫눈은 꼭 같이 보고 싶었는데. 그와 나는 20년 전 그때처럼 이루어질 수 없는 인연인 걸까.

눈처럼 녹아 사라질 마음이 아니기에 그를 생각할수록 산산이 부서진 가슴은 첫눈과 함께 어디론가 흩어졌다. 생각보다 훨씬 더 아팠다. 날렵하게 튀어 오르는 그리움도 대책 없이 짙었다.

떠나고 싶었다. 눈이 내리지 않는 곳. 잠시나마 그의 그늘에서 벗어날 수 있는 곳. KTX를 타고 부산에 사는 미라를 찾았을 때 미라는 아무것도 묻지 않았다. 비리다고 회는 잘 먹지도 못하는 애가 회를 뜨고, 매운탕을 척척 끓이는 모습을 보니 엄마는 참 강하다는 생각이 새삼 들었다.

2년 전 명퇴당한 남편과 함께 서울 생활을 접고, 시댁으로 내려와 시댁 어른들과 횟집을 운영하면서 미라는 더 억척스러워졌다. 영업이 끝난 미라의 가게에서 우린 매운탕을 끓여 소주를 마셨다.

"미라야. 지금 위쪽에는 첫눈이 와."

"첫눈? 여긴 눈이 참 귀해. 가끔 와도 찔끔 왔다가 내리기 바쁘게 녹곤 해. 울 애들이나 좋아하지, 난 길이 지저분해져서 싫다, 이제. 넌 남편하곤 어떠냐? 첫눈 온다니까 니 첫사랑 생각이 나네. 스마일맨. 그땐 그런 사람일지 상상도 못 했는데…."

소주잔을 가득 채운 미라는 남편과의 악연이 떠올랐는지 한 입에 마셔버렸다. 쓴 액체의 여운 때문에 인상을 쓰고 손으로 입을 막던 미라는 다시 잔을 꽉 채웠다.

"여고 시절이 까마득해. 난 하루하루가 사는 게 바빠서 내가 열여덟이던 때가 있었나 싶어. 그때는 분명히 나도 꿈이 있었는데."

미라는 씁쓸하게 웃었다. 나뭇잎이 떨어지는 것만 봐도 눈물을 떨구던 그 시절의 미라가 언뜻 떠올라서 나도 마음이 씁쓸했다. 사는 게 지친다고 말하는 오랜 단짝에게 버겁고 무거운 얘기를 하기가 미안했다. 그렇게 멋쟁이던 애였는데 파마도 언제 했는지 기억도 안 난다며 하소연했다. 나는 내 얘기는 접고 미라 얘기를 들었다. 미라의 잔이 비면 채워주는 술친구가 되어 밤을 지새웠다.

"있잖아, 때로는 약아져도 된다. 내가 장사를 해보니까 그래. 우리가 어렸을 때는 그런 어른이 되지 말자고 했잖아. 근데 막상 내가 어른이 되니까 약아지더라. 그래야 돈도 벌고 내 새끼들 학원이라도 하나 더 보낼 수 있더라. 너도 적당히 약아져. 그래야 행복해져. 남의 행복 말고 니 행복이 최고야. 알겠냐, 친구야."

히터 때문에 빨개진 미라의 양 뺨이 취기 때문에 더 빨갛게 달아올랐다. 물감으로 동그랗게 두 뺨만 빨갛게 칠해놓은 잘 익은 토마토처럼 겨울이면 그랬었는데. 그때 생각이 나서 마흔 먹은 친구가 새삼 귀여웠다.

"알았어. 그래서 넌 지금 행복해?"

"그럼 완전 행복하지. 혜선이 넌 어떤데?"

"난. 글쎄. 얼마 전까진 꿈처럼 행복했었는데…. 지금은 모르겠어."

이런 순간이면 어김없이 찾아오는 그의 얼굴이 미울 정도로 그리웠다. 울컥하는 마음을 진정시키려 독한 소주를 밀어 넣었다. 식도를 타고 흘러든 소주 때문인지 명치께가 뻐근했다. 쓰라렸다. 이 세상 그 어떤 것으로도 그를 밀어낼 수 없다는 듯 그가 보고 싶었다. 아주 많이. 지독할 정도로.

"야, 행복 별거 없어. 니가 필요한 곳에서 열심히 살면 행복해져."

취기에 못 이긴 미라는 사지를 대자로 뻗고 쓰러지듯 누웠다. 발그레한 얼굴로 세상 편하게 잠이 든 미라를 보면서 나는 아픈 눈물을 뚝뚝 흘렸다. 술에 취해 던져 준 소박한 미라의 조언이 먼 곳까지 도망쳐온 못난 내 가슴을 쿵쿵 내리쳐버렸다.

"미라야. 내가 필요한 곳으로 돌아가서 열심히 살아도 될까…. 염치없이 그래도 될까. 흐흑."

잠든 미라의 숨소리를 들으며 목이 쉬도록 꺽꺽 울었다.

날 찾는 수십 건의 전화. 메시지. 일방적으로 그를 피하는 것도 지쳤다. 못 할 짓이다. 아무리 괜찮다고 날 다독여도, 다 지난 일이라 지우려 해도, 뻔뻔하게 약아져 돌아가고 싶어도, 나는 알고 있었다. 어느덧 나보다도 그를 더 많이 사랑하게 된 지금 아무렇지 않게 그의 얼굴을 볼 자신이 없다는걸. 한결같이 진실한 그의 심장을 가질 자격이 난 없었다.

언니를 그렇게 만든 사실을 그가 안다면. 그의 마음을 짐작하는 것만으로도 가시밭에 던져진 것처럼 심신이 괴로웠다.

악마 같은 인간은 이제 더더욱 날 놓아주지 않을 것이다. 집에 돌아오면 보여준다며 재미난 선물을 서재 책장에 숨겨두었다고 했다. 내가 그와 안되는 이유를 알려주겠다고. 그래도 내가 반응이 없자 기다리다 지쳤다며 카메라의 영상을 재미 삼아 보내왔다.

유명 포털 사이트에 뿌리겠다고 협박도 일삼았다. 폰의 전원을 꺼버렸다. 놈이 세상에서 사라지길 진심으로 바랐다. 며칠 뒤면 구속될 거라고 했다. 그때까지만 참자. 그렇게 위안 삼아도 그건 손으로 해를 가리는 어리석은 짓이었다. 그런다고 해서 내가 저지른 끔찍한 그날 밤의 그 일이 없던 일이 되는 게 아니니까.

미라가 잡아준 인근 모텔에서 이틀을 묵었다. 무서운 원망과 증오심으로 잠들고 일어나면 늘 꿈자리가 사나웠다. 께름칙한 기분을 씻어내려 방파제에 한참을 앉아있다가 인근 식당에서 늦은 아침을 주문했다. 주문한 음식이 나올 때까지 무심히 티브이에 시선을 고정했다.

다음은 사건 사고 소식입니다. 최근 '제주도 선셋 리조트' 기획부동산 사기 사건으로 이백억 대의 피해를 준 고 모(41) 씨가 어젯밤 자택에서 심장마비로 숨진 채 발견되었습니다. 고 씨의 혈액에서 다량으로 검출된 마약성 진통제, 옥시콘틴이 사인의 직접적인 원인이라고 국과수는 밝혔습니다. 사망한 고 씨는 최근 구속을 앞두고 심리적 압박감을 견디다 못해 스스로 목숨을 끊은 것으로 추정된다고 경찰은….

자리에서 일어났다. 식당을 박차고 나왔다. 뉴스 속 주인공은 내가 생각하는 그 인물이 맞았다. 최근 제주도 선셋 리조트를 기획하던 41세 고두홍. 법적인 나의 악마 같은 남편.

전원을 켰다. 혜진에게 부재중 전화가 수십 통 와있었다. 기기묘묘한 기분의 중심에서 전화를 걸었다.

"진아. 뉴스 보고 전화하는 거야."

[언니….]

혜진의 목소리는 평소답지 않게 침몰하는 배처럼 축 가라앉았다.

"그 인간 정말 죽었니?"

[응. 형부… 죽었어….]

"……."

내게 날아든 감정은 기쁨도 슬픔도 아니었다. 세상에는 없는 감정이 나를 둘러싸고 정신없이 세차게 흔들었다. 천년만년 나를 괴롭히며 살 것 같던 남편이 이 세상에 없다는 말이 믿기지 않았다. 이렇게 쉽게 죽을 줄은 몰랐다. 마지막으로 봤던 남편의 번뜩이는 얼굴이 휘몰아치는 겨울바람에 실려 조각조각 깨졌다.

아무리 발버둥쳐도 눈감으면 다시 왔던 곳으로 돌아가야 하는 것을 왜 그렇게 아등바등 살았을까. 절대 끊어지지 않을 것 같던 질긴 인연의 줄이 하루아침에 댕강 잘려버렸다. 숱한 고통도 함께 끊어졌다. 내 숨통을 조이러 언제 찾아올지 모른다는 검은 두려움이 완전히 사라진 것이다.

[그리고 그 의사 선생님 있잖아.]

"그 사람이, 왜?"

[우리 동네에 왔었어. 난 몰랐는데 지율 아빠가 그러데. CU 앞에 밤마다 서 있는 차가 그 선생님 차라고.]

매일 나를 내려주던 그 편의점 앞에 정차한 그의 차를 떠올렸다. 검게 선팅된 차창 너머에 있을 그리운 그의 얼굴이 어두운 바다 위에 떠 있는 고독한 섬처럼 가슴에 부딪혔다. 철썩철썩 거칠게 물보라를 일으키는 하얀 파도에 부서지는 그리움을 싣는다.

"그래…."

[언니, 근데 그 인간 원래 약쟁이였어? 지울 아빠 말로는 그 약이 엄청나게 센 약이라던데. 자주 먹었나 보던데. 얼마나 세길래 심장마비가 왔을까.]

"자주, 먹었다고?"

[응, 언니 집에서도 그 인간 사무실에서도 차 안에서도 발견됐다던데. 언니도 약에 취해서 매일 때렸던 거지? 그치? 죽은 사람한테 이런 말 하기 뭐한데. 진짜 인간 말종이었어. 여태 전국적으로 부동산 사기를 치고 다녔다더라. 이번 건 빼고도 피해자가 한둘이 아니래.]

납득하기 어려웠다. 남편은 살아생전 마약을 한 적이 없었다. 약을 할 필요가 없는 인간이었다. 모든 쾌락을 잔인한 폭력으로부터 얻었으니까. 마음이 편치 않았다. 한 번도 빗나간 적 없는 불길함이 자꾸만 신경을 긁었다. 누군가 의도적으로 그랬을 거란 생각을 떨쳐버릴 수가 없었다. 그렇다면 누가?

[암튼 집으로 와. 다 끝났어.]

돌아오자마자 참고인 자격으로 경찰조사를 받았다. 간단히 묻고 답하고 조서를 작성했다. 허무할 정도로 의례 형식적인 절차일 뿐이었다. 영정사진 속 남편의 무표정한 얼굴을 보면서도 남편의 죽음이 피부에 와닿지 않았다. 집에 돌아가면 언제라도 눈에 불을 켜고 남편이 들어올 것만 같았다.

다시 찾은 집은 난방을 하지 않은 터라 한기가 가득했다. 활짝 열린 서재 외에는 달라진 건 없었다. 낯설고 냉한 집안을 돌아다니며 나는 남편의 폰을 찾기 시작했다. 엄마와 혜진이 보면 안 되는 나의 잠든 비밀이 담긴 폰을 찾아서 온 집안을 다 뒤집었다. 남편이 저승으로 가져간 건지 폰은 온데간데없이 사라졌다. 경찰에게도 없는 폰의 행방이 궁금하기만 했다.

꼭 찾아서 없애고 싶은데, 없으니 환장할 것 같았다. 그러다 소파 다리 밑에서 낯익은 단추를 발견했다. 특별한 단추라 한눈에 알아봤다. 내가 손수 달아 준 우리의 이니셜 중 H가 찍힌 단추였다. 불길했다. 가슴속에 냉한 바람이 후려쳤다. 한정판 명품 셔츠보다 더 소중히 여기던 그의 모습이 불현듯 떠올랐다. 마약성 진통제의 접근도 용이한 그가 아닌가. 지난번 남편을 만나고 왔던 그날은 분명 다른 셔츠를 입었었다. 그렇다면 최근에 집을 다시 찾았다는 소리다.

모든 불행은 애초에 싹을 잘라야 한다. 쌀알만 한 의혹 한 점도 남겨서는 안 된다. 그 무엇이라도 그의 발목을 잡는다면 내가 그것을 과감히 잘라야 한다. 약아지자. 누가 보는 것도 아닌데. 지레 겁먹은 나는 폭탄이 될지도 모를 작은 단추를 주머니에 재빨리 집어넣었다. 그가 그랬을지도 모른다는 생각만으로도 소름이 심장을 뚫고 나왔다. 나 때문에 그가 살인자가 될 수는 없었다.

상처뿐인 마음은 산란했다. 선한 영향력을 미쳐도 모자랄 판에 반듯하게 잘 살던 멀쩡한 사람을 한순간에 나락으로 떨어트리는 역할을 했다는 것 자체가 혐오스러웠다. 냉한 바닥에 주저앉아 무릎에 얼굴을 파묻었다. 내가 그토록 원하는 자유를 얻었는데도 불구하고 조금도 기쁘지 않았다. 자유를 얻은 대신 그보다 소중한 그를 잃었다는 아득한 절망은 까마득한 절벽 끝으로 나를 밀어붙였다. 내 모든 걸 다 버려서라도 잃고 싶지 않았던 사람. 김도훈.

그의 모습을 떠올리자 불현듯 남편의 메시지가 한기처럼 목덜미를 스쳤다. 서재에 준비해 두었다는 선물. 나는 문이 열린 서재로 들어섰다. 책장 앞에 서서 남편의 책들을 훑었다. 별다른 것 없던 책 중에서 홀로 거꾸로 꽂혀 있는 책 한 권을 발견했다. 인체해부학에 관한 의학서적이다.

책장 앞에는 K.D.H. 낯익은 필체의 이니셜이 적혀있었다. 그의 책일 것이다. 책장을 넘기다 멈춘다. 책 귀퉁이에서 스마일 캐릭터를 발견했다. 그의 책이 확실했다. 쓰라린 미소가 입가를 맴돌았다. 다시 천천히 차르륵 넘기자 그의 만화가 시작된다. 네모난 창문이 있다. 그 창에 스마일 캐릭터가 서 있다. 갑자기 똑같이 생긴 스마일 캐릭터가 나타나더니 가위로 목을 찔렀다.

붉은 피가 불꽃처럼 튀고 이어지는 문장.

'내 첫사랑이 사람을 죽였다. 쌍둥이 언니를.'

문장을 이해한 순간 너무 놀라서 책을 떨어트렸다. 그도 그날 밤의 목격자였다. 내가 언니를 죽인 참혹한 광경을 창 너머 어딘가에서 지켜보고 있었던 것이었다. 잠든 그의 기억이 깨어나는 순간 내가 살인자라는 사실을 그도 알게 될 것이다.

나처럼 큰 충격을 받았을 그때 그의 모습이 생각이나 나는 끝내 오열하고 말았다. 이런 나를 위해 그가 남편을 살해했을까? 날 사랑했던 순간을 후회하는 날이 오면 어떡하나. 백번 생각해도 나는 그의 곁에 있으면 안 되는 인연이었다. 언젠가는 자맥질하듯 떠오르는 불편한 그 진실이 우릴 상처입힐 것이었다.

확인하고 싶었다. 정말 그의 소행이 맞다면 내가 할 수 있는 한 그를 보호해야 했다. 관리실에 들러서 우리 라인 엘리베이터 CCTV를 확인할 수 있는지 물었다. 그가 정말 다녀갔는지 알고 싶었다. 관리소장은 개인정보 때문에 영장 없이는 열람이 불가능하다고 딱 잘라 말했다. 그렇다고 순순히 물러설 마음은 없었다.

"정말 안될까요?"

"잘못 걸리면 벌금 내야 해요. 골치 아파요. 왜 그러시는데요?"

장부를 뒤지던 소장은 피곤한 얼굴로 볼펜을 탁 내려놓았다.

"아, 집에 누가 왔다 갔는지 좀 확인할 게 있어서요."

가만히 나를 지켜보던 소장이 눈빛을 바꿨다. 뭔가를 알아낸 것처럼 작은 눈이 작게 번뜩였다.

"115동 603호 사모님이시죠?"

"네에."

"혹시, 사장님 돌아가신 거 때문에 그러시는 겁니까?"

말투가 방금 전보다 호의적으로 변한 소장은 의자에서 일어섰다. 조금 더 공손해 보이려는 우호적인 몸짓으로 받아들여졌다.

"아, 네…."

관리실 안을 맴돌던 일상적이고 무료한 분위기가 갑자기 급변했다. 대화를 엿들은 다른 눈들의 따가운 시선 덕분에 그곳에서 있는 일이 별안간 피곤한 일로 변질해버렸다. 그날 603에서 있었던 일을 다들 아는 눈치였다. 경찰차가 출동하고 119가 왔을 테니 한동안 떠들썩했을 것이다. 하필 내가 집을 비운 사이 일어난 비극이라 그들의 호기심은 더 극에 달했을 테지.

"그거라면 진즉에 경찰이 보고 갔어요. 뭐 별거 없다던데요."

"경찰이요?"

"네. 약물중독에 의한 단순 심장마비라고 하던데. 마음이 안 좋으시겠어요."

동정의 눈빛을 흉내 낸 호기심 어린 눈빛들이 하나둘 날아와 차례대로 꽂혔다. 뒤통수가 따가웠다. 나는 부담스러운 시선을 피해 달아나듯 등을 돌렸다.

"수고하세요."

경찰도 확인했다는 사실이 더 의문스러웠다. 내가 너무 예민한 걸까. 설사 그가 다녀갔다 하더라도 아무런 혐의점이 없었으니 사건이 종결됐을 텐데. 내가 괜한 오해를 하고 그를 살인자로 몰았는지도 모른다는 결론에 도달하자 그나마 안심되었다.

어쩌다 떨어졌는지도 모르는 단추 하나만으로 살해했다 생각하고 의심하며 불안해하는 내 모습이 어쩐지 서글펐다. 이젠 정상적으로 생각하는 범주를 벗어난 것만 같았다. 평범한 일상으로 돌아가기에는 틀려 버렸다. 텅 빈 가슴에 춥고 건조한 겨울바람이 신나게 들이쳤다.

터벅터벅 길이 난 곳으로 그냥 걸었다. 찬바람이 얼굴을 할퀴고 갈 때마다 내 손을 잡아 주머니에 넣어주던 훈훈한 그의 온기가 그리웠다. 바람에 달라붙는 머리카락을 넘겨주던, 지그시 눈을 맞추고 웃음 짓던, 숨이 막히도록 꼭 안아주는 그의 포옹도. 면도를 하기 전 까칠한 수염으로 짓궂게 내 뺨을 비벼대던 장난스러운 그 행동도. 그와의 소소한 모든 일상이 못 견디게 그리웠다.

아침에는 아직도 종이신문을 읽고, 사과는 통째로 껍질째 베어먹는 습관들. 방에 불 끄는 걸 잘 잊어버리고, 어떤 일에 골몰하다가도 나를 찾던 흑요석 같은 검은 눈동자. 키스를 하기 전엔 항상 내 눈동자를 깊게 들여다보는 심장 떨리는 그의 눈빛. 어떡하면 좋을까. 추억이 없다고 생각했는데 그리움은 터트릴수록 더 커져만 갔다.

짧은 시간 만났지만 몇십 년을 산 사람처럼 내 삶의 일부가 돼버렸다. 내가 그 사람을 얼마나 많이 의지하고 사랑하고 있는지를 넘치도록 깨달았다. 그가 그리웠다. 눈 질끈 감고 모르는 척 그와 살아버릴까. 두렵고 괴로운 진실 따위는 깡그리 지울 만큼 소중한 그 사람과 그래 버릴까. 삽시간에 부푼 행복은 언제나 새카만 진실 앞에서 무섭게 터져버렸다.

언니를 그랬던 것처럼 그의 목에 날카로운 무언가를 꽂을지도 모른다는 두려운 생각은 그 마음을 단박에 얼려버렸다. 의사가 처방한 알약 한 알에 희망을 걸기엔 그를 향한 내 마음이 상상할 수 없을 만큼 거대해져 있었다.

10.
지금은 우리의 계절

죽으려고 다시 그곳을 찾은 건 아니었다. 발길이 그리로 향하는 건 그곳에서 운명처럼 만난 누군가를 향한 멍울진 그리움이 나를 불렀기 때문이리라. 하염없이 내리는 눈 때문인지 등대는 인적 없이 조용했고 바다는 잠잠히 흘렀다. 아무도 없는 이곳에서 맘껏 울다가 소리도 치고 그러다 힘이 들면 돌아갈 생각이었다.

그와 키스했던 그곳에 다다를 때쯤 심장이 몸 밖으로 쿵 떨어지는 소릴 들었다. 밤이 기울대로 기운 늦은 시간. 세상이 잠든 시각에 거기 그 사람이 있었다. 여길 어떻게 온 걸까. 마치 원래 거기 있던 멋진 조형물처럼 그는 아무 미동도 없었다. 휘날리는 눈을 맞으며 아련한 풍경처럼 거기 서 있었다. 우리가 처음 만났던 그 자리에.

심장에 쥐가 내려 걷기가 힘들었다. 인기척을 느낀 그의 어깨가 조금씩 움직였다. 날 발견하고 더없이 멋지게 걸어왔다. 내가 멋지다던 베이지색 코트를 입고서 내게 왔다. 울지 않겠다고 다짐했다. 조금만 더 가까이서 그의 얼굴을 보고 돌아갈 마음이었다. 그런데 그와 눈을 맞출 수 있는 거리에서 그가 멈춰 섰을 때 나는 돌아설 수 없었다. 너무나 그리웠던 그의 모든 것이 눈앞에 있었다.

울지 않을 거라 속단했던 내가 어리석었다. 그의 얼굴을 보는 순간 눈물은 거짓 없이 흘러내렸다. 그의 몰골이 말이 아니었다. 며칠 밤잠을 설쳤는지 눈 밑은 검은 그림자가 땅거미처럼 내려앉았고, 거뭇거뭇한 수염도 까칠하게 자랐다. 머리는 헝클어지고 셔츠의 단추조차 제대로 채우지 않았다. 영하로 떨어진 이 혹한에 머플러 하나 두르지 않았다.

모든 것이 엉망으로 보였다. 그래서 마음이 더 아팠다. 나 하나 잃었다고 그렇게 완벽하던 사람이 한순간에 이렇게 무너지는 걸 보는 내 마음은 잘게 부서져 형편없이 녹아버렸다. 허락도 없이 눈물이 흘러내렸다.

그는 나를 바라보기만 할 뿐 말을 아꼈다. 침묵으로 나를 벌주기라도 하듯 망가진 그의 모습을 보며 서 있는 나를 잔인하게 고문했다.

"왜 아무 말도 안 해요?"

"당신이 울잖아."

꽉 잠긴 낮고 깊은 그의 목소리가 공허한 가슴을 울렸다. 모든 걸 놓은 사람처럼 텅 빈 눈으로 나를 바라봤다. 그의 머리 위로, 어깨 위로 새하얀 눈이 내려앉았다. 길고 긴 한숨을 하늘로 올려 보내는 가슴 시린 나의 첫사랑을 바라보면서 나는 애써 눈물을 삼켰다. 이젠 내 입이 떨어지지 않았다. 무슨 말이라도 하면 신기루처럼 사라질까 봐 아끼도록 바라볼 수밖에 없었다. 그의 기억이 돌아오지 않았기를 바라며 한 점의 명화 같은 그의 모습을 가슴에 담았다.

"당신한테 오는 데 20년이나 걸렸어."

그 말을 듣는데 눈물이 왈칵 솟구쳤다. 그의 두 눈에도 이미 투명한 눈물이 넘치도록 맺혀있었다. 벌써 가슴이 요동쳤다.

"기억, 났어요?"

"전부."

가장 원했으면서도 이젠 두렵기만 한 일이 일어나고 말았다. 나는 손으로 입을 틀어막았다. 그에 눈에 비친 내 모습은 살인자에 괴물일 것만 같았다. 내가 그토록 원망하던 남편의 모습을 닮았을 것만 같은 두려움은 거대한 폭풍처럼 나를 집어삼켰다. 그를 사랑하는 마음과 비례하여 나를 불안의 정점으로 몰아붙였다. 그날의 끔찍한 내 모습과 지금의 나를 겹쳐보지 못하도록 도망쳐야 했다.

"미안해요…. 미안해요…."

뒤돌아 걸었다. 눈앞이 흐려서 앞이 잘 보이지 않았다. 힘이 풀린 다리가 휘청였다.

"민혜선! 거기 서! 그렇게 가버리면 나 바다로 뛰어들 거야."

우렁찬 그의 목소리가 적막한 밤을 깨웠다. 얼음 같은 바다로 그가 몸을 던질까 겁이 났다. 두 다리가 떨어지지 않았다.

"어딜 가는 거야… 내가 여깄는데…."

성큼성큼 다가온 그는 등 뒤에서 나를 끌어안았다. 따스한 그의 온기가 꽁꽁 얼어붙은 몸을 감싸 안았다.

"혜선아, 가지 마."

그는 내 뺨에 얼굴을 묻었다. 얼음처럼 차가운 그의 뺨이 내 뺨에 닿았다. 그리웠던 그의 체취가 마음을 무너트렸다.

"가지 마…. 나 너무 힘들어. 아무것도 못 하겠어. 아무것도. 제발 가지 마."

애달픈 그의 눈물이 내 뺨을 적셨다. 분명 추운 한겨울인데 한여름의 태양처럼 뜨거웠다. 쏟아지는 그의 눈물도, 나를 붙든 그의 품도.

날 끌어안은 그의 팔의 힘이 더 조여왔다. 내가 아무 데도 가지 못하도록 날 더 꽉 끌어안았다. 부드러운 그의 숨결이 귓가를 간지럽혔다. 몸살 나도록 그립던 그의 모든 것이 나를 꼭 붙들고 있었다.

"미안해… 당신 알아보지 못해서… 정말 미안해…. 열아홉의 내가 얼마나 당신을 사랑했는지 이제 다 기억났어. 처음은 종로에서 다음은 101번 버스에서 당신을 봤어. 교복을 입고 책가방을 끌어안고는 끔뻑 졸던 당신 모습이 지금도 눈에 선해. 바람에 찰랑이던 당신 머리칼. 붉은 머플러 위에 흰 눈보다 뽀얗던 그 얼굴. 반짝이던 그 눈. 선홍빛 당신 입술. 심정지가 올 것 같았어. 당신을 보는 것만으로도 심장이 아팠어. 아끼고 아끼다가 다가가지도 못하고 마음만 졸이다 바보같이 난 당신을 통째로 잃었어. 까마득히 잊고, 기억하지도 못했어. 내가 왜 그렇게 에델바이스 향을 좋아했는지 몰랐어. 이 향만 맡으면 맥박이 왜 그렇게 빨라지는지…. 기억은 지워져도 당신한테서 나던 그 시절의 그 향을 붙들고 있었던 거야. 그러다 기적처럼 다시 만났는데, 지금 내 눈앞에 있는데, 내가 어떻게 당신을 놓겠어."

흉이 진 목덜미에 그의 숨결이 부드럽게 내려앉았다. 깊이 숨을 들이마시고 나를 더 끌어안았다. 이렇게 그의 품에서 그와 함께하는 숱한 일상을 생각했다. 결코 평범할 수 없는 내가. 그의 목숨을 위협할지도 모른다는 두려움에 떨며 그의 옆에 눕는 나를 떠올렸다. 집안을 엉망으로 만들고 괴로워하는 초췌한 나의 모습을.

"나는… 자격이 없어요. 안 되겠어요."

"무슨 자격?"

화가 난 그는 나를 돌려세웠다. 지극히 이성적이고 매사에 신중하던 그가 아니었다. 호흡도 엉망이고 눈동자가 불안정하게 흔들렸다. 언제 무너져도 이상하지 않은 위태로운 탑처럼 그는 흔들리고 있었다.

그의 얼굴을 마주 보며 고백할 수 있을 만큼 난 대담하지 못했다. 내가 언니를 그렇게 만들었다는 사실을 입에 담는 것만으로도 숨을 쉴 수 없을 만큼 괴로웠다.

"내가…."

결국 나는 얼굴에 두 손을 파묻은 채로 울음을 삼켰다. 울음소리를 내지 않으려 입술을 깨물고 목젖이 아리도록 울음을 붙들었지만 가둬둔 설움은 내 마음도 모른 채 손가락 사이로 새어 나갔다.

"흐흑. 내가… 언니를…."

"다 알아. 내가 다 안다고. 그날 밤 무슨 일이 일어났는지 다 기억났어. 그날 우연히 보게 됐어. 당신 방 창을. 처음엔 괴로웠지만…. 그래도 난 당신이 좋았어. 그걸 다 봤으면서도 당신이 좋아서 어쩔 수 없었어. 그날 밤의 그 충격보다 당신을 향한 내 감정이 훨씬 컸어. 그날 밤의 일은 내가 앓았던 해리성 기억상실처럼 아픈 거야. 그건 우발적 살인이 아니라 당신이 아파서 그런 거야. 그동안 당신 힘들었잖아. 말도 안 되는 삶을 살았잖아. 그만하면 됐어. 충분해. 지난 과거 때문에 당신 잃고 싶지 않아."

나는 그에게 어깨를 붙들린 채로 울먹이며 고개를 저었다.

"내가… 선생님께 그러면요. 나도 모르는 사이에 그러면 그땐 어떡해요. 난 그게 제일 무서워요. 그날 선생님 거실을 난장판으로 만든 것도 나예요. 남편이 아니라."

답답한 듯 한숨을 쉬던 그는 다시 나와 눈을 맞춘다.

"괜찮아. 정말 괜찮아. 그건 충분히 고칠 수 있어. 내가 하는 일이 그거잖아. 검증된 약을 처방하고 아픈 사람을 낫게 하는 의사잖아. 몽유증상은 얼마든지 고칠 수 있어. 그건 아무것도 아니야. 지독한 암 덩이도 고치는 세상이고. 그 일을 내가 해. 내가 괜찮다잖아. 내가 괜찮다는데 당신은 왜 내 말을 안 듣고 도망갈 궁리만 하는 거야. 붙들라고. 필요한 건 손에 꼭 쥐고 놓지 말라고 했잖아. 날 붙들어. 내가 간대도 붙들고 놓지 말란 말야. 20년 전에도 지금도, 당신만 바라보는 바보 같은 남잘 잡으라고. 이 바보야."

나는 애타게 부르짖는 그를 바라보았다. 유쾌한 만화를 그려주던 풋풋한 소년은 어느새 근사한 어른이 되어 있었다. 낡고 녹슨 추억을 다시 새것처럼 되살려 내 앞에 한아름 펼쳐놓았다. 싱그럽고 가슴 떨렸던 그 시절의 첫사랑은 지금이 더 멋지고 아름다웠다. 현명하게 세상을 밝히고 있었다. 그런 사람이 내게 손을 내민다.

"두 번째 기적은 오지 않아. 날 붙들라고."

절박하게 그가 말했다. 메아리치는 그의 목소리 뒤로 칠흑 같은 암흑이 세상을 뒤덮고 있었다. 오직 그만 보였다. 뭘 망설이는 걸까. 지금 그의 손을 잡지 않으면 나는 끝없는 암흑 속으로 영원히 추락할 것이다. 기적은 두 번 찾아오지 않는다. 그의 말이 맞았다. 생은 생각보다 짧고, 후회는 평생 남을지도 모른다. 내 생을 절망 속으로 밀어 넣을 순 없었다. 지난 과거 때문에 아직 일어나지도 않은 미지의 두려움 때문에 그를 놓칠 수는 없다. 괜찮다잖아. 약아지자. 그와 나만 생각하자. 나는 움츠렸던 자아를 몰아내고 용기를 내어 그의 코트 끝자락을 꼭 붙들었다.

"나, 절대 안 놓을지도 몰라요."

코트 끝자락을 붙든 내 손을 쳐다보던 그의 눈시울이 붉어졌다. 울음을 삼킨 그는 내 손을 가져가 힘주어 잡았다. 소중한 것을 손에 쥐듯 꼬옥 붙들고 한참을 그렇게 있었다. 매서운 바람이 몰아쳤다.

"춥다. 동사하겠어."

해맑은 스마일맨의 모습으로 그는 살갑게 웃었다. 정말 기분 좋을 때면 보이는 개구쟁이 같은 그 미소였다. 내가 사랑해 마지않는 그의 얼굴 중 하나. 나는 그의 셔츠 단추를 채워주며 땅거미가 내려앉은 그의 눈가를 어루만졌다.

"얼굴이… 이게 뭐예요…."

"봐, 당신이 없으니까 내가 이 모양이잖아. 난 당신 없으면 안 돼."

"나도 안 돼요."

"이리 와. 너무 춥다."

그는 코트를 벌려 나를 한 몸처럼 끌어안았다. 너무 추웠던 몸에 온기가 전해졌다.

"믿기지 않아. 내가 당신을 안고 있다는 사실이 꿈만 같아. 소원이었어. 민혜선이란 여잘 안는 게. 그땐 그게 전부였어. 지금도 그래."

꿈같은 일이 일어나고 있는 그의 품에 나는 깊숙이 얼굴을 파묻었다. 바다가 길을 열어줄 때까지 우린 그렇게 서로의 체온에 의지했다. 살을 에는 듯한 바닷바람도 웃으며 맞았다.

"그때 기억나? 서진 독서실 가는 길에 있던 토스트 차. 왜 매일 군복 입고 토스트 구웠었잖아."

"맞다. 기억나요. 토스트 굽던 군바리 아저씨. 내가 토스트 사 먹을 때마다 서비스로 요구르트 줬었는데 꼭 내 토스트엔 치즈도 넣어줬어요. 그래서 미라가 삐졌었는데."

"그거 서비스 아냐. 내가 꼭 너한테만 치즈랑 요구르트 주라고 부탁했어. 물론 계산도 내가 했고. 거기 내 은신처였어."

"진짜?"

"진짜."

이 사람은 내 삶 어디까지 발을 들여놓은 걸까. 가슴에 끌어안고 살아온 소중한 추억 어느 그늘 아래 그가 숨어있다는 사실이 생각할수록 설레었다.

바닷길이 열리자 그는 내 손을 잡아 깍지를 낀 다음 코트 주머니에 넣었다. 한발 한발 발맞추어 걸을 때마다 이제 우리는 하나라는 벅찬 사실이 새하얀 눈길에 발자국을 찍었다. 그 무엇도 우릴 갈라놓을 수 없으리란 간절한 바람은 어둡고 캄캄한 밤길에 작은 등불이 되어 비추어 주었다. 오직 그의 손을 의지해 걷는 어둑한 이 길이 하나도 두렵지 않았다. 무슨 일이 있어도 이 손을 절대 놓지 않으리라 난 다짐, 또 다짐했다.

차로 피신한 우린 꽁꽁 언 몸을 녹였다. 이젠 도망갈 마음도 없는데 그는 내 손을 포박하듯 단단히 붙들었다. 내가 유령이 아님을 확인이라도 하듯 내 뺨을 만졌다가 머리를 쓰다듬고 머리카락을 만져보기도 했다. 그럴 때마다 나는 별말 없이 웃어 주었고 그는 그윽한 눈으로 한참을 바라보기만 했다. 그러다 뒷좌석으로 긴 팔을 뻗은 그는 불쑥 삼각 커피 우유를 내밀었다.

"이거 먹던 교복 입은 당신 모습 정말 예뻤는데. 우리 추억팔이 하러 갈까?"

나는 그가 건넨 삼각 커피 우유를 물끄러미 바라보았다. 아련한 추억이 기억 저 끝에서 바지런히 달려오고 있었다. 지금 내 옆에 앉은 이 사람이 그때 나를 얼마나 설레게 하던 사람이던가를 다시금 기억해냈다. 우리의 추억은 현재 진행 중이었다.

나를 설레게 하던 소년의 손을 이번엔 내가 먼저 잡았다.

"좋아요. 그러고 싶어요."

어느 정도 몸을 녹인 우린 추억을 쫓아 101번 버스에 나란히 앉았다. 그가 내 머리를 어깨에 기대라며 종용하는 바람에 나는 그의 어깨에 머리를 기댄 채 열여덟의 민혜선으로 돌아가고자 추억을 곱씹었다.

오래전 일이라 드문드문 희미해진 나와는 달리 기억을 되찾은 그는 마치 어제 일인 것처럼 생생히 기억해냈다. 그날의 감정까지 고스란히 손에 쥐고서 그의 옆에 있는 날 어쩔 줄 몰라 했다. 거대한 선물을 받은 아이처럼 가슴이 부푼 그의 모습에서 풋풋한 소년의 모습이 겹쳐 보이기도 했다. 시시때때로 천진하게 웃거나 패기 넘치는 가벼운 발걸음을 볼 때면 열아홉의 그가 타임슬립한 것 같은 착각을 불러일으켰다. 전보다 나를 편하게 대하는 그의 말투부터 행동까지 훨씬 더 친근했다.

우린 하나약국에서 내렸다. 대형약국답게 아직도 성업 중이었다. 환한 간판을 뒤로한 채 그와 손을 잡고 인도를 천천히 걸었다. 늘어선 상점들의 상호만 바뀌었을 뿐 별로 달라진 게 없어 보였다. 희끄무레한 기억 끝에 존재하는 옛 동네의 골목으로 들어섰다. 어둠이 시작되는 가파른 골목을 오르다 그는 흰 눈이 소복이 쌓인 가로등 아래서 멈춰 섰다.

"여기 가로등이 늘 깜빡였었는데 생각나?"

"생각나요. 고장 나서 아예 꺼져버릴까 봐 늘 걱정하곤 했어요."

추억을 더듬으며 주변을 두루 살폈다. 리모델링 한 몇 집 빼고는 여전히 그때와 같은 풍경이 그저 신기하기만 했다. 그도 나처럼 주위를 훑어보고 있었다.

"어쩜 여긴 변한 게 없이 그대론 거 같아요."

허공을 맴돌던 그의 눈이 내게로 왔다.

"하나도 안 변해서 오히려 고마운데, 난. 누구처럼."

"나, 많이 늙었죠?"

"아니, 여전히 눈부셔. 태양이 늙는 거 봤어?"

"태양요? 내가?"

"민혜선이 김도훈의 태양이었던 시절이 있었지. 그 여자한테 꼭 주고 싶은 게 있는데."

핀 조명 같은 노란 가로등 불빛 안에서 그는 작은 별 하나가 박힌 것처럼 반짝이는 반지를 꺼냈다. 우두커니 보고선 내 왼손을 맘대로 가져간 그는 약지에 허락도 없이 무작정 반지를 끼웠다. 노란 조명 아래 흰 눈이 부지런히 흩날렸다.

"꼈으니까 이제 환불도 안돼. 싫든 좋든 무조건 당신 거야."

"선, 선생님."

"사람 속도 모르고 또 선생님이래."

"왜요? 난 선생님이 편한데."

"난 싫어. 병원 환자도 아니고 내가 당신을 가르친 적도 없는데. 무슨 샌님도 아니고. 맘에 안 들어."

단단히 삐진 얼굴과 뾰로통한 입매에 피식 웃음이 새어 나왔다.

망설이다가 나는 천천히 입을 열었다. 단 한 번도 불러보지 못한 애석한 그 이름을.

"도훈, 오빠."

내가 말해놓고도 쑥스러워서 크게 웃어버렸다. 넋 나간 표정으로 내 얼굴을 한참 바라보던 그는 바람이 흐트러뜨린 잔머리를 귀 뒤로 넘겨주었다.

"혜선아. 우리 이름 부르는 데 너무 오래 걸렸다. 우리 이제 헤어지지 말자."

내 이름을 불러주는 그의 목소리가 돌연 새롭게 들렸다. 첫사랑을 알아본 심장도 새롭게 뛰고 나를 스치는 바람도 공기도 새로웠다. 모든 게 처음 같았다.

떨리는 두 뺨을 감싸 안은 그는 내 얼굴 가까이에서 냄새를 빨아들이듯 깊게 맡았다. 곰살궂은 눈으로 그윽하게 내려다보며 살며시 눈에 입을 맞춘다. 뺨으로 내려간 그의 입술이 조심스럽게 나의 입술 위로 내려앉았다. 그토록 기다리던 첫눈처럼 그렇게.

달콤한 그의 숨결이 꿈결처럼 부드럽게 입안으로 흩어졌다.

나는 눈을 감았다. 아껴둔 초콜릿을 녹여 먹는 것처럼 천천히. 시간의 강을 건너는 것만큼 오래도록. 서로의 입술을, 마음을, 우린 확인했다. 마치 첫 키스처럼 사정없이 떨리는 손으로 그의 코트를 꽉 붙들었다. 그가 나를 와락 끌어안았다.

늘 도망만 다니던 빛바랜 추억들이 우리 곁을 맴돌았다. 이젠 도망가지 않을 소중한 추억은 우리의 숨결 안에 녹아들었다. 나의 눈물도, 한숨도 모두 말려버린 그의 숨결에만 오롯이 집중했다. 그의 키스가 녹슨 기억을 밀어내고 있었다. 소금처럼 새하얀 눈이 그와 나의 머리 위로 어깨 위로 앞다퉈 내려앉았다. 기억이 잠든 계절이 말없이 떠나고 있었다.

그날 밤.

드레스룸에서 내가 선물한 셔츠를 꺼내 확인했다. 예상했던 대로 민트색 셔츠 왼쪽 소매 단추가 떨어지고 없었다. 나는 꽁꽁 숨겨 놓았던 단추를 몰래 가져와 묵묵히 바느질했다. 차마 물어볼 수 없는 질문을 실에 꿰어 봉합했다. 차라리 몰랐으면 좋았을 일을 겪은 터라 알고 싶지 않았다.

바느질해 놓으면 비밀이 될 줄 알았는데 자는 줄 알았던 그가 드레스룸 문을 열고 들어섰다. 지레 놀란 나는 바느질을 멈추고 그를 바라봤다.

"여기서 뭐 해?"

"집에 갔다가 단추를 발견했어요."

"그날 떨어졌나 보네."

심장이 쿵 떨어졌다.

"그날, 이요? 그럼, 선생님이, 그랬어요? 고두홍?"

심장이 폭발할 것처럼 조마조마했다. 다행히 그는 망설임 없이 고개를 가로저었다. 사람 살리는 그가 사람을 해칠 리 없지. 긴장이 폭 놓였다.

"그렇게 쉽게 죽으면 안 되는 놈이었어. 그렇게 편하게 죽어선 안 되는 거였는데. 놈이 그날 독서실에 불을 질렀다는 거 다 알아. 악랄한 놈이 어떻게 죽었든 그냥 잊어. 당신은 보이는 대로 믿어. 약물 과다로 인한 심장마비라잖아. 더는 복잡해지지 말고 그 자식이 죽었다는 것만 생각해. 잊어, 놈은 죽었어."

"그럼 선생님은 아니란 거죠?"

"내가 갔을 땐 이미 죽어 있었어. 그러니까 아무 걱정 말고 그만 지워. 생각할 가치도 없는 놈이야."

모든 갈증이 해소되는 느낌이었다. 그의 말을 따르는 게 옳았다. 그동안 나 몰래 약을 했었고 약에 취해 죽었을지도 몰랐다. 날 불쌍히 여긴 어느 천사가 악독한 악마를 데려갔을지도. 놈이 어떻게 죽었든 하나도 중요하지 않았다. 날 괴롭히던 악마는 죽었고 나는 첫사랑과 행복할 일만 남았다. 슬픔과도 오늘부로 작별이다.

❄❄❄

봄이 오고 있었다. 아침저녁으로는 아직 겨울의 한기가 서려 있지만, 오늘 아침 공원에서 몸을 웅크리고 있던 새싹이 기지개를 켜는 걸 보았다. 출발점에 선 내 삶처럼.

정신과 진료로 찾은 그의 병원에 갔다가 말순 할머니와 연락이 닿았다. 마지막 항암치료를 위해 재입원했다는 할머니의 병실을 찾았는데 반갑게도 방 식구들이 모처럼 한자리에 모여있었다. 센 언니, 이용선도 배 집사언니도 항암치료를 모두 끝낸 후라 그런지 전보다 혈색도 좋고 살도 찐 얼굴이라 마음이 한결 놓였다. 반갑게 안부를 묻고 수다를 떠는 사이 하필 그의 오후 회진 시간인지도 몰랐다.

벌컥 문이 열리고 익숙한 풍경이 펼쳐졌다. 흰 가운을 입은 그가 신선한 공기와 함께 들어섰다. 나를 보자마자 0.1초의 망설임 없이 그의 입가에 화사한 미소가 번졌다. 내 입꼬리 또한 낚싯줄에 걸린 것처럼 위로 당겨졌다. 우리 둘의 수상한 시선을 눈치챈 방 식구들은 어리둥절 고개를 갸우뚱거리면서도 서로의 눈치만 보고 있을 뿐 선뜻 물어오는 이는 없었다.

회진을 끝내고 마지막 말순 할머니의 베드 앞에 선 그는 그의 오랜 환자들에게 안부를 주고받았다. 조용히 잘 마무리되나 싶을 때쯤 그가 대뜸 내 곁에 와 섰다.

"저, 결혼합니다."

덜컥 폭탄을 터트리고는 놀라 방황하는 내 손을 꼭 붙들었다.

"이 사람과."

잠깐의 정적 뒤 폭파 소리만큼이나 강력하고 발작적인 환호성이 터졌다.

"우~ 교수님! 축하드립니다!"

"축하드립니다!"

"엄마야! 축하드려요!"

"이게 무신 일이고! 축하합니더!"

"오, 주여! 축하해요, 진짜루!"

각기 다른 악기 소리처럼 축하의 합창이 폭죽처럼 터져 나왔다. 뺨이 달아오르는 것을 느낀 나는 쑥스러워 그저 웃기만 했다. 재미난 개그프로를 볼 때처럼 병실은 웃음으로 가득 찼다. 행복한 바이러스는 그가 떠난 후에도 공기처럼 오래 머물러 있었다.

"김치는 맹장 니가 배아야겠다."

"세상에. 어쩌다가 김 과장님하고 그런 사이가 됐대? 봐, 형님나 신통하지. 내가 그때 그랬잖아. 진짜 더 큰 놈이 온다고."

"뭐라카노. 어쩌다 보이 때리 맞춘 기지."

"그래, 그때 어쩐지 과장님이 직접 드레싱을 해준다 했어. 유난히 자기 있을 때 싱글벙글하더라니. 그래서 과장님은 밖에선 어때?"

"똑같아요. 병원에서처럼 좋으세요."

"우리가 모르는 스토리가 많겠지. 자기 얘기 듣고 싶어서라도 우리 다 오래오래 살아야겠다. 자기도 무조건 행복하게 살아. 스트레스받으면 우리처럼 암 걸려. 우리네 인생사 오늘이 마지막인 것처럼 살면 행복하잖아. 죽을병에 걸려도 희망 잃지 않고 사니까 죽음도 도망가더라."

비교적 차분한 집사 언니가 대표로 내 손을 꼭 잡아주었다. 내 평생 받을 축하를 다 받은 것만큼 배가 불렀다. 그를 아는 이들의 축하라 내겐 더 남달랐다.

그의 퇴근 시간까지 기다렸다가 우린 당당히 손을 잡고 병원 로비를 걸어 나왔다. 오늘은 동생네와 간단한 저녁을 먹을 계획이라 우린 조금 서둘렀다. 그는 한시라도 빨리 내 생활 안으로 들어와 자신이 없던 내 삶의 부재의 틈을 메우고자 노력했다.

차를 타자마자 그는 가슴 설레게도 향이 그윽한 꽃다발을 내밀었다. 파스텔톤 장미와 하얀 수국이 적절히 조화를 이룬 화사한 꽃다발을 가슴에 끌어안았다.

"웬 꽃이에요?"

"처제 줄 꽃다발 사러 갔다가 당신 것도 샀지."

뒷좌석으로 고개를 돌리자 비슷한 꽃다발 하나와 큰 리본이 달린 선물 상자가 보였다.

"저게 다 뭐예요?"

"여기저기 묻고 리스트 뽑아서 샀어. 지효는 엘사 드레스. 지율이는 슈퍼마리오 레고. 요즘 유치원생들이 갖고 싶은 거라던데. 좋아할까?"

"그럼요. 아이스크림 케이크 정도면 되는데. 언제 이런 걸 샀대요?"

"첫 단추가 중요하잖아. 이 정도는 아무것도 아니지."

나는 운전대를 잡은 그의 옆모습을 물끄러미 바라보았다. 한솥밥 먹는 제부에게 먼저 찾아가 인사를 건네고, 쉽지 않은 일일텐데도 동생과 조카들을 살뜰히 챙기는 그의 고마운 마음에 함께 하는 하루가 쌓일수록 감동도 쌓여갔다. 그리고 지금 내 가슴이 이토록 벅차오르는 건 조금 전 그의 환자들은 물론 그의 제자들 앞에서 당당히 내 손을 잡으며 날 소개한 그 순간이 잊히지 않기 때문이다. 다시 생각해도 감동이 물결쳤다.

"아까, 병실에서 그렇게 말할지 몰랐어요."

"거기 서 있는 당신을 보는데 말하고 싶었어. 이제 병원에 소문 다 났어. 당신은 꼼짝없이 나랑 결혼해야 해. 책임져."

이젠 흔해진 웃음을 주고받으며 서로가 궁금한 일과를 나누다 보니 어느새 목적지가 보였다. 장차 자기 처제가 될 동생의 현관 앞에서 김도훈이란 남자는 그간 보지 못했던 잔뜩 긴장한 모습을 보였다. 결린 목을 풀 듯 좌우로 고개를 돌렸다.

"나 괜찮나? 떨리는데."

"뭘 떨고 그래요. 가볍게 동생네만 보는 건데."

"나한텐 하나뿐인 처제잖아. 당연히 긴장되지."

"울 혜진이 착해요. 뭐 특별하게 까칠하고 그런 거 없어요."

"꽃 좋아하려나? 다른 걸 살 걸 그랬나?"

안겨만 줘도 좋아할 만한 화사한 꽃다발을 들고서도 자신 없어 하는 그의 모습이 인간적이라 귀여웠다.

"도훈 씨가 주면 좋아할걸요."

동생의 현관 앞에서 심호흡을 크게 하는 그의 모습을 보면서 나는 초인종을 눌렀다. 문이 열리고 왁자지껄한 소음과 함께 혜진이 나왔다. 그 옆엔 제부가 그 뒤로는 지율과 지효가 유치원에서 배운 배꼽 인사로 우릴 맞았다.

"안녕하십니까. 샛별, 유치원, 새싹 반, 김, 지, 효, 입니다."

"안녕하십니까. 샛별, 유치원, 햇살 반, 김, 지, 율, 입니다."

"지효랑 지율이구나. 난 이모랑 결혼할 아저씨. 자, 이건 선물."

조카들과 눈높이를 맞춰 앉은 그가 야심 차게 준비한 선물을 내놓았다. 눈이 휘둥그레진 조카들은 그와 나는 뒷전이고 받아 든 선물꾸러미를 부둥켜안고 거실로 달려갔다. 동생 내외로 눈길을 돌린 그는 혜진에게 풍성한 보라색 꽃다발을 건넸다.

"처음 뵙겠습니다. 김도훈입니다."

"어머! 뭘 이런 걸 사 오시고. 어서 들어오세요."

제부와 처음 데이트를 나갔던 그날처럼 동생은 수줍게 웃으며 꽃에 얼굴을 파묻었다. 꽃은 시들면 돈 아깝다며 쳐다도 안 보던 내 동생도 누군가 꽃다발을 건네면 수줍어하는 여자였다. 그런 동생의 모습을 보며 흐뭇하게 거실에 올라섰다.

"오셨어요."

제부도 그와 가벼운 악수를 나눴다.

집안으로 들어선 순간 다른 집에 들어온 줄 알았다. 책과 장난감으로 늘상 너저분하던 집 안이 리모델링을 한 것처럼 깨끗했다. 번쩍번쩍 윤이 났다. 그 많은 짐을 어디론가 급하게 쑤셔 넣었을 동생의 잽싼 순발력에 감탄을 금치 못했다. 이 집을 돌다 보면 떨어진 레고 조각에 발바닥이 찔리거나 과자부스러기가 밟히곤 했는데 오늘은 먼지 한 톨조차 실종상태였다.

"집이 너무 지저분하죠. 여기 좀 앉으세요."

능청을 떠는 혜진의 모습에 나는 어처구니가 없어 웃어버렸고 적잖이 놀라던 제부는 제 아내의 팔꿈치 세례를 받고서야 평정을 되찾았다.

"지저분하긴요. 집이 너무 깨끗한데요."

거실 한가운데 기둥처럼 선 그가 웃으며 말했다.

"엄마가 우리 장난감이랑 책을 침대 밑에 몽땅 밀어 넣어서 그래요."

레고박스를 사정없이 뜯던 지율이 깨끗한 집의 비밀을 폭로해버렸다.

"세탁기 안에는 물총놀이 세트랑 모래놀이 세트도 들어있어요."

신나게 엘사 드레스를 덧입던 지효도 공조했다. 평소 같았으면 벌써 내지르고도 남았을 사자후를 꿀꺽 삼킨 혜진은 잡히지도 않는 잔머리를 귀 뒤로 연거푸 넘겼다.

"음흠. 잠깐만 기다리세요. 금방 상 차릴게요."

다급히 주방으로 달아나는 혜진을 좇아 주방에 섰다. 벌컥벌컥 냉수를 들이켜는 귀여운 동생의 어깨를 토닥였다.

"집 치운다고 고생했어."

"죽는 줄 알았어."

자체 음 소거를 하던 혜진은 저도 웃긴지 앞치마를 두르며 키득거렸다.

동생과 함께 한바탕 웃었다. 그릇을 꺼내면서 거실 풍경을 바라봤다. 그의 선물이 단단히 먹힌 탓인지, 낯을 가리는 지효도 엘사 드레스를 입고서 젤 좋아하는 병원 놀이 세트를 들고나왔다. 환자가 마음에 들어야만 꺼내 들고 오는 지효의 애착 장난감이었다. 대뜸 그에게 "누우세요."라며 청진기를 갖다 대는 지효의 환자가 된 그는 망설임 없이 거실 바닥에 드러누웠다.

누가 봐도 귀여운 지효에게 벌써 마음을 빼앗긴 그는 지효가 청진기를 갖다 댈 때마다 아픈 척 엄살을 부렸다. 내 사랑 지율도 레고를 조립하다가 막히는 것이 있으면 제 아빠보다 누워있는 그에게 가져갔다. 아이들과 머리를 맞대고 그가 잘 그리는 만화도 그려주고 레고도 조립하면서 그는 서서히 내 삶 속으로 자연스레 물들고 있었다.

이런 풍경이었을 것이다. 내가 꿈꾸던 행복이란. 뭐 대단하거나 거창한 것이 아니라 내가 사랑하는 이들 속에서 물처럼 흐르고 공기처럼 섞여 편안하고도 자연스러운 일상을 맞는 것. 가끔은 서운함과 불만 섞인 감정을 토로해도 겁에 질리거나 두렵지 않아도 되는 삶의 연장선에서 다가올 내일을 기대하는 것. 이 순간이 바로 내가 찾던 행복이 아니었을까.

기분 좋은 소음이 거실을 채우고, 주방에는 따듯한 음식 냄새가 내가 느끼는 행복 지수만큼 퍼져나갔다. 동생이 힘들게 준비한 수라상을 방불케 하는 음식의 가짓수를 보면서 웃음이 나오는 여유도 생겼다.

"궁중요리 배웠니? 구절판에 신선로에. 세상에. 뭔 반찬이 이리 많아?

"맞아. 오늘 컨셉은 왕의 밥상이야. 따지고 보면 우리 지율 아빠 회사 오너잖아. 어떻게 대충 먹냐. 인터넷에서 다운받은 레시피만 해도 70장이 넘는다. 이참에 한식 자격증이나 딸까 봐. 근데, 잘 드시겠지?"

"그럼, 저 사람 한식 좋아해. 애들 데리고 이 많은 음식 한다고 애썼어. 밖에서 먹고 차만 마시자니까."

"쟤네들을 데리고 어딜 가냐. 밥이 코로 들어가는지 입으로 들어가는지 모를 텐데. 내 집이 편하지."

거실로 눈을 돌린 혜진은 연신 싱글거렸다.

조카들과 놀이를 끝낸 그는 제부와 나란히 앉아 주제를 알 수 없는 심오한 대화 중이었다. 가끔 웃고 하는 걸 보면 둘의 관계도 괜찮아 보였다.

"아니 어쩜 인물이 저리도 훤하냐? 말이라도 좀 해주지. 실물이 더 잘났다고 말야. 문 열고 들어오는데 심장마비로 졸도할 뻔했잖아. 울 형부 넘 멋지다. 큭큭. 근데, 둘이 속궁합은 잘 맞아? 그게 젤 중요한데."

음흉한 눈빛으로 혜진이 짓궂게 어깨를 부딪쳐왔다.

"얘가, 애들 들을라."

"어떻게 들리냐. 저리 시끄러운데. 폭탄이 터져도 모르겠다."

익숙한 소음에 나는 고개를 끄덕이고 환하게 웃음 지었다.

"아까 언니랑 둘이 들어오는데 내가 다 흐뭇하더라니까. 둘이 너무 잘 어울려. 그 인간하고는 이상하게 어색했는데 말야."

갑자기 돌을 씹은 것처럼 얼굴이 확 구겨졌다. 생각만으로도 불편하고 불길하고 죽어서도 여전히 기분을 망치는 재주가 남다른 인간이다.

"그 인간 얘긴 왜 해. 난 할 수만 있다면 도려내고 싶은데. 너도 그만 잊어."

"김춘희 씨는 뭐가 이쁘다고 그 인간한테 호박죽을 끓여 먹였는지. 하여튼 울 엄마를 알다가도 모르겠다니까. 그러고 보면 참 신기해. 최후의 만찬처럼 그렇게도 좋아하던 엄마 호박죽을 먹고 죽었잖아."

반찬을 옮겨 담던 손을 멈췄다. 가슴 한구석에 쌩한 바람이 일었다. 나는 그때 알았다. 악마를 데려간 천사가 누군지.

11.
영원한 짝사랑

오직 하나만 생각했다. 놈을 어떻게 죽일지. 선이 그런 일을 당했다는 끔찍한 사실을 안 순간부터 나는 먹지도 자지도 못했다. 지난 20년 동안 어미라는 것이 자식새끼가 지옥 불에 던져진 줄도 모르고 잘 먹고, 잘 살았던 것이 용서되지 않았다. 전국을 돌며 사기를 친 돈으로 우리를 농락하고 딸애의 숨통을 조였던 것이다. 죄인처럼 늘 고개를 숙이게 만든 것도 모자라 불쌍한 딸아이의 가슴에 잔인하게 못을 박게 했다. 이상하게 통 웃지를 않던 그 얼굴을 볼 때마다 아무것도 모르고 놈에게 헌신하라 허투루 입을 놀렸다. 얼마나 억장이 무너졌을까. 알면 알수록 죽어 마땅한 놈이었다.

그 짐승 같은 놈을 찢어발겨 죽여도 시원찮았다. 육시랄 놈. 눈에 넣어도 안 아플 내 고운 아이를….

선은 신이 와는 다르게 마음이 여린 아이였다. 어릴 적부터 신이에게 늘 양보하고 살았다. 젖도 덜 먹고 뭐든 좋은 건 채가는 신이에게 그냥 내주곤 했다.

내 배로 낳은 자식이지만 가슴을 쓸어내릴 만큼 신이는 섬뜩한 구석이 있었다. 아무렇지 않게 길고양이를 죽여 남의 집 담벼락으로 던지는 걸 좋아했다. 밟아 죽이기도 하고, 돌로 쳐 죽이기도 했다. 끔찍한 그 일을 처음 목격하던 날 하루를 꼬박 시름시름 앓았다.

그보다 더 힘들었던 건 쌍둥이 동생 선이를 향한 맹목적이고도 무서운 시기 질투였다. 사람들의 이목이 선이에게 쏠리는 날이면 팔을 비틀어 꼬집거나 계단에서 밀치기도 했다. 극심한 스트레스로 위축된 선은 어릴 적부터 몽유증상을 앓았다. 사춘기 시절을 지나면서 아슬아슬하던 신이의 행동은 도가 지나쳤다. 선의 목숨을 위협했다.

차가 다니는 도로로 밀기도 하고 자전거도 발로 차 넘어트렸다. 몽유병으로 돌아다니는 선이를 작정하고 위험에 빠트리기도 했다. 그래 놓고도 신이는 무서울 정도로 평온한 모습을 보였다.

아이는 내 앞에서 연극을 했지만 내 속으로 낳은 아이의 숨소리만 들어도 난 알았다. 아이가 무슨 끔찍한 짓을 저질렀는지. 돈 없고 무지한 부모가 해줄 수 있는 거라곤 더 많이 사랑해주고 모르는 척하는 것뿐이었다. 실은 겁이 났다. 내가 낳은 자식이지만 그 아이가 더 잔인한 짓을 저지를까 봐 무서웠다. 어쩌면 그날 밤. 선이의 무의식이 신이로부터 자신을 지킨 게 아닐까 하는 몹쓸 생각을 하기도 했다.

선이 신이의 목에 가위를 꽂은 밤. 남편과 나는 현장을 수습했다. 나는 피범벅이 된 선이를 씻기고 서둘러 잠옷을 갈아입혔다. 잠에서 깬 선이는 몽유병으로 목욕을 한 줄 알고 두말없이 잠옷을 갈아입고 안방에서 다시 잠들었다. 남편은 어떻게든 신이를 살리려고 심폐소생술을 하고 도둑이 침입한 흔적을 남기기 위해 현관 유리문을 깨고 방을 어지럽혔다. 우리의 목적은 하나였다. 선이를 지키는 것. 아이 둘 다 잃을 수는 없었다.

그날 숨을 거둔 신이의 피 묻은 잠옷을 끌어안고 소리죽여 우는 남편의 모습을 처음 보았다. 그날 이후 남편은 악몽 같은 밤을 지우기 위해 술을 마셨고 그의 소원대로 나날이 병들어갔다.

나는 남편이 약해질수록 악착같이 버텼다. 누군가는 모질다 손가락질했지만 남은 아이들을 먹여 살려야 하는 나는 엄마였다. 사는 게 고단해도 아이들 보는 낙으로 하루하루를 살았다.

죽은 신이를 가슴에 묻고 긴 암 투병 끝에 남편이 죽던 날. 그는 신이의 이름을 불렀다. 그 애가 마중 나왔다며 마약성 진통제로도 버티지 못하던 극심한 고통을 단숨에 잊고 웃었다.

모두에게 잘된 일이었다. 지긋지긋하다던 남편의 고통도 끝났고, 늙고 지친 나는 쉬고 싶었다. 아이 둘 다 행복하게 사는 모습을 보면서 내 역할이 다 끝났다고 생각했다. 아껴주는 가족이 생졌으니 이제 눈감아도 괜찮겠다 마음 놓고 살았다. 그런데 그게 아니라는 걸 알게 된 순간 나는 끊임없이 생각했다.

고두홍. 그 괴물을 내 딸로부터 치워야 했다. 선이 집안도 인격도 훌륭한 의사를 만났다고 했다. 그 괴물만 없으면 남은 생을 사랑받으면서 살 수 있었다. 나는 못 할 일이 없었다. 어떻게 죽일지 궁리하다 남편의 마약성 진통제를 꺼냈다. 언젠가 자식들에게 짐이 되는 순간이 오면 한 움큼 입에 털어 넣으려 아껴둔 것이었다.

남편의 고통을 잊게 해주던 노란 알약을 흡수가 빨리 되도록 잘게 잘게 가루처럼 부쉈다. 괴물 같은 놈이 잘도 먹던 호박죽을 한솥 끓였다. 심장발작으로 죽을 수 있을 만큼의 노란 가루를 양껏 넣고 호박죽을 저었다.

어르고 달래며 모두 삼키게 했다. 늙은 장모가 아직도 제 편인 줄 착각한 놈은 제 심장을 마비시킬 죽을 잘도 삼켰다. 나는 어떻게 되든 상관없었다. 마침 선이 집을 비워 한결 홀가분했다.

미친 짐승처럼 발광하던 놈은 환각 상태를 보이다 내 앞에서 죽어갔다. 지독히도 처절한 몸부림을 치며 죽음의 터널로 들어가기를 거부했다. 웃기지도 않았다. 그 고왔던 피부에 화상흉터를 남기고 20년 동안 모질게 때렸다고 생각할수록 죽어가는 놈이 하나도 불쌍치 않았다. 갈기갈기 찢고 불태워 죽이지 못한 것이 한이 될 뿐이었다.

숨이 떨어진 놈을 한참 동안 보고만 있었다. 이제 다 끝났다. 나는 선의 몽유 영상이 담긴 놈의 전화기를 주머니에 집어넣었다. 이 영상은 놈과 함께 사라져야 했다. 자수할 생각으로 전화기를 집어 들었다. 그런데 그때 그 의사 선생이 찾아왔다. 죽은 놈의 시신을 본 선생은 의사답게 차분히 맥박을 확인하고 시간을 확인했다. 놈의 죽음을 선고했다. 하필 이런 모습을 보여야 하는 것이 면이 안 섰다.

"우리 선이는 몰라요. 나 혼자 한 짓입니다. 제발 가여운 우리 선이를 잘 부탁합니다."

내가 한 짓이 부끄러운 것이 아니라 내가 또 딸의 앞길을 막은 것은 아닌지 한탄스러운 눈물이 흘렀다.

묵묵히 생각에 잠겼던 선생이 침착하게 물었다.

"어떤 약입니까?"

"노란색 알약이요. 간암이던 남편이 먹던 진통젭니다."

"옥시콘틴이군요. 제 말 잘 들으세요. 어머님은 이 일과 무관합니다. 고두홍은 좁혀오는 수사망에 압박감을 견디다 못해 평소보다 많은 옥시콘틴을 복용했고 심장마비로 사망했습니다. 혈액에서 다량으로 검출된 옥시콘틴은 고두홍의 차와 집에서도 발견될 겁니다. 그러니 어머님은 고두홍의 죽음과 관련이 없습니다. 오늘 반찬을 갖다주러 다녀간 것뿐입니다. 그렇게 경찰에 진술하시면 사건은 종결될 겁니다. 아무도 다치는 사람 없이 지나가야 합니다."

못 배우고 낡은 머리지만 용케 알아들었다. 그렇게 되도록 손을 쓴다는 말이었다.

"왜 이렇게까지…."

"어머님이 잘못되면 그 사람이 힘들어할 테니까요. 그동안 충분히 불행했잖습니까. 그 사람 행복하게 해주고 싶습니다. 그리고 어머님이 하지 않았다면 놈을 제가 죽였을지도 모릅니다. 놈은 사람이 아니니까요."

딸아이의 행복을 생각하는 선생의 그 말이 쪼그라든 가슴을 울렸다. 못난 어미는 거기까지는 생각지 못했다. 선생은 선이를 낳아줘서 고맙다며 죄지은 볼품없는 내 손을 잡아주었다. 손이 건실하고 따뜻한 사람이었다.

어디론가 전화를 바쁘게 걸던 선생은 내가 모르는 세계에 사는 사람 같았다. 전화 몇 통으로 나를 용의선상에서 빼내고 있었다. 나는 선생이 원하는 그대로 진술했다. 세상이 내 편인 적은 처음이었다. 선생이 말한 대로 수사는 깔끔히 종결되었고 아무도 놈의 죽음에 대해 의혹을 제기하지 않았다. 부동산사기범의 약물중독 사망사건으로 짤막하게 기사화되다 놈은 세상에서 완전히 사라졌다.

놈이 죽기 직전에 잠깐 맡아달라 들고 왔던 제법 큰 다용도 상자를 물끄러미 바라봤다. 놈이 죽고 나서야 열어보았다. 평생 구경도 못 해본 금액. 오만 원권으로 20억이 들어있었다. 나는 이 돈을 한 푼도 쓸 생각이 없었다. 언젠가 선이에게 줄 생각으로 경찰에도 침묵했다. 선이 어떻게 쓰든 나는 꼭 이 돈을 딸애에게 주고 싶었다. 빼앗긴 그 애의 젊음과 꺾여 버린 꿈에 대한 보상이라기엔 턱없이 부족했지만, 아무것도 줄 것 없는 어미가 딸에게 줄 수 있는 애석한 마음이었다.

놈이 죽자 꽃 같던 선의 웃음도 봄바람처럼 돌아왔다. 결혼 후 거의 웃지를 않던 애가 예전처럼 맑게 웃었다. 그토록 그립던 그 웃음을 나보다 더 많이 좋아하는 선생은 완연한 봄이 오면 딸애와 식을 올리겠다고 했다.

입춘이 지난 음력 1월 1일. 해돋이를 보러 가자는 선을 따라 새벽같이 일어났다. 뚝 떨어진 새벽 기온은 냉한 바닷바람을 만나 제대로 매서웠다. 저도 추울 텐데 목이 휑한 나를 보더니 목도리를 둘러주었다. 날카로운 바닷바람이 짧은 선의 머리를 헝클였다. 결혼식 전까지 머리가 더 자랐으면 좋겠다는 마음으로 딸애의 머리를 쓸어주었다.

조금씩 어스름이 걷히는 걸 보니 곧 해가 뜰 것 같았다. 나는 딸의 새 인생이 평탄하기만을 바라며 새해를 기다렸다. 수평선 너머로 붉고 거대한 해가 조금씩 속살을 드러내었다. 선의 얼굴이 수줍은 새색시처럼 붉게 물들었다. 무슨 생각을 하는지 선의 미간이 좁아졌다. 이내 짧은 한숨을 내쉬면서 나를 바라봤다.

"엄마…. 왜 그랬어? 고두홍."

차가운 칼바람이 심장을 할퀴고 지나갔다. 끔찍 놀란 나는 선의 얼굴을 바라보았다. 아이는 보기에도 아까운 눈물을 뚝뚝 흘렸다. 어떻게 알았는지 묻지 않았다. 내가 넣어둔 반찬과 놈이 마지막으로 먹었던 호박죽을 보고 짐작했을지도 모른다 생각했다. 비난해도 원망해도 상관없었다. 나는 내가 해야 할 일을 했을 뿐이니까.

딸아이의 눈물을 닦아준 나는 만천하에 몸집을 드러낸 거대한 해를 바라봤다. 그리고 딸에게 내가 해줄 수 있는 말을 했다.

"엄마니까."